Lw

Johannes Schulz

Tiger der Meere

U 861 auf Feindfahrt

Landwehr

Titelseite: Gemälde von Viktor Gernhard

Bibliographische Information der Deutschen Bibliothek
Die Deutsche Bibliothek verzeichnet diese Publikation in der Deutschen Nationalbibliographie; detaillierte bibliographische Daten sind im Internet unter http://dnb.ddb.de abrufbar.

ISBN 3-932381-99-8

Landwehr-Verlag
Postfach 52, D-24236 Selent

Gedruckt in Österreich

I. KAPITEL

Leutnant zur See Heinz Berger, Leitender Ingenieur auf dem U 861, saß auf seiner winzigen Koje hinter dem heruntergelassenen Klapptisch und war damit beschäftigt, den am Abend des Vortages bis spät in die Nacht hinein übernommenen Proviant abzuhaken und die Munitionsbücher nach den Strichlisten abzutragen, die ihm der wachhabende Bootsmannsmaat gebracht hatte.

Es war eine unendliche Reihe von Posten unterzubringen, denn die Rechnung, die der Kommandant abschließend noch einmal selbst durchzusehen pflegte, mußte bis auf den Pfennig stimmen, wenn es kein Donnerwetter geben sollte.

Der Kommandant, Kapitänleutnant Heise, wurde von seinen Männern der eiserne Otto genannt, obgleich seine eher zierliche Gestalt nicht die geringste Ähnlichkeit mit dem Eisernen Kanzler aufwies, dessen Vornamen er trug.

Leutnant Berger grinste in sich hinein, als er beim Addieren flüchtig an die Ausbildungszeit dachte, welche die Besatzung des U 861 unter ihrem Kommandanten hinter sich gebracht hatte. In den vier Monaten dieser Ausbildung waren die Männer der durchweg jungen Besatzung von den erfahrenen Unterführern, die sich der Alte eigens von seinem früheren Eimer mitgebracht hatte, auf Herz und Nieren geprüft worden und hatten sich unter seiner Hand allmählich zusammengefunden.

Morgen früh sollten sie zu ihrer ersten Unternehmung auslaufen. Noch wußte niemand von der Mannschaft, wohin die Fahrt gehen mochte, aber er — Leutnant Berger — hatte schon in Erfahrung gebracht, daß sie von der 4. U-Flottille, der sie nach der Indienststellung angehört hatten, zur 12. U-Flottille stoßen und zusammen mit U 177 und U 178 nach Südafrika marschieren sollten, um die dort stehende Gruppe „Eismeer" nach ihrer ersten Operation in diesen Gewässern abzulösen.

Sie waren von Kiel aus nach Bordeaux beordert worden, und nun lagen sie hier an der Versorgungspier und warteten — bis unter die Luken mit Verpflegung und Munition vollgestopft — auf den Befehl zum Auslaufen.

Die Tür der Koje wurde heftig aufgerissen, und in ihrem Rahmen erschien die wuchtige, breite Gestalt des Ersten Wachoffiziers, der sich vorsichtig durch das enge Schott zwängte.

„Na, Heinz, hast du den ganzen Kram endlich aufgenommen? Die Jungen des Löschkommandos haben schon alles bewegliche Gut festgezurrt und das Boot genau nach dem Schwerpunkt getrimmt, so daß es weder vorder- noch hinterlastig ist. Ich habe soeben die Kontrolle durchgeführt, weil der Alte die ganze Crew in einer halben Stunde im Mannschaftswohnraum versammeln und ihr den Aufmarschplan bekanntgeben will."

„Das hört man selten. Auf meinem alten Eimer hat der Alte nie vorher gesagt, wohin die Reise geht. Was meinst du dazu, Günter?"

Der Erste Wachoffizier, Oberleutnant zur See Walkenhorst, wiegte bedächtig den Kopf. Dann sah er den Freund an.

„Weißt du, der Alte ist in dieser Beziehung immer seinem eigenen Kopf gefolgt, und ich glaube, er ist immer besser damit gefahren. Ich bin ja als Fähnrich mit ihm auf dem U 9 gewesen und habe später auch seine Fahrten auf dem U 138 und dem U 43 mitgemacht, und ich kann nur bestätigen, daß auch der letzte Mann von seinem Alten begeistert war. Er war einfach s o."

„Nun, umsonst wird er wohl nicht das Ritterkreuz, das Eichenlaub und dann auch noch die Schwerter zum Ritterkreuz bekommen haben. Vielleicht schafft er auch noch mit uns zusammen die Brillanten, wie Brandis."

„Das wäre wirklich eine Wucht! Doch toi, toi, toi. Auf Holz klopfen." Mit einer ebenso bedächtigen wie gelassenen Gebärde tippte sich der 1. WO an die Stirn, daß Heinz grinsen mußte.

Mit größter Beschleunigung machte er sich über seine Liste her, während Oberleutnant Walkenhorst, der sich im Schapp seines Freundes sehr gut auszukennen schien, zum Spind hinüberging, zu der noch halbvollen Weinbrandflasche griff, ein Zahnputzglas vom Brett nahm und es sich halbvoll schenkte.

„Du auch einen?" fragte er über die Schulter zurück.

„Gleich, Günter, ich bin sofort fertig."

„Hoffentlich hast du nichts vergessen. Mensch, das war ja ein tolles Getöse in der Blechbüchse. Überall tritt man auf Proviant. Würste, Schinken, Ölsardinen und Gemüsekonserven liegen wie in einer riesigen Lebensmittelhandlung herum. In den E-Maschinenraum kommst du überhaupt nicht mehr rein, so vollgestopft ist er mit einer ganzen Wagenladung Mehl und Zucker. Unser Eimer ist fast eher ein schwimmendes Warenhaus als ein U-Boot. Mich wundert nur, daß sie da noch die dreißig Aale reinbekommen haben und die Munition für unsere drei Geschütze." Oberleutnant Walkenhorst schwenkte den Rest des Weinbrands im Glase herum, dann trank er ihn mit einem Schluck aus.

„So, Günter, trotz deiner verzweifelten Störversuche habe ich es geschafft." Leutnant Berger schlug die Riesenkladde zu und stand auf. „Von mir aus kann der Alte jetzt ..." Ein Klopfen an der Schapptür ließ ihn mitten im Satz innehalten.

„Ja?" rief der Erste Wachoffizier für ihn. Das Schott wurde aufgerissen, und der Läufer des Kommandanten kam herein und baute sich vor ihnen auf.

„Nun, Diederichs, was gibt es?"

„Befehl vom Kommandanten: alle Besatzungsmitglieder sollen um zehn Uhr in der Mannschaftsmesse sein."

„Danke, Diederichs!“ Der Läufer, der zugleich auch für den Kommandanten den Backschafter machte, verschwand blitzschnell. Sie hörten seine Schritte weiterstapfen und beim nächsten Schapp wieder verhalten. Dann wurde es still.

„Auf in den Kampf“, rief Günter, und so wie immer fühlte er als „alter, seebefahrener Mann“ auch heute wieder die Erregung des bevorstehenden Kampfes in sich aufsteigen.

Als sie das Schapp des L.I. verließen, hörten sie aus allen Winkeln des Bootes die Schritte der Männer, die zum Mannschaftsraum hinübergingen, den die beiden Backschafter bereits für den Besuch des Alten aufgeklart hatten.

Sie kamen aus dem E-Maschinenraum und aus dem Dieselraum, aus dem Torpedoraum und der Zentrale, wo sie ihren Dienst verrichteten.

Die beiden Offiziere stießen in der Zentrale, von der aus die Leiter in den Turm und auf die Brücke führte, auf den Alten, der sich über eine der ausgebreiteten Seekarten gebeugt hatte und den schon abgesteckten voraussichtlichen Kurs einer nochmaligen Überprüfung unterzog.

„Das nenne ich Pünktlichkeit, meine Herren“, lobte Kapitänleutnant Heise die beiden Offiziere, die sich ihm genähert hatten. „Kommen Sie, damit unsere Männer nicht so lange zu warten brauchen.“

Als sich der Kommandant durch das ein wenig breitere Schott in den Mannschaftsraum zwängte, glaste es gerade viermal in zwei Doppelschlägen und zeigte an, daß es genau zehn Uhr war.

Oberleutnant Walkenhorst, der vorausgeeilt war, meldete ihm, daß die Besatzung vollständig angetreten sei. Der Alte dankte, dann wandte er sich seinen Männern zu, auf die er sich für den Verlauf der nächsten Unternehmung vollständig verlassen mußte. Ein leichtes Lächeln erschien auf seinem Gesicht, als er die von den Löscharbeiten und den Trimmversuchen des vergangenen Abends und der halben Nacht müden Gesichter sah.

„Guten Morgen, Männer!"

„Guten Morgen, Herr Kaleu!" antworteten die Stimmen im Chor.

„Männer", begann der Alte abermals, „es geht nun endgültig los. In zwei Stunden, um zwölf Uhr, ist alles seeklar. Es geht auf große Fahrt. Unser nächstes Ziel ist, durch die Girondemündung in die Biskaya und in den Atlantik zu gelangen. Von dort geht es weiter nach Südafrika. In den Gewässern um Kapstadt soll es dicke Pötte für uns geben, die wir uns nicht entgehen lassen wollen." Der Alte machte eine Pause. Die Köpfe der Männer fuhren empor. Alle Müdigkeit war mit einem Schlage vergessen. Mit einem Male waren alle hellwach, und begeistertes Gemurmel erhob sich, das sofort wieder verstummte, als der Alte den Arm hob.

„Ab sofort zieht die Kriegswache auf. Wir beginnen mit der Backbordwache, damit die um acht Uhr abgelöste Steuerbordwache noch ein paar Stunden Ruhe bekommt. Für die Freiwache ist Schlafen der dienstliche Befehl. Das wäre alles." Der Alte wandte sich an den 1. WO. „Lassen Sie wegtreten,

Herr Walkenhorst. Dann kommen Sie zu mir in das Schapp zur Besprechung. Ebenso Sie, Herr Berger." Mit den gleichen geschmeidigen Bewegungen, mit denen er alles ausführte, verschwand der Alte wieder durch das Schott, und der 1. WO ließ die Besatzung wegtreten.

Die Männer der Backbordwache gingen auf ihre Wachstationen, und die Freiwache legte sich wieder in die Kojen, um den unterbrochenen Schlaf fortzusetzen.

Als die beiden Offiziere das Schapp ihres Kommandanten betraten, sahen sie Heise hinter seinem Klapptisch sitzen und eifrig die Seekarte studieren, in die er mit Winkelmesser und Zirkel die strategisch wichtigen und markanten Punkte der voraussichtlichen Marschroute eintrug.

„Nehmen Sie Platz, meine Herren, ich bin gleich fertig, und dann können wir uns bei einem Rundgang noch einmal davon überzeugen, ob alles seeklar gemacht worden ist." Während der Alte weiter mit Zirkel und Winkelmesser hantierte und sich auch die Positionen der bereits gemeldeten Schiffe und ihre Routen notierte, beobachtete Leutnant Berger seinen Vorgesetzten.

Noch immer schien es ihm — wie an dem ersten Tage, da er als frischgebackener Leitender Ingenieur dem neuen, erst im Dezember des Vorjahres vom Stapel gelaufenen U-Boot zugeteilt worden war — als kenne er nur die glatte und undurchdringliche Oberfläche des Kommandanten. Das Gesicht Heises war — ebenso wie in all den Wochen der Ausbildung — undurchdringlich und zeigte keine Spur von den Gedanken, die doch auch ihn bewegen mußten. Seine dunklen Augen konnten manchmal durch einen hindurchsehen, als sei man aus Glas, und der ebenfalls dunkle Schopf war glatt hintenübergestrichen.

„So, das wäre getan!" Mit einem erleichterten Seufzer, den der unpersönliche Ausdruck seines Gesichtes Lügen strafte, schlug Heise das vor ihm liegende Kriegstagebuch zu und stand auf. „Wir wollen uns mal den Eimer ansehen, ob auch alles in Ordnung ist. Wollen Sie mir bitte folgen?"

Hintereinander gingen sie durch sämtliche Räume des Schiffes. Sie ließen sich von den Männern auf den Stationen sämtliche Ventile vorführen, die an den Sprachrohren, den Ölleitungen, den Dieselabgasleitungen und den Preßluftleitungen saßen. Der Alte selbst prüfte im Dieselraum alle Entwässerungsventile und das Dieselzuluftventil, durch das die Diesel bei Überwasserfahrt ihre Luft ansaugten. Alles war in bester Ordnung. Die neuen G-7c-Torpedos im Torpedoraum glänzten unter ihrer Fettschicht wie frisch lackiert.

„Die sind eben noch zur rechten Zeit gekommen. Jetzt können unsere Aale nicht mehr so leicht ausgemacht werden. Diese Brummer hinterlassen keine Blasenspuren, die die Schiffe bisher immer noch gewarnt haben, wenn sie ausgemacht wurden."

„Das ist auch verdammt gut, Herr Kaleu, damit können wir auf einen noch besseren Erfolg hoffen als vorher", warf Walkenhorst ein und versuchte gleichzeitig den Höhenaufzug des Torpedokrans.

„Hoffen wir es, Walkenhorst, hoffen wir es!"

Die hundertfünfzig Granaten für das 10,5-cm-Geschütz lagen sorgfältig in ihren Körben verstaut, ebenso die 2 580 Schuß Munition für das 3,7-cm-Geschütz und die 4 100 Granaten für die 2-cm-Zwillingsflak. Daneben standen die Kisten mit der Leuchtmunition und den Seenotraketen.

Durch das verwirrende Labyrinth der Rohrleitungen und Streben, der Ventile und Kammern zwängten sie sich bis zu den Brennstofftanks im Doppelboden des Bootes hinunter. Die vielen Einzeltanks, die vom Dieselluk am Deck aus durch ein Rohrsystem gleichzeitig aufgefüllt worden waren, waren, wie die Manometer zeigten, bis an den Rand mit insgesamt 440 Tonnen Dieselöl gefüllt, weil sie nach ihrem Auslaufen aus Bordeaux nicht eher wieder Treibstoff bekommen würden, bis sie wieder zum Einsatzhafen zurückkamen. Das aber waren mindestens 32 000 Seemeilen durch die Ozeane. Als sie die Tauchtanks erreichten, bückte sich der Alte und öffnete die Flutventile, die während der Liegezeit im Hafen geschlossen gehalten wurden. Von jetzt an war das Boot ständig tauchklar. Sobald nun die an der Decke der Tauchtanks befindlichen Entlüftungsventile geöffnet wurden, würde das Boot tauchen. Das Öffnen der Flutventile allein hatte keinen Einfluß auf die Schwimmfähigkeit des Bootes.

„Na, Smutje, haben Sie all' die kräftigenden Sachen auch gut verstaut? Ich meine die leckeren

Tropfen für außergewöhnliche Ereignisse." Sie hatten sich in die kleine Kombüse gezwängt, und der Koch versuchte, eine wenigstens einigermaßen vollendete Grundstellung zu bauen, was ihm aber kläglich mißlang. Trotzdem strahlte er über das ganze feiste Gesicht.

„Jawohl, Herr Kaleu, alles klar und verstaut; natürlich bruchsicher."

„Dann machen Sie nur an unserem Abschiedsmenü weiter." Mit diesen Worten drehte sich der Alte um, und hintereinander krochen sie aus dem heißen Loch heraus.

Als sie nach Beendigung des Rundganges, der noch in die Funkbude und durch den Geschützbedienungsschacht geführt hatte, wieder in den Maschinenraum zurückkamen, trabte ihnen schon der wachhabende Maschinist entgegen.

„Was machen die beiden Dieselmotoren, Tiedjen?"

„Alles in Ordnung, Herr Kaleu. Auch die Akkumulatorenbatterien sind in einer Minute voll aufgefüllt."

„Dann lassen Sie den Probelauf beenden und kuppeln sie die Schrauben wieder an. Sie haben doch genügend Ersatzkupplungsbolzen bekommen?" wandte er sich an den L.I. „Nach meinen Erfahrungen scheren die Kupplungsbolzen nämlich dann am meisten ab, wenn nicht genug in Reserve bereitliegen."

„Wir haben zehn Kisten mit je vierundzwanzig Bolzen übernommen, und die werden wohl reichen."

„Wie steht es mit der Preßluft?" fragte nun der L.I. den Maat.

„Der Kompressor ist ebenfalls abgestellt worden, weil die Luft voll ist."

„Danke, Tiedjen, das wäre alles. Sollte etwas Unvorhergesehenes eintreten, bitte ich um sofortige Meldung." Der L.I. folgte dem Alten, der mit dem 1. WO vorausgegangen war. Am Schott hatte er die beiden erreicht.

„Herr Kaleu?" Fragend drehte sich der Alte zum L.I. um. „Sollten wir nicht noch einmal zu einer kurzen Tauchübung ablegen?"

„Nicht nötig, Berger, ich kenne Sie seit über vier Monaten und weiß, daß ich mich auf Sie verlassen kann. Außerdem würde es zu sehr auf die Zeit drücken. Sie wissen ja, daß sich der Flottillenchef zur Verabschiedung angesagt hat. Vorgesetzte soll man niemals warten lassen."

„Jawohl, Herr Kaleu! Aber ich halte es trotzdem für richtiger, wenn wir es versuchen würden."

„Kriegsschulendrill! Na, lassen Sie man, Herr Berger. Es ist schon etwas Wahres daran: wir wollen nie vergessen, daß wir für die fünfundfünfzig Mann der Crew denken und handeln müssen und daß wir für jeden einzelnen verantwortlich sind. Wir werden diesen Tauchversuch in der Biskaya bestimmt nachholen."

Langsam gingen sie weiter durch das Schiff. Jeder Mann der Wache war auf seinem Platz. Alles war, wie es sein sollte. Hier fand der Alte eine halbe Minute, um mit einem der Männer zu sprechen, und dort brachte er einen seiner alten verstaubten Witze an, über die trotzdem gelacht wurde. Dann hatten sie plötzlich nur noch fünf Minuten Zeit.

Der 1. WO war schon vorher nach oben gegangen, wo eilfertiges Füßetrappeln anzeigte, daß die Männer sich an Deck zur letzten Musterung vor dem Auslaufen bereit machten.

Als Kapitänleutnant Heise durch das Hauptluk an Deck kletterte, war die Besatzung schon angetreten. Der Erste Wachoffizier meldete ihm, dann kletterte Heise über die Stelling auf die Versorgungspier, wo sie verholt hatten. Dort fuhr soeben ein Wagen vor, dem der Flottillenchef entstieg. Rasch ging er auf Heise zu. Die beiden Männer schüttelten sich die Hand. Dann sah der Flottillenchef zum Boot hinüber.

„Alles in Ordnung, Heise? Sind Sie mit dem neuen Eimer und seiner Besatzung zufrieden?"

„Jawohl, Herr Kapitän. Wir sind klar zum Auslaufen!"

„Dann nichts wie los, ehe man hier auf uns aufmerksam wird. Vergessen Sie nicht, daß übermorgen U 177 folgen wird. U 178 ist mit dem Gruppenkommandanten schon am Sonnabend ausgelaufen. Es ist das Boot, mit dem Sie Fühlung behalten müssen. Sie wissen ja, der tägliche Funkspruch und der übliche Routinekram. Im übrigen haben Sie vollkommen freie Jagd, weil es dort unten mehr auf Einzeljagd ankommt denn auf eine Treibjagd nach ganzen Konvois. Also: Hals- und Beinbruch, Heise, und glückhafte Fahrt!"

„Danke, Herr Kapitän!" Kapitänleutnant Heise legte die Hand an den Mützenschirm.

„Auf Wiedersehen, Männer!" Grüßend schaute der Kapitän zum Deck empor.

„Auf Wiedersehen, Herr Kapitän!"

Der Alte kletterte wieder an Bord. Oben im Kommandostand auf dem Turm angekommen, fielen seine Befehle, knapp und beherrscht:

„Alle Mann auf Gefechtsstation ... Leinen los!" Die beiden Männer, die auf der Pier warteten, machten die Verholerleinen um die Poller los und sprangen an Deck.

„Steuerbordmaschine kleine Fahrt voraus, Ruder vier Strich Backbord." Unendlich langsam kam das Boot von der Pier frei und schob sich Meter um Meter in das ruhige, mit Unrat bedeckte Hafenwasser hinein. Als es völlig freigekommen war, folgten die nächsten Kommandos:

„Ruder dreihundertzehn, beide Maschinen große Fahrt voraus!"

In rauschender Fahrt verschwand U 861 im flirrenden Glanz der Mittagssonne, die wie Goldflitter auf dem Wasser lag.

Als sich Heise, nachdem seine Befehle durchgeführt waren und das Boot in rauschender Fahrt die Gironde aufwärts lief, noch einmal umwandte und zur Pier hinübergrüßte, sah er die Gestalt des Flottillenchefs noch immer — klein wie einen Säugling — an der Pier stehen. Sein Glas aufnehmend, sah Heise, daß Kapitän Stolle seinen Gruß erwiderte und sich dann abwandte.

Sie machten vierzehn Meilen Fahrt und hatten am späten Nachmittag den breiten Lauf der Gironde von Bordeaux bis Le Verdon durchlaufen und liefen nun in die Biskaya hinein. Noch dicht unter Land wandte sich der Kommandant an den L.I., der neben ihm auf dem Turm stand, während die beiden Ausguckmänner an Backbord und Steuerbord den Himmel und das Meer absuchten.

„Was meinen Sie, Herr Berger, sollen wir den Tauchversuch machen? Hier könnten wir es noch ungestört durchführen."

„Das sollten wir auf jeden Fall tun, Herr Kaleu!"

„Gut!" Der Alte neigte sich zum Lautsprecher hinüber. „Besatzung auf Tauchstation!" Wieder flitzten die Männer auf ihre Plätze an den Ventilen und Geräten, wie sie es in unzähligen Übungen bei Tag und Nacht getan hatten. Alle gaben sich die größte Mühe, denn sie wußten aus den Erzählungen der Kameraden, daß auf See immer wieder das Leben der ganzen Besatzung davon abhing, wie schnell ein Boot tauchen konnte.

„Lassen Sie nach Ermessen fluten, Herr Berger", übergab der Alte dem L.I. das Kommando, als von den einzelnen Stationen die Fertigmeldungen durchkamen.

„Tauchzellen fluten!" Sofort kamen die Männer an den Entlüftungsventilen dem durch die Lautsprecheranlage übermittelten Befehl nach, und innerhalb einer halben Minute war das Boot von der Oberfläche der See verschwunden.

„Tiefenruder vorn acht oben, achtern sieben oben!" Die Trimmpumpe sang ihr summendes Lied und begann die Trimmtanks entsprechend der Weisung des Leitenden Ingenieurs aufzufüllen und das Boot einzutrimmen, während die Tiefenrudergänger vorn und achtern das Boot einsteuerten.

Und obgleich jeder Mann der Besatzung ganz genau wußte, daß das Boot in Ordnung und die Dichtigkeitsprobe am Tage vorher zur vollsten Zufriedenheit des Alten ausgefallen war, waren die Männer plötzlich wieder von Unruhe erfüllt, wie immer, wenn das Wasser gurgelnd in die Tanks strömte und das Boot schräg nach vorn über den Bug wegsackte.

Die E-Maschinen hatten zu summen begonnen. Sie waren nun der Antrieb für das Boot, das nun mit den tausend Pferdestärken der E-Maschinen natürlich viel langsamer lief als vorher mit der viertausendvierhundertpferdigen Kraft der Dieselmaschinen, die sogleich nach dem Kommando „Auf Tauchstation" abgestellt worden waren.

Die zwei MAN-Viertakter-Diesel mit ihren neun Zylindern, die das Boot bei Überwasserfahrt mit einer Geschwindigkeit von 19,2 Seemeilen in der Stunde vorwärts peitschen konnten, würden sie schon ihrem Ziel entgegenführen. Hinzu kamen noch die beiden Siemens-Schuckert-Doppelmaschinen, die imstande waren, sie bei der Unterwasserfahrt mit

6,9 Seemeilen Geschwindigkeit vorwärts zu bringen. wenn sie vor einem Feind in den Keller mußten.

Es war ein gutes, ein modernes Boot mit einer Wasserverdrängung von 1616 cbm über und 2150 cbm unter Wasser. Seine Länge von über siebenundachtzig Metern ließ es bei einer größten Breite von siebeneinhalb Metern schmal und zerbrechlich erscheinen, aber dieser Eindruck trog. Der Druckkörper dieses Zweihüllenbootes war vielfach erprobt worden; ehe er in die Fertigung gegeben worden war. Ihm konnten sie sich anvertrauen. Dieses Boot würde sie zu der fetten U-Bootsweide bringen, nach der sie unterwegs waren. Und diese U-Bootsweide war der Indische Ozean, der Seeweg, den alle Schiffe nehmen mußten, die von Australien nach Südafrika fuhren.

Ja, der Indische Ozean war ihr Ziel, ihre Operationsbasis. Hier verlief im Norden, zwischen dem Persischen Golf und dem Golf von Suez, die Herzarterie der Briten, die Tankerroute, auf der die Tanker das entscheidende Öl in die Heimat brachten und nach Afrika.

Hierher, in das Arabische Meer, in den Kanal von Mocambique würde das Boot sie tragen, neuen Erfolgen entgegen. Und wenn auch der Einsatz härter geworden war, wenn auch immer häufiger das Boot eines Kameraden mit guten Freunden nicht mehr zurückkehrte, sie machten weiter, bis auch einmal über sie das Schicksal gesprochen werden würde: vermißt; versenkt; in die Luft gesprengt.

Die Besatzung des U 861 wußte, daß es immer gefährlich war, zu tauchen. Sie wußte aber gleichzeitig auch, daß alles nur mögliche getan worden war, sie zu schützen.

Es herrschte vollkommene Ruhe im Boot. Heise hatte diese Stille mit eiserner Strenge eingeführt. Das Sprechverbot, das er während der Tauchfahrt verhängt hatte, durfte nur in Notfällen durchbrochen werden. Es galt, für den Notfall gerüstet zu sein.

Die Männer im engen E-Maschinenraum, von dem aus der Antrieb für die Unterwasserfahrt erfolgte, weil in das Boot noch kein Schnorchel eingebaut war, der die Unterwasserfahrt mit Dieselmaschinen ermöglichte, starrten mit angespannter Aufmerksamkeit auf ihre Meßstellen. Sie waren immer bereit, jedes durchkommende Kommando sofort auszuführen.

„Boot hängt im Sehrohr, Herr Kaleu!" meldete der L.I. dem Alten, als das Boot die Sehrohrtiefe erreicht hatte.

„Danke, Berger, ausgezeichnet!" Ein Blick auf die Uhr zeigte dem Alten, daß das Manöver nur wenig über dem Rekord lag. „Lassen Sie jetzt die Tauchzellen peilen, damit Sie bei den nächsten Tauchmanövern gleich einen Anhaltspunkt haben. Wenn dies auch nicht viel hilft, ist es doch immer ein Hilfsmittel, das wir nicht außer acht lassen wollen." Mit wenigen Worten gab der L.I. diesen Befehl an die Besatzung der Trimmtanks weiter.

„Zellenstand markiert", meldete der diensthabende Maat keine Minute später dem L.I.

„Trimmversuche beendet, Peilung durchgeführt, Herr Kaleu!"

„Danke, Herr Berger. Lassen Sie wieder auftauchen!"

„Klar bei Preßluft!" Zischend fuhr die Preßluft in die Tauchtanks und drückte das Wasser durch die Flutventile hinaus. Leicht über den Bug aufsteigend, schoß das Boot wieder an die Wasseroberfläche zurück.

Der Alte kletterte aus der Zentrale, in der er die Durchführung aller Manöver verfolgt hatte, in den Turm zurück und riß das Luk auf. Frische Luft strömte ihnen entgegen und lief durch das Innere des Schiffes. Insgeheim atmeten alle Männer der Besatzung auf. Alles war glatt und reibungslos verlaufen.

Der Tauchversuch hatte allen gezeigt, daß sie sich auf ihren L.I. verlassen konnten und daß er trotz seiner Jugend sein Metier beherrschte wie ein alter erfahrener L.I.

Während der Nacht stießen sie in den Atlantik vor. Den ersten Funkspruch an das Boot brachte der Funker aus der Funkkabine persönlich ins Kommandantenschapp hinüber und übergab ihn dem Alten, der inzwischen durch den 1. WO abgelöst worden war.

Die See war still und hatte eine flache Dünung, die ihnen nichts anhaben konnte. Für Mitte September war es ausgesprochen warm, und die beiden Ausgucks im Turm hatten noch nicht das festeste Seezeug angezogen.

Am Morgen des zweiten Tages standen die Azoren steuerbords querab. Es würden noch mindestens vierzehn Tage vergehen, bis sie am Einsatzort eintreffen würden. Vierzehn Tage eintöniger Fahrt, während der sie sich so wenig wie möglich zeigen sollten, um dann zu einem Überraschungsschlag gegen die feindliche Handelsschiffahrt im Süden Afrikas und an der Südostküste bis hinauf nach Madagaskar ausholen zu können.

Der Anmarschweg war gleichbedeutend mit vierzehn Tagen der Ruhe für die Männer, wenn es nicht zwischendurch einmal einen Fliegeralarm gab oder sich überraschend ein fetter Pott vor ihre Torpedorohre verirrte.

II. KAPITEL

Vorn im Mannschaftsraum brüllte ein Plattenspieler die letzte Neuigkeit der Schallplattenindustrie hinaus:

„Den einen grüßt Veronika, den andern die Marie, das ist der schönste Augenblick der ganzen Kompanie."

„Wenn du die alte Quäkkommode nicht sofort abstellst, dann springe ich dir mit dem nackten Hintern ins Gesicht", gurgelte Hein Twiente verschlafen und wälzte sich grunzend und ächzend auf die andere Seite, um den Übeltäter ins Auge fassen zu können. „Nicht mal nach der Wache hat man ein paar Stunden Ruhe", brabbelte er dann in sich hinein.

„Stell dich nur nicht so an, Hein. Nach deinen Erfahrungsberichten zu urteilen, müßtest du doch sogar auf der Spitze eines feuerspeienden Berges schlafen können. Dieses nette Geräusch aus der Plattenkiste müßte doch eine einschläfernde Wirkung auf dich haben." Trotzdem fügte sich Herbert Boldt und hob den Tonabnehmer ab, so daß nur noch das leichte Geräusch des routierenden Plattentellers zu vernehmen war. Dann stellte Herbert den Schalter des Apparates auf „Aus", und auch dieses Geräusch verstummte.

„Ich möchte nur mal wissen, ob du auch noch etwas anderes kannst als pennen. Die ganzen vierzehn Tage, die wir nun schon unterwegs sind, kokst du und kommst nicht einmal während der Freiwache an Deck, selbst wenn wir unter Land sind oder wieder mal eine Insel gesichtet haben. Gegen uns bist du das richtige Bleichgesicht." Hein schwang seine Beine aus der Koje und saß nun auf dem Kojenrand. Sein behaarter Bauch quoll über dem Bund seiner Turnhose heraus, und als er sich jetzt in dem kleinen Metallspiegel betrachtete, der neben seiner Koje an die Wand genagelt war, da schaute ihm ein bärtiges Gesicht entgegen, das in der Tat gegenüber den Gesichtern der sich ständig in der Sonne aalenden Kameraden blaß war.

„Na, siehst du es nun selber?" fragte ein anderer der allmählich erwachenden Freiwache.

„Halt den Rand, Eugen. Schließlich sind wir ja weder zu einer vergnüglichen Jagdsafari unterwegs noch zu einer Lustfahrt in die Sommerfrische, sondern befinden uns bei Preußens auf einem U-Boot und außerdem im Kriege."

„Geschenkt, Hein! Kannst du nicht mal eine andere Platte auflegen? Diese kratzt schon bedenklich."

In diesem Augenblick begann es über ihnen in vier Doppelschlägen zu glasen.

„Wachablösung!" schrie im gleichen Augenblick der Läufer, der — von den anderen unbemerkt — seinen Kopf zum Schott hereingesteckt und die Kameraden verständigt hatte. Hein schlüpfte in sein Lederzeug.

„Mensch, laß doch endlich die schweren Klamotten aus. Auf der Brücke ist es im Moment wie in einem Schwimmbad."

„Wenn du meinst, dann will ich einmal meinen Prinzipien untreu werden und es dir gleichtun."

„Na also!" In ihrem leichten Zeug stapften Hein und Herbert nebeneinander zum Zentraleschott und kletterten die Leiter durch den Turm empor auf die über dem Turm liegende Brücke, um die wartenden Kameraden abzulösen.

„Was Neues?" fragte Hein seinen Ablöser.

„Ne, nicht die Bohne zu sehen. Herr Oberleutnant hat uns vorhin gesagt, daß wir heute nacht auf der gleichen Höhe mit Kapstadt sein werden und daß es dann losgehen könnte."

„Das wird aber auch verdammt Zeit! Wir kommen ja beinahe um vor lauter Faulheit."

„Na, Twiente, das hat in allerkürzester Zeit aufgehört." Oberleutnant Walkenhorst, der die Brükkenwache vom Alten übernommen hatte, kniff die Augen zusammen und starrte die beiden Männer grinsend an. „Einen richtigen U-Bootsbart werdet ihr ja wohl bis zur Rückfahrt bekommen haben, wenn dieser erste Flaum auch nicht eben erfolgversprechend aussieht."

„Das kommt noch, Herr Oberleutnant. Sie wissen ja, wie damals auf der U 43."

„Ja, Twiente, das waren noch Zeiten, was?" Der 1. WO nickte und wandte sich dann wieder der vor ihm liegenden See zu und suchte sie mit dem Glase ab.

„Herr Oberleutnant", meldete Herbert sich nach einer halben Stunde, während derer das Boot durch die fast spiegelglatte See gepflügt war und von der Kraft seiner beiden Maschinen mit einer Schubwirkung von viertausendvierhundert Pferdestärken nach Südsüdost getrieben wurde.

„Ja, Boldt?" Oberleutnant Walkenhorst drehte sich um.

„Wenn Sie mal schauen wollen, Herr Oberleutnant. Backbord querab nähern sich einige blitzende Punkte." Das Glas des 1. WO richtete sich in die angegebene Richtung, dann riß er sich förmlich herum, denn nun hatte er die Gefahr erkannt.

„Fliegeralarm!" Gellend schlug die Glocke in wimmernden Tönen ihr Friedrich-Ludwig, immer wieder: „Dididadid—didadidid ... dididadid—didadidid ..."

In Sekundenschnelle waren die Männer aus dem Bauch des Bootes durch den Geschützbedienungsschacht zu ihren Geschützen gerast. In wahnwitziger Hast drehten sich die Rohre der 3,7-cm- und der 2-cm-Zwillingskanone in die Richtung, aus der die Maschinen angeflogen kamen.

Jetzt konnte man die drei pfeilschnell heranschießenden Flugboote schon deutlich mit bloßem Auge erkennen.

„Geschütze Feuer frei!" Der Alte war — von dem Alarm geweckt — auf den Turm gekommen und hatte das Kommando übernommen, während der 1. WO zu den Geschützen auf Deck ging und der L.I. seinen Posten als Tiefensteuerleiter besetzte, um sogleich die erforderlichen Befehle geben zu können, wenn getaucht werden sollte.

Das Feuer der Dreisieben donnerte den anfliegenden Maschinen entgegen. Unablässig schleuderte das Geschütz den feindlichen Flugbooten seine Granaten entgegen. Fünfzehn Sekunden später, als die Flugboote nahe genug herangekommen waren, setzte auch das Zwillingsgeschütz mit ohrenbetäubendem Hämmern ein.

Zum erstenmal war das Boot am Feind. Die in unablässiger Folge emporzuckenden Leuchtspurgeschosse zeichneten helle, sich kreuzende und ineinanderlaufende Parabeln an den mittäglich-hellen Himmel.

Die friedliche Stille wurde nun durch das ohrenbetäubende Hämmern der Geschütze zerrissen, und mit enormer Feuerleistung fielen nun auch die Bordkanonen der Flugboote in dieses Höllenkonzert ein, das sich innerhalb weniger Sekunden zu einem schlechthin unbeschreiblichen Getöse steigerte.

In unablässigen spritzenden und funkelnden Streifen zeichneten sich die Abschüsse aus den Maschinen ab, und als Antwort darauf kamen die kleinen aufspritzenden Wasserfontänen der Einschläge näher und näher an das U-Boot heran.

Die Männer an den feuernden Geschützen sahen diese tödlichen Feuerstreifen rasend schnell auf sich zukommen. In wilder Panik drückte der Kanonier, der die Halterung des Zwillings umklammert hielt, auf den Auslöseknopf. Der Rückstoß des Geschützes versetzte ihn in ein konvulsivisches Schütteln. Er sah das gefräßige Maul der Maschine direkt auf sich zukommen. Er sah deutlich, wie die aufschäumenden Wasserfontänen der Einschläge aus den Bordkanonen genau auf ihn zuliefen; trotzdem rotzte er mit höchster Feuergeschwindigkeit dem unheimlich schnell näherkommenden Flugboot eine Garbe nach der anderen in den Rumpf. Er sah, wie sich die Geschosse seiner Kanone buchstäblich in den Rumpf der Maschine hineinfraßen. Er sah weiter, daß die vordersten Einschläge des Gegners keine hundert Meter mehr vor dem Boot lagen.

In dieser Sekunde hörte er — wie im Unterbewußtsein — die Stimme des Alten:

„Ruder hart Steuerbord!" Das Boot gehorchte dem herumwirbelnden Ruder, und mitten in die Drehung hinein öffneten sich die Abwurfvorrichtungen der Maschinen, und die Männer sahen, wie sich etwas Gleißendes von den Rümpfen aller drei Maschinen löste und in schrägem Fall auf sie zukam.

„Torpedos!" schrie einer von ihnen entsetzt. Da tauchten auch schon die stählernen Boten des Todes keine hundert Meter vor ihnen ins Wasser. Noch zeigte das U-Boot den in drei Meter Wassertiefe heranschwimmenden Torpedos die volle Breitseite, doch Meter um Meter scherte es aus der Gefahrenzone heraus.

Die Männer auf dem Turm stierten mit wachsbleichen Gesichtern auf die näherkommenden Torpedos, deren Blasenbahn sie genau verfolgen konnten. Zwei von ihn konnten sie schon nicht mehr erreichen, doch der letzte, von der am weitesten von Steuerbord kommenden Maschine geworfene Torpedo, würde sie noch erwischen, wenn sie nicht noch etwas zulegen konnten.

„Äußerste Kraft!" gellte noch einmal die Stimme des Alten in den Maschinenraum hinunter. Es war, als mache das U 861 einen gewaltigen Satz nach vorn; und keine fünf Meter hinter dem Heck des Bootes schoß der Torpedo, der ihnen gegolten hatte, ins Leere. Es schien, als mischten sich die von ihm aufgewirbelten Wasser mit der von den Schrauben aufgewirbelten Hecksee. Ein befreites Aufatmen ging durch das Boot.

Das eine der Flugboote aber zog plötzlich einen leuchtenden, blutroten Feuerschweif hinter sich her, und mit einem Male — sie hatten es alle erwartet, und doch duckten sie sich unwillkürlich nieder — detonierte die Maschine in der Luft, und die Fetzen glühenden Stahls wurden weit verstreut.

Noch eine letzte Salve wurde den beiden anderen Booten nachgejagt. Dann war es mit einem Male totenstill. Nur die Diesel hämmerten ihren ständig gleichbleibenden dumpfgrollenden Sang.

Eine Minute lang war es, als hielten alle auf dem Boot den Atem an. Dann kam wieder die Stimme des Alten, der die beiden Flugboote im Auge behalten und ihren Kurs mit seinem Glase verfolgt hatte.

„Alles auf Tauchstation!" Die Männer versahen ihre Geschütze und rannten zurück.

„Verdammt, die wollen uns anscheinend noch einmal mit Wasserbomben angreifen!“ Hein hatte ebenfalls die erneut anfliegenden Maschinen nicht aus den Augen gelassen. Er sah, wie sie drehten, und verstand sofort, daß der Kommandant, der durch sein schnelles und gerade im richtigen Augenblick gegebenes Ruderkommando, um Haaresbreite dem gefährlichsten Torpedo entgangen war, dem zweiten Angriff der Flugboote durch das Tauchmanöver aus dem Wege gehen wollte.

Die Glocke rasselte durch die Räume des Bootes. Hein ließ sich hinter Herbert am Geländer des Niederganges durch das Turmluk nach unten rutschen. Als er unten ankam, sah er emporblickend, daß der Alte soeben das Turmluk schloß.

„Luk zu!“

Der L.I. hatte, als der Kommandant ihn auf Tauchstation rief, die beiden Diesel stoppen und die Zuluft- und Abgaseventile schließen lassen. In der Zentrale stehend, leitete er nun die Arbeit der E-Maschinen, die innerhalb weniger Sekunden auf die höchste Fahrtstufe gebracht worden waren. Sein Blick flog über die vielen Kontroll-Lampen. Dann wandte er sich dem Alten zu, der neben dem Rudergast am Kreiselkompaß stand.

„Boot ist tauchklar, Herr Kaleu!“

„Fluten!“ Leicht vorlastig sackte das Boot in die See. Als es schon vollkommen unter Wasser war und höchstens die Turmspitze mit der Verkleidung und den Sehrohren aus dem Wasser ragte, wurde der Bootskörper von einer schweren Erschütterung durcheinandergeschaukelt. Die Männer auf den Stationen wurden gegen die Wände und Schotts geschleudert. Hin und her schwankend trimmte sich das Boot wieder ein. Noch einmal erschütterte eine Druckwelle das Boot, daß es wieder weit überkrängte, dann war es so tief gekommen, daß die ihnen geltenden Bomben und Wasserbomben aus den Bombenschächten der beiden übriggebliebenen Flugboote ihnen nichts mehr anhaben konnten.

„Boot liegt auf zwanzig Meter!" Die Stimme des achteren Tiefenrudergängers klang ruhig, als handele es sich auch diesmal um eine der Übungen. Und doch wußte er genauso wie die anderen, daß sie mit knapper Not den Haien des Meeres — den Flugbooten mit ihrer Torpedolast — entkommen waren.

Die E-Maschinen surrten ihre hohe, überall nachschwingende Melodie. In dieses Geräusch hinein klang dumpfer das Rotieren der Ventilatoren, welche die Frischluft umwälzten.

„Ruder hart Backbord!" klang die Stimme des Kommandanten, und mit der immerhin noch tausendpferdigen Kraft der E-Maschinen liefen sie in Richtung auf die Küste weiter, wo man sie nicht so leicht suchen würde.

„Boot liegt vierzig Meter!" meldete sich wieder die Stimme des Tiefenrudergängers. Nun würde selbst der Schatten des Bootes nicht mehr von den Flugbooten ausgemacht werden können. Trotzdem ließ der Alte das Boot zur Sicherheit auf fünfzig

Meter Tiefe gehen. Dann krochen sie mit halber Fahrt weiter; immer noch der Küste entgegen.

Der Spuk des überraschenden Angriffs war vorüber, ohne ein Opfer von ihrer Seite gekostet zu haben. Nur ein Mann des zweiten Geschützes war durch einen Splitter am Oberschenkel verletzt worden, und ein weiterer hatte sich den Fuß verstaucht. Sie hatten auf diesen Angriff so reagiert, wie sie nicht besser hätten reagieren können, und der Alte machte sich — am Mitteltisch der Zentrale stehend — seine Notizen, während Herbert und Hein im Hintergrund der Zentrale warteten und sich zur Verfügung hielten.

„Mensch, Hein, wenn wir einen der Brocken in den Bauch bekommen hätten, dann wären wir abgesoffen, noch ehe wir einen Schwanz von der feindlichen Dampferflotte zu Gesicht bekommen hätten, das kann ich dir flüstern."

„Wir haben aber keinen in den Bauch bekommen, Herbert, und daran erkennt man den Kommandanten, den nichts aus der Ruhe bringen kann und der immer die Übersicht behält, auch wenn es mal verzweifelt nahe funkt. Wäre er eher zur Seite ausgebrochen, dann hätten die Flugboote ihre Aale noch nicht geworfen, sondern sich erst in eine bessere Schußposition gebracht."

„Also, wenn ich diesen Befehl hätte geben müssen; ich wäre glatt durchgedreht, und dann schwämmen wir jetzt schon als Fischfutter im Bach."

„Herr Kaleu, wollen wir lange unten bleiben? Ich meine, dann könnten wir die Männer auf Ruhestation entlassen", meldete sich der 1. WO und erntete ein anerkennendes Nicken.

„Lassen Sie die Männer wegtreten. Wir können jetzt nichts anderes tun als abwarten. Wir wollen darum noch mindestens zwei Stunden weiterlaufen und dann erst nachsehen, ob die Luft wieder rein ist. Schließlich möchte ich nicht, daß uns das Boot auf eine solche Art unter den Füßen weggeschossen wird... Und noch eines", der Alte drehte sich zu dem 1. WO um, „notieren Sie die Besatzung des 2-cm-Geschützes für das E.K. Die Burschen haben sich prächtig gehalten. Wie heißen Sie eigentlich, Herr Walkenhorst?"

„Schmitz und Rupprecht, Herr Kaleu!"

„Ihr Namengedächtnis müßte man haben, Walkenhorst, dann wär's leicht." Oberleutnant Walkenhorst grinste; er wußte genau, daß der Alte die Männer im Auge behielt, ohne sie alle dem Namen nach zu kennen; und daß er mehr von dem kleinsten Matrosen wußte als jeder andere im Boot.

„Wenn sie nicht so dazwischengehalten hätten, dann hätten sich die Flugboote in aller Gemütsruhe noch weiter heranarbeiten können und uns bestimmt ein Ei auf das Dach gelegt oder einen Aal in den Bauch gejagt. Und das kurz vor Erreichen des Ziels; nicht auszudenken."

„Lassen Sie nur die Grundwache gehen, Herr Walkenhorst, und wenn Sie alles klar haben, dann kommen Sie in mein Schapp. Wir wollen auf den glücklich überstandenen Zwischenfall einen kräftigen heben und anschließend den von der Flottille durchgetasteten Einsatzplan besprechen. Ich schätze, daß wir morgen vormittag an Ort und Stelle sein werden und mit der Jagd beginnen können."

Das war alles, was der Alte über diesen gefährlichen Zwischenfall sagte. Die beiden Offiziere versahen den nötigen Dienst und begaben sich dann — durch die Zentrale gehend und den Kompaßkurs noch einmal kontrollierend — in das Kommandantenschapp, wo es sich der Alte inzwischen bequem gemacht hatte.

Im Mannschaftsschapp herrschte Hochstimmung. Obgleich sie auf Ruhestation waren, schlief keiner der Männer. Das Erlebnis des nahen Todes, der noch einmal an ihnen vorübergegangen war, ohne zum tödlichen Streich auszuholen, hielt sie wach.

Sie lagen auf ihren Kojen und flüsterten leise miteinander, während das Boot im Schneckentempo weiterlief.

„Ich kann euch nur sagen, Jungens, wenn der Alte nicht gewesen wäre, dann hätten wir vorhin lecker ausgesehen."

„Mensch, Hein, male den Teufel nur nicht an die Wand. Mir war auch so mulmig genug. Da schreiben die Kriegsberichter in den Zeitungen immer von den Helden der See. Ich muß sagen, daß ich mir bei diesem Theater klein und vollkommen überflüssig vorgekommen bin und daß es mir verdammt wenig nach Heldentum zumute war."

„Daran mußt du dich gewöhnen. Heldentaten werden es immer erst später. Vorher machst du dir die Hosen voll. Der Mensch ist nun einmal nicht geboren, um auf solche Art wieder zum Tode befördert zu werden. Trotzdem müssen wir kämpfen, wenn wir nicht selber untergehen wollen. Der Lebenswille ist es, der uns in den entscheidenden Minuten die Angst vergessen und das Richtige tun läßt."

„Aber, Hein, mach man nur nicht in Todtraurig. Laß mal einen guten Witz vom Stapel oder eine andere kräftige Sache. Wir wollen nur lachende Gesichter um uns sehen." Hein ließ sich nicht lange bitten. Er stützte sich auf die Ellenbogen auf, dann legte er los:

„Weißt du, Herbert, als ich zum erstenmal in Kiel ins Reparaturbassin kam, da sah ich über einer Schweißkabine ein Schild hängen, und darauf stand geschrieben: ‚Vor dem Schweißen wird die Schutzbrille aufgesetzt'. Mensch, was habe ich gelacht." Heins nur mühsam unterdrücktes Gelächter rollte durch das Mannschaftslogis, daß die anderen nicht anders konnten, als ebenfalls einzustimmen. Dann war mit einem Male wieder Stille.

„Bei dir piept es wohl?" fragte Waldi empört. „Wo ist denn da die Stelle zum Lachen? Das ist doch sonnenklar, daß ich dabei die Schutzbrille aufsetzen muß."

„Du hast ja vollkommen recht, Waldi. Wenn die nur nicht das ‚W' vergessen hätten!" Eine Sekunde lang war es still, dann zerriß ein hysterisches Gelächter die Stille, das zum Orkan anschwoll, als Waldi fragte, wo das ‚W' vergessen worden sei.

Gerhard Schmitz lag auf seiner Koje und atmete

schwer. Er spürte, wie sich ihm — trotz der Hochstimmung im Logis — etwas hart und lähmend auf die Brust legte. Dies war seine erste U-Boot-Feindfahrt. Er war vorher bei der Marineartillerie gewesen. Nach einem Aufruf hatte er sich zur U-Bootwaffe gemeldet und bediente nun das 2-cm-Zwillingsgeschütz. Noch immer lag hinter seinen geschlossenen Lidern das fürchterliche Bild des wie ein Flugsaurier aus grauer Vorzeit auf ihn niederstoßenden Flugbootes, das den tödlichen Strahl kleinkalibriger Stahlprojektile ausgespuckt hatte, der in den entscheidenden Sekunden nur um Haaresbreite das Boot verfehlte, weil der Alte es rechtzeitig herumgerissen hatte. Alles war anders gewesen als bei den Übungen. D i e s war die wirkliche Gefahr gewesen und die w i r k l i c h e Nähe des Todes. Und das Wissen darum, daß er bei einem bißchen Pech jetzt vielleicht schon in ein Stück Segeltuch eingenäht und dann in der Nacht, beim Auftauchen des Bootes, der See übergeben werden würde, erschütterte ihn und wollte ihm fast die Brust abpressen.

Still lag er auf seiner Koje, um den anderen nicht zu zeigen, wie es in ihm aussah. Er biß sich auf die Lippen, daß er das Blut warm und dick über sein Kinn laufen spürte.

Mit dem ins Phantastische gesteigerten Gehör des Menschen, der sich fürchtet, lauschte er auf die Töne, die zu ihm drangen: das unablässige Raunen der Kameraden und ihr Gelächter vorhin. Hier ein unterdrücktes Lachen und dort eine saftige Zote, auf die wieder unterdrücktes Gelächter folgte.

Und dahinein hörte er noch etwas anderes. Ein knirschendes, reibendes Geräusch war das; und als er es erkannte und zu bestimmen vermochte, da stockte ihm das Blut in den Adern, da ging ihm plötzlich auf, daß hinter diesen dünnen Stahlplatten, die vom Druck des Wassers bewegt wurden und diesen seltsamen Ton von sich gaben, daß hinter dieser fragwürdigen dünnen Stahlschicht der gigantische Berg der über ihnen wuchtenden See lag, die versuchte, zu ihnen durchzudringen und ihnen mit ihrem Druck das Leben aus der Hülle des Körpers zu pressen.

Wenn nur ein Manometer versagte, wenn auch nur eine Naht des Bootes diesem übermächtigen Druck nicht mehr standhielt, dann würde es geschehen. Dann würden sie alle fünfzig Meter unter dem Meeresspiegel wie ein kleines unwichtiges und vom Angesicht dieser Erde zu vertilgendes Gewürm zerquetscht werden. Dann lagen sie hier in einem stählernen Sarg, der sie nie wieder freigeben würde.

Die Kameraden im Logis waren einer nach dem anderen verstummt. Tiefe Atemzüge zeigten, daß sie eingeschlafen waren. Gerhard war es plötzlich, als müßte er in der nächsten Sekunde losschreien. Ein Stöhnen entrang sich seiner Kehle. Er preßte die Faust in den Mund und spürte nicht einmal, wie sich seine Zähne in den Handrücken gruben und das Fleisch zerfetzten.

„Gerhard, bist du wach?" Es war Hein Twiente, der sich leise zu dem Kameraden hinübergeschlichen hatte. Er ahnte, was in dem Jungen vorging, weil er als seebefahrener Mann wußte, w i e die See auf einen Neuling wirkte und wieviel mehr sie auf ihn in einer solchen Lage wirkte. Ohne daß es ihm bewußt geworden wäre, was er nun tun sollte, ließ er sich auf den Kojenrand nieder. „Nun sei man fein ruhig, min Jung, hier passiert dir nichts. Alles ist in Ordnung, und der Druck legt sich schon wieder, das kannst du mir glauben. Es kam alles ein bißchen schnell, der ganze Schietkroom; aber du kommst schon wieder klar. Mir ging es beim erstenmal ebenso, wirklich!"

„Danke, Hein! Es ist so ganz anders als bei einer Übung. Es tut mir leid, daß ich mich jetzt wie ein kleines Kind benehme. Weißt du, ich bin eben ein verdammt feiger Hund."

„Ne, min Jung! Das darfst du nicht sagen, denn so habe ich es anfangs auch immer gemacht. Mir ist es ganz genauso gegangen. Ich habe mir beim erstenmal glatt in die Hose geschissen." Gerhard lachte glucksend, wollte den Ton dämpfen, doch es gelang ihm nicht mehr, und er lachte lauthals los, voll Hysterie und Befreiung.

„Schnauze, Hein! Erzähle dem Riesenbaby keine unanständigen Witze mehr, sonst schreit es noch so laut, daß man es bis nach Kapstadt hören kann."

„Na also!" Hein grinste, was Gerhard in der Dunkelheit nicht wahrnehmen konnte.

„Danke, Hein, danke vielmals!"

„Red nur keinen Stuß, das ist doch selbstverständlich."

Die Gestalt des Jungen entspannte sich. Seine Hand griff zu der des Älteren hinüber.

„Ganz egal, du bist ein feiner Kerl. Ich wollte nur, ich könnte später einmal auch was für dich tun." Hein aber gab ihm schon keine Antwort mehr. Vorsichtig schlich er sich wieder zu seiner Koje zurück. Doch auch er konnte nicht einschlafen. Erst als er die tiefen Atemzüge des Jungen hörte und erkannte, daß Gerhard eingeschlafen war, drehte er sich auf die Seite und schlief gleich darauf selber ein.

Als Kapitänleutnant Heise in die Zentrale kam, riß der wachhabende Maat krampfhaft seine müden und verschwollenen Augen auf.

„Keine besonderen Vorkommnisse, Herr Kaleu!"

„Danke. Wo liegen wir im Augenblick?"

„Hier, Herr Kaleu!" Der Maat zeigte mit seinem dicken Zeigefinger auf eine Stelle dicht unter Land. Der Alte studierte die Karte und ging dann in Richtung auf den Dieselraum weiter, wo er auf den 1. WO stieß.

„Lassen Sie die Leute wecken, Herr Walkenhorst, wir müssen auftauchen, damit wir wieder klarkommen."

„Jawohl, Herr Kaleu!"

Die Grundwache ging durch die Schapps und weckte einzeln die Männer.

Als der Kommandant in die Zentrale zurückkam,

folgten ihm die beiden Männer der Brückenwache auf dem Fuß und hielten sich schon bereit.

„Alle Mann auf Tauchstation!“ Die Männer rannten los.

„Auftauchen auf Sehrohrtiefe!“ Ein einziges Aufatmen ging durch das Boot, als nach acht Stunden Unterwasserfahrt die Pumpen zu arbeiten begannen und die Preßluft die Tauchtanks leerdrückte. Gurgelnd schoß das Wasser aus den Tanks, und langsam stieg das Boot höher und höher.

„Horchfunker, was ist los?“ Der Alte hatte das Sprachrohr zur Funkbude ergriffen.

„Keine Schraubengeräusche; auch nichts anderes zu hören, Herr Kaleu!“ meldete der Horchfunker noch in der gleichen Sekunde, als habe er nur auf diese Frage gewartet.

„Sehrohr ausfahren!“

Der L.I. gab sofort die erforderlichen Befehle. Der Sehrohrmotor summte. Dann wandte sich der L.I. zum Kommandanten um.

„Sehrohr ist ausgefahren und kommt frei, Herr Kaleu!“ So wie immer war es auch diesmal dem L.I. gelungen, das Boot so hoch zu bringen, daß das Sehrohr genau auf die richtige Höhe auszufahren ging und daß es die Wasseroberfläche nicht unterschnitt, aber auch nicht zu hoch herausragte; was insofern schlecht gewesen wäre, als das Boot zu dicht unter der Wasseroberfläche stehen und sein Schatten leicht von Flugzeugen gesehen werden könnte.

Und wieder dachte der Kommandant bei sich,

daß er an diesem jungen Leutnant, dem er zuerst mit einer guten Portion Mißtrauen begegnet war, einen ausgezeichneten Fang gemacht hatte. Das gleiche hatte er auch dem Flottillenchef gesagt, als der ihn über das Können der Offiziere ausgefragt hatte. Doch dem Leutnant selber ließ er nichts darüber verlauten, um ihn nicht übermütig zu machen.

Heise klappte die beiden Stützen des Sehrohrs aus und begann die schon abendlich-dunkle Wasseroberfläche abzusuchen.

Langsam drehte sich das Sehrohr im Kreise, doch nichts war in der Runde zu entdecken, was auf die Anwesenheit eines Feindes hingedeutet hätte. Das Auge des Bootes glitt Zentimeter um Zentimeter herum. Der Kommandant starrte angestrengt in das ungewisse Dämmer des Abends. Er mußte sichergehen, wenn er nicht leichtfertig das Leben der Besatzung und das Boot selber aufs Spiel setzen wollte.

Währenddessen suchte der 1. WO durch das Luftzielsehrohr den Himmel nach feindlichen Maschinen ab, doch auch er konnte nicht den Schatten einer Maschine entdecken.

Entschlossen fuhren sie nach einer halben Stunde angestrengter Beobachtung die Sehrohre ein. Der Alte wandte sich der Lautsprecheranlage zu.

„Auftauchen!" Klar und schneidend kam das Kommando. Zischend drückte die Preßluft das Wasser aus den Tanks, und dann durchbrach U 861 nach einem Nachmittag lähmenden Wartens wieder die

Meeresoberfläche, pendelte einige Male hin und her und lag dann still.

Dicht hintereinander stürmten der Alte und die beiden Männer des Ausgucks auf den Turm. Krachend schlug das Turmluk zurück, und in breitem Strom drang die Frischluft in das Boot ein. Gleich darauf begannen die schweren Dieselmotoren wieder ihr donnerndes Lied zu singen. Die E-Maschinen verstummten, und im E-Maschinenraum begann das sich immer wiederholende Spiel des Aufladens der Batterien und der Auffüllung der Preßluft. Umsichtig und präzise gab der L.I. seine Befehle. Dies alles war ihm in den vergangenen Monaten schon so tief in Fleisch und Blut übergegangen, daß er nicht die geringste Kleinigkeit vergaß. Die Männer an den Maschinen und Geräten schmunzelten. So wie es hier gehandhabt wurde, war es schon Monate hindurch geübt worden. Jeder von ihnen wußte, wo sein Platz war und was er zu tun hatte.

*

So weit sie schauen konnten, dehnte sich vor den Männern der Brückenwache der Spiegel der See, der nur ab und zu von einer flachen Dünung verzerrt wurde. Nach der drückenden Hitze und der dicken Luft im Bauch des getauchten Bootes kam ihnen die Luft auf See kühl und balsamisch vor.

Einige Männer der Freiwache kamen — als sie ihre Gefechtsstationen verlassen konnten und nachdem der Alte es ihnen auf ihre Anfrage hin genehmigt hatte, an Deck, um eine Zigarette zu rauchen; ein Genuß, den sie lange genug hatten entbehren müssen. In tiefen Zügen inhalierten sie den Rauch, als wäre er ein langentbehrtes, dringend notwendiges Lebenselixier.

Alles war wieder friedlich und still. Das Boot, das quer zur See lag, rollte leicht hin und her. Mit angespannten Sinnen spähten die Männer auf dem Turm in die Runde. Ihre Gläser richteten sich auf jede verdächtige Wolke am Horizont, doch es ließ sich kein Feind mehr sehen.

Insgeheim atmete der Alte auf. Er blickte zu den Männern der Freiwache hinunter, die auf Deck waren. Dann griff er in die Tasche seiner Jacke und holte sein Zigarettenetui hervor. Tief sog er den Rauch des ersten Zuges ein. Hein, der ihn heimlich von der Seite beobachtet hatte, grinste in sich hinein. Das war die einzige bekannte Leidenschaft des Alten. Hierbei konnten sie auch ihn, der sonst ohne Fehl und Tadel war, erwischen.

„Schmeckt wie Titti mit Ei, nicht wahr, Herr Kaleu?" warf Hein scheinbar absichtslos hin.

„Twiente, Sie sehen auf dem Turm zuviel, ich glaube, ich muß Sie beizeiten ablösen lassen."

„Dafür bin ich doch Ausguck, Herr Kaleu!" Nun grinste Hein offensichtlich. Er war einer der wenigen, die den Alten von Anfang an kannten, und darum durfte er sich immer etwas Besonderes herausnehmen. Er nützte dies auch weidlich aus, schon um Herbert zu imponieren, der verblüfft herüberglotzte.

„Hoffentlich richten Sie Ihren Kieker auch mal gelegentlich auf den Bach, damit uns nicht einer der dicken Hunde durch die Lappen geht."

„Klar, Herr Kaleu!"

Die Augen der Brückenwache hatten sich in der allmählich hereinbrechenden Dunkelheit mehr und mehr an das zwielichtige Düster gewöhnt, das über dem Wasser lag. Sie sahen nun fast so gut wie am Tage.

„Herr Kaleu, Rauchsäule, drei Strich Steuerbord!" Der Alte, der sich soeben nach Backbord gewandt hatte, schnellte wieder herum. Sein Glas fuhr hoch. Tatsächlich, dort mußte ein großer Pott schwimmen, den sie leicht erwischen konnten.

„Ruder drei Strich Steuerbord. Beide Maschinen äußerste Kraft voraus!" Das Boot gehorchte wie selbstverständlich diesen Befehlen, und mit achtzehn Meilen Fahrt warfen sie sich der Rauchsäule entgegen, die von Minute zu Minute größer wurde.

Dann tauchte die Silhouette des Dampfers aus der Dunkelheit auf.

„Doller Kasten, Herr Kaleu, mindestens hundert Meter lang."

„Das gibt ein Festessen für uns ... Auf Gefechtsstation!"

Rasselnd gellte die Alarmglocke in den Schlaf und den Decksaufenthalt der Freiwache hinein und trieb sie auf die Stationen. Eine Minute lang war nur das Rennen und Hasten der Männer zu hören, dann standen alle auf ihren Posten.

Unaufhaltsam schob sich das U-Boot mit höchster Fahrstufe durch die flache Dünung dem Dampfer entgegen, der immer größer und bedrohlicher vor ihnen aufragte.

„Morsen Sie ihn an: Erkennungszeichen geben und stoppen!" Der Signalgast begann zu morsen. Die Deckvorrichtung seiner Handlampe klapperte zehn Sekunden lang im Rhythmus der Morsezeichen auf und zu, und die leuchtenden Lichtblitze, die zu dem Dampfer herüberliefen, wurden von dort aus mit dem internationalen Zeichen für „Verstanden" beantwortet. Gleichzeitig ging die amerikanische Flagge am Mast hoch.

„Stoppen Sie sofort!" blinkte der Signalgast noch einmal, als das Schiff noch immer keine Anstalten traf, seine Fahrt zu stoppen. Unablässig beobachtete der Alte die Bewegungen auf dem Dampfer, der nach Backbord auszubrechen versuchte.

„Geschütz eins, einen Schuß vor den Bug!" Kaum hatte Heise es ausgesprochen, als der Richtkanonier der 10,5-cm-Kanone die letzte Richtungskorrektur durchführte. Die Granate glitt ins Rohr, der Verschluß schnappte geschmeidig ein, und in der gleichen Sekunde dröhnte der erste Schuß über das Wasser hin. Die Granate klatschte hundert Meter vor dem Amerikaner in die See, und eine hohe Wasserfontäne sprang empor.

In der gleichen Sekunde beantwortete der Amerikaner das Feuer. Häßlich jaulend kam das Geschoß dicht über das U-Boot geflogen und krepierte kurz hinter ihnen, eine hohe Wasserwolke aufwirbelnd, die schnell wieder in sich zusammenfiel.

„Feuer frei!" Schuß auf Schuß verließ nun das Rohr. Dann fiel auch die 3,7-cm-Kanone in das Duell ein, und gleich darauf hackte auch das Zwillingsgeschütz mit seinen hellen Schlägen in die Kakophonie des Granatfeuers hinein, und seine Leuchtspurgeschosse griffen wie Gespensterfinger nach dem Amerikaner. Die Nacht wurde immer wieder vom grellen Mündungsfeuer der Abschüsse und von den gewölbten Flugbahnen der Leuchtspurgeschosse in gespenstisch zuckendes Licht getaucht.

Schon der vierte Schuß der 10,5-cm-Kanone traf den Dampfer genau mittschiffs. Die nächste Granate riß eines der Rettungsboote aus den Davits, und als die Geschosse der beiden kleineren Geschütze dekkend im Schiff lagen und die Aufbauten in Fetzen schlugen, drehte der Dampfer plötzlich bei, und die wild auf dem Deck hin und her rennenden Seeleute begannen in fieberhafter Eile die Boote zu Wasser zu lassen.

„Ruder hart Backbord!" U 861 beschrieb einen großen Bogen, um die Breitseite des Dampfers erfassen zu können. Das Geschützfeuer war auf beiden Seiten verstummt. Die Geschützbedienungen sahen, daß nun alle Boote des Amerikaners zu Wasser gelassen waren. Vorn am Bug konnten sie den Namen des Schiffes lesen, der sich in großen Lettern von der Bordwand abhob und trotz der Nacht zu sehen war, weil das Licht der Rettungslampen, die angezündet waren, um das Zu-Wasserlassen der Boote reibungslos durchführen zu können, das ganze Schiff erhellte.

„East Indian", sagte der Alte leise. Die Brückenwache hatte den Namen ebenfalls schon erspäht. Dies war also ihre erste Beute. Der Alte beugte sich zur Lautsprecheranlage hinüber.

„Rohr eins, fertigmachen!" Im Bugtorpedoraum bugsierten die Torpedogasten mit dem Kran schon das stählerne Ungetüm in das Ausstoßrohr. Der Torpedomechaniker nahm die Einstellung vor und meldete nach oben:

„Rohr eins, fertig!"

In diesem Augenblick jagte von dem Amerikaner eine Seenotrakete in den nächtlichen Himmel empor. Zischend stieg sie höher und höher und erhellte mit ihrem grellen Licht die Umgebung auf mindestens zwei Meilen im Umkreis. In ihrem Licht sahen die Männer des U-Bootes, wie der Kapitän von der Brücke verschwand und in das letzte bereitgehaltene Rettungsboot ging.

„Rohr eins, los!" Eine leichte Erschütterung ging durch das Boot, als der Aal das Ausstoßrohr verließ und mit hoher Geschwindigkeit auf den breitseits liegenden Dampfer zulief, der sehr tief im Wasser lag und anscheinend bis unter die Luken geladen war.

Der Obersteuermann in der Zentrale begann — auf die Stoppuhr blickend — zu zählen. Gerade in dem Augenblick, als er den Ablauf der Zeit meldete, flammte es mittschiffs bei der East Indian auf. Eine blutrote Flammensäule stieg senkrecht empor, und gleich darauf dröhnte die Detonation des Torpedos zu ihnen herüber.

Einige Sekunden lang sah es aus, als wäre nichts geschehen, bis plötzlich eine breite Flammenwand aus dem Bauch des Dampfers herausbrach und das Bild des mit der See kämpfenden Schiffes mit grellen, zuckenden Lichtern erhellte.

Noch während sie hinüberstarrten, sahen sie, wie sich das Heck langsam höher und höher hob. Die leichte Brise der Nacht trug den fürchterlichen Gestank von Öl und brennender Farbe zu ihnen herüber. Die See glich bei dem Dampfer einem riesigen Hexenkessel. Zischend stob der Dampf aus den aufgestellten Ventilen empor und schwoll von Sekunde zu Sekunde zu gellenderem Pfeifen an, das die Trommelfelle zu zersprengen schien.

Wie irrsinnig pullten die Männer in den Rettungsbooten und auf den beiden Flößen, um aus der Nähe des untergehenden Schiffes zu kommen. Das Heulen des Dampfes hielt an. Es war, als schrie das Schiff — in ohnmächtigem Zorn seine Organe aushustend — in letzter zweckloser Auflehnung gegen das ihm zugedachte Schicksal an. Die Schrauben des himmelhoch emporragenden Hecks starrten nutzlos und verloren — verhöhnt durch die See, die sich ihrer Beute sicher war — in den Nachthimmel. Es war, als bäume sich die East Indian zu einem letzten Verzweiflungssprung auf, der doch keine Rettung bringen, sondern nur den Weg hinunter auf den Meeresgrund nehmen würde.

Die Verständigungsschreie der davonpullenden Besatzung hallten durch das Rauschen und Donnern der Flammen und durch das zischende Fauchen des letzten ausgestoßenen Dampfes zu der U-Boots-Besatzung hinüber.

Dann dröhnte mit einem Male der berstende Schiffsleib, und den Männern auf dem U-Boot, die dies zum erstenmal hörten, stieg es würgend heiß in die Kehlen. Auf einmal aber war es, als risse die Faust eines unsichtbaren Giganten den Dampfer mit einer einzigen wilden Bewegung in die Tiefe.

Dort aber, wo die East Indian noch vor einer Sekunde gelegen hatte, entzündete sich das ausgelaufene Öl und brannte mit unheimlicher Rauchentwicklung weiter.

„Ruder fünf Strich Steuerbord, beide Maschinen halbe Fahrt voraus." Dicht vor der Untergangsstelle drehte sich das Boot, und die Gläser der Wache suchten das Wasser ab, um eventuell noch im Bach schwimmende Überlebende aufzunehmen. Doch sie schienen alle gut in ihren Booten weggekommen zu sein. Von den Booten selbst war schon nichts mehr zu sehen.

Der Alarm wurde abgeblasen, und die Freiwache ging nach unten, um sich in die Kojen zu werfen und eine Mütze voll Schlaf zu nehmen, wünschend, daß sie nicht noch einmal von einem Alarm wachgerüttelt würden.

Das U-Boot aber zog weiter in die Nacht hinein. Während Kapitänleutnant Heise sich in sein Schapp zurückzog, um die Versenkung des feindlichen Dampfers in das Kriegstagebuch einzutragen, kletterte der 1. WO auf die Brücke.

Gleich darauf wurden auch die beiden Wachgänger abgelöst. Doch sie gingen noch nicht hinunter, um sich in die Kojen zu hauen, sondern gesellten sich zu der Gruppe, die im Kreis an Deck zusammensaß und klönte.

Sie fuhren vollkommen ohne Beleuchtung. Ihr Schatten, vom Mond auf das Wasser geworfen, folgte ihnen als eine dunkle Bahn.

Die Nacht war von einer traumhaften Schönheit, und wenn die Besatzung nicht mit eigenen Augen den Untergang der East Indian gesehen hätte, dann würde sie es jetzt nicht mehr geglaubt haben.

Die Schönheit dieser Nacht schien die sinnenden Männer für den grauenvollen Anblick des späten Abends entschädigen zu wollen.

Der Zentralemaat hatte den genauen Standort des Bootes während der Versenkung festgestellt. Sie hatten genau auf 37 Grad Süd und vierzehn Grad Ost gelegen.

Die Männer auf Deck rochen das Land, das sie seit Wochen nicht mehr betreten hatten und auf weitere Wochen hinaus auch nicht betreten würden; aber sie waren noch so weit davon entfernt, daß sie es infolge der Erdkrümmung auch vom Turm aus nicht würden ausmachen können. Die leichte Nachtbrise umspielte sie, und die Kameraden auf Deck erzählten einander von zu Hause. Und wenn sie zum samtschwarzen Himmel emporschauten und die leuchtenden Sterne sahen, in einer Fülle, wie sie es zu Hause noch nie gesehen hatten, dann wünschten sie sich wohl alle, bald wieder gesund zu Hause zu sein. Ihre Gedanken machten die weite, wochenlange Reise innerhalb weniger Sekunden. Alles war wie verzaubert.

Der Bug des Bootes zerteilte die See, daß sie links und rechts auseinanderfloß, und ein glimmendes und leuchtendes Kielwasser zog hinter ihnen her wie eine leuchtende Bahn. In den Erzählungen rückte die Heimat, von der sie Tausende von Seemeilen trennten, so nahe wie nie.

Leise, so daß der Alte nicht gestört wurde, der bestimmt wieder über seinen Seekarten hockte, begann Hein Twiente auf der Mundharmonika zu spielen. Ebenso leise fielen die Männer in den Gesang mit ein, der sie alle zu dieser Minute mit einem festen Band umschloß und die Verbundenheit bekräftigte:

„Wo die Nordseewellen trecken an den Strand."

Die getragene Weise brachte die Heimat nah, und hätte Hein in die Herzen der Kameraden schauen können, dann wäre er erstaunt gewesen, wie stark sein einfaches Spiel die Männer gepackt hatte, die doch mit dem Tode auf du und du standen und die Gefahr mit einem Fluch oder einem Gelächter begrüßten.

Oberleutnant Walkenhorst lauschte von der Brücke herunter dem leisen Singen der Männer. Er wußte, daß dies die besten Männer waren, die er je gehabt hatte, und er war der letzte, der ihnen diesen Gesang verbieten würde, der ja nicht weiter in die Nacht hinausdrang als die Schraubengeräusche des mit großer Fahrt voranschießenden Bootes.

„Herr Oberleutnant!" Mit dem Anruf aus der

Funkkabine war in Walkenhorst sofort wieder alles gespannte Aufmerksamkeit.

„Was gibt es, Puster?"

„Funkspruch vom U 177." Mit diesen Worten reichte ihm der Zweite Funker schon das Funkspruchformular. Oberleutnant Walkenhorst drehte sich ein wenig zur Seite, damit das Licht des Mondes voll auf den Spruch fallen konnte.

„Von U 177 an U 178 und U 861: Ausgangsbasis erreicht. Liegen 37 Grad Süd, 14 Grad 34 Minuten Ost." Eine Minute lang überlegte der 1. WO, dann wandte er sich wieder dem Funker zu:

„Funkspruch an U 177: Treffen in der nächsten Stunde auf Sie, bleiben Sie auf Empfang." Der Funker wiederholte den Text und verschwand dann im Niedergang. Walkenhorst hörte ihn über den Rost des Laufganges klappern, dann schlug die Schapptür zur Funkbude, und wieder war Stille.

„Verstärkte Beobachtung nach vorn. U 177 muß dicht vor uns liegen. Wer von Ihnen das Boot zuerst ausmacht, bekommt zehn Zigaretten von mir." Die Gläser der Brückenwache drehten sich in die angegebene Richtung. Oberleutnant Walkenhorst griff zum Sprachrohr.

„Obersteuermann Harden sofort auf den Turm!" Es dauerte keine halbe Minute, und der Obersteuermann stand vor ihm.

„Obersteuermann Harden wie befohlen zur Stelle!"

„Harden, Sie übernehmen das Kommando; ich

muß zum Alten. Wenn etwas Besonderes los ist, dann lassen Sie mich sofort rufen."

„Zu Befehl, Herr Oberleutnant!" Harden übernahm das Glas und wandte sich sogleich seinem Aufgabenbereich zu, wie er dies schon in vielen Übungen getan hatte.

Leise schlich der 1. WO durch die Zentrale, ebenso leise öffnete er das Schott zum Gang und tastete sich zum Schapp des Alten vor. Als er das unter seiner Berührung ächzende Schott öffnete, drang ihm der schmale Strahl einer Tischlampe entgegen. Neben dem Kriegstagebuch lag der Kopf des Kommandanten auf der harten Platte des Klapptisches. Als das Schott sich knarrend schloß, fuhr Heise in die Höhe.

„Nun, Herr Walkenhorst, was bringen Sie Gutes?" Die eine Hand vor den Mund haltend und das Gähnen verdeckend, deutete er mit der anderen auf den niederen Klappstuhl.

„Funkspruch von U 177. Das Boot steht dicht vor uns, wir werden es in den nächsten Minuten erreichen."

Der Alte sprang wie elektrisiert auf. „Lassen Sie sofort antworten, daß wir sie zu sprechen hoffen."

„Das habe ich bereits in Ihrem Sinne erledigt, Herr Kaleu. Ich wollte Sie nur noch verständigen, weil ich annahm, daß Sie den Kommandanten von U 177 zu sprechen wünschten."

„Also, wenn ich Sie nicht hätte, Walkenhorst, dann könnte ich einpacken. Na, wollen mal raufgehen, damit wir U 177 gebührend empfangen können." Aus seinem Spind nahm Heise die Jacke. Dann stülpte er sich die ehemals weiße Mütze auf den verstruwelten Kopf und folgte dem 1. WO durch das Zentraleschapp nach oben.

Als sie auf der Brücke standen, übergab Obersteuermann Harden ihnen einen zweiten Funkspruch.

„Von U 178", sagte er und grinste. Heise ergriff das Blatt, und gleich dem Ersten drehte er sich ein wenig zur Seite.

„Von U 178 an alle! Habe Geleit ausgemacht, weit auseinanderfahrend, zwischen Port Elizabeth und dem Kanal von Mocambique. Südostküste sehr befahren; erbitte Verstärkung. Dreher, Kommandant." Der Alte reichte das Blatt wortlos an den 1. WO weiter.

„Blinkzeichen drei Strich Steuerbord, Herr Kaleu!" Der Mann am Steuerbordausguck hatte es gerufen, noch ehe der 1. WO den Spruch gelesen haben konnte. In der gleichen Sekunde begann der Signalgast auf der Schiefertafel zu schreiben, die immer griffbereit in dem Spind lag, in dem auch die Winkflaggen und das Spruchbuch untergebracht waren.

„Das ist U 177", rief Heise.

„Blinkspruch von U 177", meldete der Signalgast und reichte dem Alten die Tafel.

„An U 861: Gute Fahrt nach Südosten. U 177 läuft Steuerbordsicherung, ebenfalls Kurs Südost. Haben Sie schon etwas vor den Rohren gehabt?"

„Versenkt: East Indian, 8 159 BRT." Die Handlampe des Signalgasten blinkte diesen Spruch zu

U 177 herüber, das höchstens eine halbe Meile vor ihnen lag. Sogleich blitzte es von drüben wieder auf, und der Signalgast begann wieder zu schreiben:

„Gratuliere! Weiterhin Hals- und Beinbruch!"

„Ebenfalls gute Fahrt und viel Erfolg!" Die Handlampen klapperten noch einmal auf, dann blitzte vom U 177 das Zeichen „Verstanden" auf. Das letzte, was sie von dem so überraschend aus der Nacht vor ihnen aufgetauchten Boot sahen, war, daß U 177 nach Steuerbord abdrehte und mehr und mehr aus ihrem Gesichtsfeld verschwand

Der Alte ließ noch den Antwortfunkspruch an U 178 durchtasten, dann waren sie wieder allein in der See, aus der ihnen so überraschend die Stimmen der Kameraden entgegengeschlagen waren und ihnen gezeigt hatten, daß sie in der weiten Unendlichkeit des Indischen Ozeans nicht allein waren, sondern daß gleich ihnen andere Männer die Wache hielten, daß gleich ihnen andere Männer bereit waren, ihr Leben in die Schanze zu schlagen, getreu dem Fahneneid, zum Segen für das Vaterland, das zu schützen sie ausgelaufen waren.

III. KAPITEL

„Vier Tage schaukeln wir nun schon hier im Südosten des afrikanischen Kontinents auf der See, und noch immer haben wir keinen Schwanz von den gemeldeten Schiffen gesehen." Hein Twiente hatte eine Dose Ölsardinen aufgedreht; bedächtig legte er sich zwei, drei der fetten Fische auf die vor ihm liegende Brotschnitte, drückte die Fische etwas auseinander und träufelte schließlich abschließend einige Tropfen des Öls auf den Fisch. Genießerisch begann er nach diesen Vorbereitungen zu essen.

„He, Backschafter, wo bleibt der Kaffee?"

„Ich komme ja schon!" Schnaufend kam der Backschafter aus der Kombüse angeschossen, die große Emaillekanne mit dem dampfenden Kaffee in den Händen haltend.

„Du solltest dir Rollschuhe anschaffen, Waldi, dann könntest du alles so schnell ranschaffen, wie Hein es immer haben will."

„Da müßte ich aber erst einen Kursus in Kunstlauf absolvieren, wo hier auf diesem verdammten Kahn alles so eng ist und nicht einmal zwei Meter Flur gerade verlaufen", schimpfte Wladislaus Pirzowski, den sie alle der Einfachheit halber Waldi nannten, und grinste halb wütend und halb belustigt. „Daß du überhaupt noch Kaffee magst, wo du doch so mit deinem Rum angibst", knurrte er Hein an.

„Mensch, mach mich nicht wahnsinnig! Wenn du noch einmal das Wort Rum in den Mund nimmst, ohne zugleich eine große Flasche dieses Göttertrankes auf den Tisch zu stellen, dann werfe ich dich über Bord, verstanden?"

„Halt nur mal die Luft an. Dazu gehören immer noch zwei: einer, der wirft, und einer, der sich werfen läßt."

„Richtig, Waldi, sag es ihm nur mal deutlich genug, daß du mit solchen Würmern schon noch fertig wirst."

Herbert grinste und kniff den Kameraden an der Back ein Auge. „Wetten, daß Waldi unseren Hein auf die Bretter legt, ohne daß er noch Zeit findet, einmal um Hilfe zu rufen?" Sie grölten alle zugleich los, denn der Gegensatz, der zwischen Waldi und Hein bestand, war wirklich recht groß, Hein überragte seinen Widersacher um Kopfeslänge, und Waldi hatte — wenn er dies gewollt hätte — bequem Gelegenheit gehabt, sich hinter dem Rücken seines Kameraden umzuziehen.

Gemütlich ergriff Hein den Backschafter an Rock und Kragen und hob ihn wie einen Kartoffelsack unter die niedrige Decke, wo er zappelnd versuchte, wieder freizukommen. Nach einer halben Minute setzte er ihn wieder auf den Fußboden zurück.

„Perrunje bei Gleiwitz!" Waldi stürzte sich mit Vehemenz auf Hein, doch grinsend hielt Hein ihn mit seinen langen Armen auf Distanz, sooft Waldi es auch versuchte. Die Männer wollten sich halbtot lachen über dieses ulkige Bild, das die beiden boten.

„Alarm!" gellte es aus dem Lautsprecher mitten in die ausgelassene Stimmung hinein und fetzte die Männer auseinander. Sie fuhren in ihre abgelegten Kleider und rasten Sekunden später, sich erst im Laufen anziehend, auf ihre Gefechtsstationen. Das einfältige Spiel, das sie noch eben getrieben hatten, war plötzlich vergessen. Nun galt nur noch die Pflicht.

Mit den anderen raste auch Gerhard nach oben. Walter, sein Ladeschütze, lief neben ihm her. Sie stolperten durch die Gänge und kletterten dann über die Leitern an Deck, um zu ihrem Zwillingsgeschütz zu gelangen. Und während sich Gerhard auf den Sitz fallen ließ, legte Walter schon den ersten Gurt ein.

Vor ihnen — keine drei Meilen entfernt — stand ein Dampfer. Walter starrte ihm durch das Glas, das zum Geschütz gehörte, entgegen. Dann räusperte er sich, weil ihm die Kehle trocken geworden war, und ließ das Glas sinken.

„Mensch, Gerhard, das ist wieder einmal ein fetter Brocken. Wenn wir den erwischen, dann haben wir unser Konto wieder mal um etliche tausend Tonnen aufgebessert... Ich werde verrückt, dort hinten kommt noch einer auf. Das scheint ja ein ganzer Geleitzug zu sein."

„U-Bootjäger zwo Strich Backbord. Entfernung sechstausend!" Die in Bereitschaft stehenden Männer konnten den Fluch hören, den der Alte ausstieß, als die Meldung durchkam.

„Alles auf Tauchstation!" Die Geschützbedienungen machten ihre Geschütze zum Tauchen klar und rasten zurück in den Bauch des U-Bootes. Zwei Minuten später fiel das Tauchkommando, und noch ehe der U-Jäger, der eben das vorderste Schiff des Konvois umkreiste, um wieder an der Flanke des Geleits entlang zurückzulaufen, sie bemerkt hatte, sackte das Boot in die Tiefe.

„Ruder, zwei Strich Backbord!"

„Zwei Strich Backbord!" wiederholte der Rudergänger und wirbelte das Rad herum. „Neuer Kurs liegt an", meldete er dann dem Kommandanten, der am ausgefahrenen Sehrohr stand und das Geleit nicht aus dem Objektiv ließ.

„Erstes Rohr, Achtung! E-Maschinen kleine Fahrt voraus!" Unablässig spähte der Alte dem ersten Dampfer entgegen, den er sich aus dem Geleit herauspicken wollte. Nun stand er in günstiger Position und konnte ihn kommen lassen. „Maschinen stop!"

Nichts deutete darauf hin, daß der U-Bootjäger das U-Boot ausgemacht hatte. Der Dampfer war inzwischen in Schußposition gekommen. Es wurde Zeit. Wie ein riesiger Berg stand er genau im Fadenkreuz der Zielvorrichtung. Noch fehlten einige Meter an der günstigsten Schußposition, noch waren Sekunden zu warten.

„Erstes Rohr, los!" Das Boot wollte wie ein feuriger Renner vorn hochgehen, doch die beiden

Tiefenrudergänger zwangen es wieder in die Waagerechte zurück. Keine halbe Meile vor ihnen bäumte sich mit einem Male der graugestrichene Dampfer auf, als habe man ihm die Sporen eingesetzt. Der Alte sah durch das Sehrohr, wie die Besatzung sich in panischem Schrecken in die See warf, um wenigstens das nackte Leben zu retten.

Und dann wußte der Alte mit einem Male auch, warum sie es so eilig damit hatten, das getroffene Schiff zu verlassen. Der Dampfer mußte bis unter die Lukendeckel mit Munition vollgeladen sein, die für irgendeinen Kriegsschauplatz bestimmt war. Obgleich unter der Flagge von Panama fahrend, hatte sich der Kapitän des Schiffes für die Amerikaner anwerben lassen, diese Todesfahrt mitzumachen, und nun nahte das Verhängnis.

In unablässiger Folge barsten die Granatenkisten donnernd auseinander und schleuderten die Tod und Verderben bringende stählerne Saat in die Luft.

Eine einzige Detonation riß die ganze Brücke und einen Teil der Aufbauten weg und schleuderte sie in die See, als wäre es ein Kinderspielzeug.

In einem gigantischen, ohrenbetäubenden Feuerwerk riß das Munitionsschiff innerhalb weniger Minuten in tausend Fetzen auseinander, und jede der eruptionsartigen Erschütterungen, die das todwunde Schiff immer wieder hin und her warfen, fetzte neue klaffende Wunden in den Leib des Giganten.

Dann brach das Schiff in einer letzten Detonation mitten auseinander, und die Trümmer sanken schnell, bis auf das leichtere Gut, an das sich die in den Bach gesprungene Besatzung geklammert hielt.

„Ruder hart Steuerbord! E-Maschinen äußerste Kraft voraus!“ Die E-Maschinen summten in den höchsten Tönen, als das Boot sich wieder in Bewegung setzte, um dem U-Jäger zu entgehen, der nach der Detonation des Munitionstransporters kehrtgemacht hatte und mit hoher Fahrt auf die Unglücksstelle zulief.

Kapitänleutnant Heise hatte sein Notizbuch aus der Tasche genommen und sich den Namen des versenkten Schiffes aufgeschrieben.

„Plaudit“, sagte er vor sich hin, „mindestens fünftausend Tonnen.“ Dann wandte er sich wieder dem Sehrohr zu.

„U-Jäger kommt genau auf uns zu, Herr Kaleu“, meldete der 1. WO, der in der Zwischenzeit das Sehrohr übernommen hatte.

„L.I., gehen Sie auf sechzig Meter hinunter. E-Maschinen ausschalten!“ Immer tiefer sackte das Boot. Der Horchfunker gab jede Minute seinen Bericht aus der Funkbude. Die Mienen der Männer wurden ernst, denn der U-Jäger kam in gerader Fahrt auf sie zu.

„Ich glaube, der hat uns gepeilt.“ Heins Worte gellten durch den Raum, obgleich er normal gesprochen hatte. Die Männer standen mit verzerrten Gesichtern auf ihren Stationen. Nun waren sie die Gejagten. Aus Jägern war mit einem Male Wild geworden, und dieses Gefühl des Gejagtwerdens, des Ausgeliefertseins, überflutete sie mit einem Gefühl grauer, schaudervoller Ohnmacht und ließ ihr Herz in dumpfer Furcht vor dem Tode verkrampfen.

Dann erschütterten die Druckwellen einer Reihe von Wasserbombendetonationen das Boot und warfen es wie einen Apfel hin und her. Die Männer taumelten durcheinander und prallten gegen die Wände. Loses Gut krachte zu Boden, und Geschirr zerschepperte mit mißtönendem Geräusch. Die Wasserbomben konnten höchstens hundert Meter vor ihnen geworfen worden sein.

„Boot liegt auf sechzig Meter!" meldete eine tonlos gewordene Stimme.

„U-Jäger über Kopf", meldete im gleichen Augenblick der Horchfunker, und unwillkürlich durchzuckte alle der gleiche Gedanke: Wenn er jetzt wieder seine Wasserbomben wirft, dann wird das Boot wie eine reife Frucht auseinanderplatzen, und der Druck des Wassers wird mit uns das gleiche tun.

„Gehen Sie auf hundert Meter!" Wieder begann das Boot tiefer zu sacken, und dieses Kommando, im rechten Augenblick gegeben, rettete ihnen allen das Leben, denn mit einem Male schien es, als sei die Hölle losgelassen worden. Mit fürchterlicher Wucht traf sie die Detonationswelle von mindestens sechs Wasserbomben, die schräg über ihnen detonierten. Es war, als würde die ungeheure Wucht der Explosion das Boot einfach umstülpen. Es krängte um mindestens sechzig Grad über. Eine, zwei unendlich lange Sekunden hindurch schien es endgültig herumrollen zu wollen, und die Männer auf ihren Stationen wurden gegen die Schotts und gegen die

Wände ihrer Stationen geschleudert. Einer der Männer — keiner wußte im Augenblick, wer es wohl sein könnte — schrie gellend auf und verstummte so plötzlich, daß alle wußten, daß ihm wohl nicht mehr zu helfen sein würde.

Gerhard, der neben Hein stand, hatte instinktiv das zunächstliegende Ventil umklammert, als das Boot überkrängte. Er spürte, wie er den Boden unter den Füßen verlor. Irgend jemand prallte gegen ihn, und gemeinsam rollten sie durch den Raum und klammerten sich dann an eines der Rohre fest, die in die Zentrale hinüberführten. Aus dem Maschinenraum hörte er das Getöse eines schweren Falles, und unter ihnen erklang es mit einem Male, als würde Stoff zerrissen. War das Boot leckgeschlagen? Einige bange Sekunden lang schien es, als käme U 861 nicht wieder hoch. Doch dann trimmte es sich — hin und her pendelnd — wieder ein.

„Hast du es nicht schreien hören?" fragte Gerhard den Kameraden. Hein nickte beklommen. „Es muß aus dem Geschützbedienungsschacht gekommen sein. Komm, wir wollen nachsehen. Vielleicht ist es die zurückgelassene Lukenwache." Sich an den Wänden und Rohrleitungen haltend, tasteten sie sich im Finstern zum Schott des Geschützbedienungsschachtes vor. Gerhard, der hinter Hein ging, sah, daß der Kamerad wie vom Schlage getroffen stehenblieb, als er in den Schacht blickte. Unwillkürlich zuckte er zusammen. Dann raffte er sich auf und schob den Freund zur Seite, der ihm die Aussicht versperrte.

Es war ihm, als schlüge ihn eine gewaltige Faust mit aller Wucht in den Magen, als er den Mann der Wache sah. Sein Kopf hing zwischen zwei Leitersprossen eingeklemmt, und der Körper bog sich in rechtem Winkel dazu herum. Der Mann mußte beim Überkrängen des Bootes vornübergefallen und mit dem Kopf in die Leiter geraten sein. Als sich dann das Boot wieder aufrichtete, hatte es ihm das Genick gebrochen. Gerhard lehnte sich gegen das Schott. Kühl spürte er den Stahl der Tür, dann mußte er sich übergeben.

„Los, raus hier! Ich hole den Alten!" Hein zerrte den Freund am Arm aus dem engen Raum heraus, und während Gerhard in das Mannschaftsschapp hinüberlief, rannte Hein zur Zentrale weiter.

Als Hein dem Alten meldete, was er gesehen hatte, wurde das Gesicht des Alten grau. Er stand noch immer mitten in der Zentrale, wo ihn die Wucht der Detonation zu Boden geschleudert hatte, und versuchte krampfhaft, sich nichts von dem Schrecken merken zu lassen, den die so nahe beim Boot niedergehenden Wasserbomben in ihm wachgerufen hatten.

„Erster Wachoffizier mit zwei Mann in den Geschützbedienungsschacht. Twiente, zeigen Sie Herrn Walkenhorst, was geschehen ist", wandte er sich Hein zu. Wortlos wandte sich Hein wieder ab, und die drei Männer folgten ihm. Eine halbe Minute blieb der Alte stumm, dann raffte er sich wieder aus seiner Niedergeschlagenheit auf.

„Lecksicherungstrupp durch das Boot!" Bootsmannsmaat Tiedjen nickte und winkte seinen Männern, ihm zu folgen. Eine halbe Minute später war der Trupp im Niedergang zu den Brennstofftanks, wo sie ihre Suche nach etwaigen Lecks immer zuerst begannen, verschwunden.

„Sollen wir ausweichen, Herr Kaleu?“ Der L.I. war aus dem E-Maschinenraum heraufgekommen.

„Auf keinen Fall, Herr Berger! Solange wir keine Geräusche mehr von uns geben, können sie uns nicht mit Sicherheit ausmachen. Es sei denn, daß einer der Brennstofftanks leckgeschlagen ist, doch das werden wir gleich hören. So lange aber bleiben wir hier liegen, denn so bald werden sie nicht auf die gleiche Stelle zulaufen und neue Wasserbomben werfen.“

„Schraubengeräusche des U-Jägers jetzt über eine Meile Steuerbord querab“, meldete der Funker, um zwei Minuten später erneut zu melden, daß die Schraubengeräusche nicht mehr zu hören seien. Die Männer atmeten erleichtert auf, denn das zeigte ihnen, daß sie nicht leckgeschlagen waren.

Wie eine Bombendetonation erschreckte sie die Gruppe der ins Mannschaftslogis kommenden Männer, die den Posten auf einer Bahre hereintrugen. Sie stellten ihn mitten im Schapp ab, und die herumdrängenden Männer sahen, daß ihr Kamerad, der noch vor einigen Minuten mit ihnen zusammen gescherzt und über das Mißgeschick geflucht hatte, von ihnen gegangen war. Wortlos umstanden sie die Bahre, bis der 1. WO die Mütze wieder aufsetzte und ihnen befahl, ihn in den Torpedoraum zu bringen.

Eine wilde Wut hatte die Männer gepackt, und dazwischen webte der Schmerz darüber, daß es diesen Kameraden auf eine solche Art hatte erwischen müssen. Auge in Auge standen sie in diesen Minuten der Erkenntnis gegenüber, daß der Tod immer bei ihnen war, daß er auf dem Boot mitfuhr und jederzeit zuschlagen konnte, selbst wenn sie sich schon in Sicherheit wähnten.

Gerade wollte der Alte sich wieder in der Zentrale den Karten zuwenden, als der Lecksicherungstrupp zurückkam. Fragend blickte er den Männern entgegen, und an ihren Gesichtern konnte er erkennen, daß irgend etwas nicht stimmte.

„Nun, Tiedjen, alles in Ordnung?"

„Melde Herrn Kapitänleutnant, daß wir ein Leck haben. Oberhalb des Brennstofftanks vier ist die Außenhülle des Bootes auf eine Länge von einem Meter leck. Es sind drei Niete abgeplatzt, und durch die Plattennaht rinnt Wasser herein."

„Was haben Sie unternommen?"

„Wir haben versucht, die Nietstellen mit Bleistopfen auszubessern, aber der Druck des Wassers schlägt die Stopfen immer wieder zurück."

„Verdammt, das ist ja eine schöne Schweinerei! Wenn wir Pech haben, dann platzt uns bei der Tiefe der ganze Bootskörper auf."

„Wir müßten baldmöglichst von außen rankönnen. Von außen können wir mit Blei was machen." Einige Sekunden stierte der Alte gegen die Wand der Zentrale. Es war, als blicke er durch sie hindurch. Dann wandte er sich dem Lautsprecher zu.

„Schraubengeräusche kommen näher", meldete der Funker. Der U-Jäger kehrte zurück. Es war kaum eine halbe Stunde vergangen, seitdem er ihnen die Wasserbomben so dicht am Boot geworfen hatte. Die Herzen der Männer, die tief in der See liegend diesem Feinde wehrlos preisgegeben waren, dröhnten wie Schmiedehämmer gegen ihre Rippen. Es war, als müßten sie wahnsinnig werden.

Wieder dröhnten Wasserbombendetonationen. Immer näher kamen die Wellen der Erschütterungen auf sie zu. Dieses hilflose Warten drohte ihnen den Nerv zu nehmen. Es war fast sicher, daß die nächsten Wasserbomben sie voll treffen mußten.

Wie ein verhaltener Seufzer ging es durch das Mannschaftslogis, als sie hörten, daß das Boot leckgeschlagen war. Gerhard fiel das reißende Geräusch wieder ein, und mit einem Male stand das schreckliche Schreckgespenst aller U-Bootfahrer vor ihren geistigen Augen. Nicht mehr lange, dann würde ihr Boot auseinanderbrechen und sie dem übermächtigen Druck des Wassers überlassen, das sie zerquetschen würde.

„Auftauchen!" Der durch den Bootskörper gellende Ruf des fünften Mannes am 10,5-cm-Geschütz hatte nichts Menschliches mehr. „Auftauchen. Ihr Mörder, auftauchen!" Wie rasend wehrte sich der Mann und versuchte die vier Kameraden, die sich auf ihn geworfen hatten und ihn festhielten, damit er nicht die Preßluft anstellte, abzuschütteln. Sein

Kreischen schwoll zu einem unsagbar gräßlichen, noch nie gehörten Gellen an, und dann schlug er — noch ehe die Kameraden, die ihn schreckerstarrt umklammert hielten, ihn daran hindern konnten — seinen Kopf gegen eines der Ventile. Es krachte, als schlüge ein Hammer auf morsches Holz. Dann hing er still in ihren Armen.

„Auftauchen auf Sehrohrtiefe!" Das Kommando des Alten zerriß die Atmosphäre beginnenden Wahnsinns, in welcher alles unterzugehen schien. Die Männer erwachten zu neuem Leben und neuen Hoffnungen. Dies war ihre Chance. Wenn nicht noch ein anderes Sicherungsfahrzeug in der Nähe war, dann konnte es ihnen vielleicht gelingen, sich des Gegners durch einen schnellen und glücklichen Torpedoschuß zu entledigen.

Durch diese neue Hoffnung jäh belebt, warteten die Männer auf die Kommandos, die nun folgen mußten. Sie wußten, daß es nur diese eine Möglichkeit gab, zu entkommen, und sie wußten mit einem Male wieder, daß der Alte sie auch nutzen würde.

IV. KAPITEL

Als der Hall der Detonation zu ihm herüberschallte, stand Commander Barthley auf der Brücke seines U-Bootjägers.

„Sir, die ‚Pandit' ist getroffen", meldete sein Erster Offizier. „Wahrscheinlich U-Boote."

„Danke, Hotton. Gegenkurs, äußerste Kraft voraus!"

Der U-Jäger, der die vordere Geleitsicherung übernommen hatte, drehte in unwahrscheinlich kurzer Zeit und lief dann mit fast dreißig Meilen Fahrt auf die Unglücksstelle zu.

Es war einer der neuesten U-Bootjäger, und er hatte auch die neuen Wasserbomben-Wurfgeräte an Bord. Damit war er zu einem nicht zu unterschätzenden Gegner für die deutschen U-Boote geworden.

„Horchraum", wandte sich Commander Barthley nach unten, „haben Sie etwas im Gerät?"

„Jawohl, Sir, scheint ein größerer Körper zu sein, wahrscheinlich ein feindliches U-Boot."

„Behalten Sie das Objekt unter allen Umständen im Gerät, verstanden? Suchen Sie wie ein Schießhund!"

„Jawohl, Sir!" Langsam an den Skalenknöpfen des Horchapparates drehend und die Einstellung mehr und mehr verbessernd, brachte sich der Peilgast mitten in das Geräusch hinein. Das schwirrende Echo wurde lauter und lauter, je mehr der U-Jäger nach Backbord ausscherte.

„U-Boot liegt jetzt in dreitausend Yard Entfernung, zwei Strich Backbord", meldete der Peilgast zum letztenmal, als plötzlich die Peilung aussetzte. Der schnittige Leib des U-Jägers ging — auf den leichtesten Ruderdruck ansprechend — in die neue Richtung. In höchster Fahrt rasten sie auf das ausgemachte Objekt zu.

„Heckwerfer klar!" Mit Höchstfahrt kam der U-Jäger der vermeintlichen Liegestelle des U-Bootes näher, denn dort, von woher der Peilgast die letzten Impulse aufgenommen hatte, mußte das U-Boot mit abgestellten Maschinen liegen.

„Genau über Kopf, Sir!"

„Wasserbomben, Feuer frei!" In hohem Bogen wurden die Wasserbomben des Heckwerfers zurückgeschleudert, auf die Stelle zu, die sie eben überlaufen hatten. Mit höchster Fahrt brachte sich der U-Jäger aus dem Detonationsbereich der Wasserbomben, die eine riesige Wasserwand emporschleuderten. Zwei Sekunden lang schien es, als wollte diese gigantische, zyklopenartige Wasserwand für ewig so stehenbleiben, doch dann fiel sie mit ohrenbetäubendem Donnern in die See zurück.

Als sie nach einer halben Meile wendeten, war nichts zu entdecken, was darauf hingedeutet hätte, daß die Wurfserie erfolgreich gewesen war.

Wieder gingen sie auf Gegenkurs und näherten

sich erneut der Stelle, an der das U-Boot nach den Peilungen liegen mußte.

„Backbordwerfer, Feuer!“ Wieder riß die Gewalt der Detonation einen Wasserblock gigantischen Ausmaßes aus dem unendlichen Katafalk des Meeres heraus und wirbelte ihn in die Höhe, so daß den Männern auf dem Gefechtsstand des U-Jägers der Donner des niederschmetternden Wasserschwalls in den Ohren dröhnte und ihnen die Worte vom Munde riß.

Doch auch diesmal hatten sie keinen Erfolg.

Commander Barthley war in den Horchraum hinuntergestürzt. Während in der Ferne das weit auseinandergezogene Geleit an ihm vorüberlief und — nach Steuerbord abschwenkend — mit erhöhter Geschwindigkeit den Hafen von Port Elizabeth zu erreichen versuchte, bemühte sich der Commander persönlich, die Geräusche des U-Bootes zu finden. Einmal mußte das Boot doch wieder etwas unternehmen. Es konnte doch nicht stundenlang regungslos in der See liegen. Doch auch Commander Barthley fand nichts.

Sie kreuzten in einem Quadrat von zehn Meilen hin und her. Immer wieder warfen sie Wasserbomben. Sie wollten das Boot, das sie schon so gut wie sicher hatten, nicht mehr aus den Fängen lassen. Sie wollten es dem Jerry schon heimzahlen und diesmal ihn selber zu den Fischen schicken, wie der Jerry es schon mit so vielen Schiffen getan hatte, auf denen ihre Kameraden gefahren und mit denen ihre Kameraden untergegangen waren. Das Jagdfieber hatte sie gepackt. Sie waren zu Besessenen geworden, die nicht nachlassen würden, das Wild zu jagen, das sie aufgespürt hatten. Erst wenn sie es endgültig gestellt und vernichtet hatten, würden sie zufrieden sein.

„Ich habe wieder Kontakt mit dem Objekt", brüllte der Peilgast triumphierend zur Brücke empor. „Geräusche fünftausend Yard voraus!"

„Bleiben Sie am Objekt. Meldung jede halbe Minute." Mit diesen Worten stürmte Commander Barthley wieder auf die Brücke.

„Beide Maschinen äußerste Kraft voraus!" Die Schrauben des U-Jägers peitschten das Wasser. Näher und näher schoben sie sich an das Boot heran.

„Tausendeinhundert, Sir!" meldete der Peilgast mit heiserer Stimme und schien dann wieder in das Gerät hineinkriechen zu wollen, so dicht beugte er sich über seinen Tisch.

„Diesmal kriegen wir sie, Hotton", preßte der Commander durch die Zähne hervor.

„Das wäre fein, Sir!"

„Backbordwerfer fertig!" Sie hatten höchstens noch achthundert Yard zu machen, als ein fürchterlicher Ruck den U-Jäger von vorn traf und aus der Richtung warf. Zugleich mit der donnergleich aufbrandenden Detonation wußte Commander Barthley, daß sie einen Torpedotreffer erhalten hatten. Seltsamerweise war der Treffer nicht von vorn, sondern schräg von der Seite gekommen und genau mittschiffs eingeschlagen.

„Objekt nach Backbord ausgebrochen!" meldete

der Peilgast in gleicher Sekunde, als die See schon durch das große Leck in den Maschinenraum eindrang. Barthley griff zum Sprachrohr, das in den Maschinenraum führte.

„Maschine, Leutnant Parry. Hören Sie mich?" Er hielt sein Ohr an das Sprachrohr, und mit einem Male zuckte er zurück, als habe ihn ein überraschender Fausthieb getroffen. Sein frisches, gerötetes Gesicht wurde aschgrau, denn aus dem Sprachrohr zur Maschine hörte er entsetzliche Laute zu sich heraufdröhnen. Es waren Laute, die nichts Menschliches mehr an sich hatten. Sieben Männer waren im Maschinenraum einschließlich Leutnant Parry, aber der Lärm, der durch das Sprachrohr zu ihm heraufschallte, das grauenerregende Gekreische, das sich mit dem Gurgeln des eindringenden Wassers mischte, war so gellend, so verzweifelt, als läge sich ein ganzer Stamm von Kannibalen in heftiger Blutfehde gegenüber.

Die Männer im Maschinenraum, die im Warmen gewesen waren, die sich, durch die dünne gepanzerte Wand geschützt, in Sicherheit gewiegt hatten, waren nun auf das entsetzlichste bedroht, und niemand konnte auch nur das geringste für sie tun.

Als das Wasser in unheimlicher Geschwindigkeit durch das Leck einströmte und in Sekundenschnelle den Boden des Maschinenraums bedeckte und höher und höher stieg, versuchten sie verzweifelt, nach oben zu kommen. Doch die Tür, gegen die sie wie irrsinnig anrannten, war rettungslos verklemmt.

Commander Barthley hörte, wie sich die Männer

gegenseitig von der Tür wegrissen. Er hörte ihr tierisches Heulen. Schläge klatschten, und dann dröhnte ein Schuß. Entgeistert und keines Wortes mächtig, stierte Barthley in das Gesicht des Ersten Offiziers, der ihn erschrocken anstarrte. Immer noch hörte er das Gekreische aus dem Sprachrohr heraufheulen, das den grausigen und fürchterlichen Todeskampf jeder gegen jeden begleitete, bis die unablässig in den Raum hineinstürzende Wasserflut die Überlebenden des Rennens nach dem Ausgang gegen die Decke des Maschinenraumes hob, sie zu Brei drückte und die ineinander verkrallten Körper der Männer jählings erschlaffen ließ.

Die Zähne und Hände und Füße, die sich in einem grausigen Kampf gegen das Schicksal aufgelehnt hatten, versagten dem Willen den Dienst, bis auch der letzte Lebensfunke erlosch.

Mit letzter Kraft drückte Commander Barthley den Verschlußstöpsel auf das Sprachrohr, das ihm in einem verwirrenden, unausdenkbaren und dennoch nur Sekunden währendem Kaleidoskop diesen barbarischen Kampf der Männer gegen das Wasser und gegen sich selber mitgeteilt hatte.

Er taumelte. Dann riß er sich wieder zusammen. Der U-Jäger machte schon fast keine Fahrt mehr und war bis an die Grenze der Schwimmfähigkeit abgesackt, obgleich seit dem Treffer erst eine Minute vergangen war.

Eine aus dem Maschinenraum kommende Detonation ließ den U-Jäger erzittern. Er legte sich über und begann tiefer und tiefer zum Entsetzen der Besatzung zu sinken.

„Sir, das Schiff sinkt schnell!" Besorgt starrte der Erste Offizier dem Commander ins Gesicht.

„Schiffsstationen verlassen. Klar bei den Booten!" Commander Barthleys Stimme, die durch das Grauen des soeben Erlebten wie gelähmt schien, fand sich in der Sorge um das Schicksal der ihm anvertrauten Mannschaft.

„Parry, haben Sie die Geheimsachen?"

„Jawohl, Sir!" Der Erste Offizier hob den Bleibeutel mit den Geheimsachen des Schiffes.

„Werfen Sie sie über Bord!"

„Jawohl, Sir!" Mit lautem Klatschen fiel der bleibeschwerte Beutel mit den Geheimsachen in die See. Dies war das Letzte, was den Kommandanten englischer Schiffe zu tun befohlen war.

„Boote zu Wasser, alle Mann von Bord!" Die Männer, die nicht an den Booten beschäftigt waren, sprangen in den Bach, um von dem sinkenden U-Jäger wegzukommen, ehe er sank.

„Let's go!" schrien sie den noch immer an den Booten herumhantierenden Männern zu, und dann fiel das erste Boot klatschend in die See. Innerhalb weniger Sekunden war es bemannt und wurde vom Schiff weggepullt.

Commander Barthley war mit seinem Ersten Offizier über Deck gegangen. Sie trachteten danach, zum Heck zu kommen, wo soeben das letzte Boot zu Wasser gelassen wurde.

In diesem Augenblick detonierte in den Munitionsbunkern die Bereitschaftsmunition, und dicht bei ihnen wurde das Deck von einer Stichflamme von unten her durchbohrt. Einige der am Heck in den Vorrichtungen liegenden Wasserbomben hatten sich durch die Detonation aus den Halterungen gelöst.

„Um Himmels willen, Sir, die Bomben sind nicht entschärft!" Sie versuchten, die vorderste Wasserbombe aufzuhalten, doch es war vergebens, sie rutschte über das Deck und fiel in das Leck hinein. In der gleichen Sekunde schien das Schiff in seinen Grundfesten zu erbeben. Mit einer Detonation ungeheuren Ausmaßes krachte das ganze Heck des U-Jägers auseinander. Eine haushohe Flammensäule stieg in den Himmel, und für den Bruchteil einer Sekunde sahen die entsetzensstarrenden Männer, wie auf der Spitze dieser Flammenkaskade zwei menschliche Körper in den Himmel zu fliegen schienen. Es war ihnen, als hingen sie — von unsichtbaren Drähten gehalten — in der Luft. Dann waren sie mit einem Male verschwunden, so, als hätte eine unbekannte Hand sie aus dem Bilde des Grauens weggewischt.

Und dann sackte der U-Jäger schlagartig weg. Als sein Heck unter Wasser verschwand, brodelte die See noch einmal auf, als koche schon der Tod seine Mahlzeit.

V. KAPITEL

Dicker, sich schwer auf die Lungen legender Ölgestank trieb zum eben aufgetauchten U 861 hinüber, wo jede der Feindbewegungen in dem verwirrend schnell ablaufenden Bilde des Untergangs beobachtet worden war.

Die Männer kannten diesen Gestank schon aus vielen Versenkungen, und sie kannten auch den Tod, der — wie hier — schon so oft woanders zugeschlagen hatte. Sie waren gleich nach dem Sinken des Gegners wieder aufgetaucht, um zu sehen, ob sie das Leck nicht abdichten konnten, das der Lecksicherungstrupp gemeldet hatte.

Der Alte behielt trotz der Unheilsbotschaften, die ihn nacheinander erreicht hatten, die Nerven. Er hatte mit einem überraschenden Angriff Glück gehabt und dem Gegner einen Torpedo in die Flanke gejagt. Jetzt konnten sie wieder hoffen, daß sie das Leck, das sich glücklicherweise nicht als so schlimm herausstellte, wie es erst geschienen hatte, abdichten konnten, noch ehe die eindringende See es weiter aufzureißen vermochte.

Gleich nach dem Angriff hatte der Zweite Funker ihm gemeldet, daß der irrsinnig gewordene Mann seinen sich selbst zugefügten Verletzungen erlegen war. Dies alles hatte den Kommandanten bis an die

Grenze des Möglichen belastet. Dennoch hatte er die Übersicht behalten und aus dieser fast aussichtslosen Situation noch einen Ausweg gefunden.

Als der Kommandant auf der Brücke erschien, sah er, daß von dem Geleit nichts mehr zu entdecken war. Der Konvoi war mit unverminderter Geschwindigkeit weitergelaufen und hatte den U-Jäger liegenlassen. Gerade als Heise das Kommando zum Wenden geben wollte, um eventuelle Verfolger irrezuleiten und abzuhängen, kam der Funker auf den Turm geklettert.

„Feindlichen Klartext aufgenommen, Herr Kaleu!"

„Geben Sie her, Nissen!" Wort für Wort las Heise den Funkspruch, den der zweite am Geleit befindliche U-Jäger dem Geleitzugkommandanten durchgetastet hatte:

„Darf ich ‚Betty' anlaufen und die Überlebenden aufzufischen versuchen?" Und darunter hatte der Funker Nissen gleich die Antwort geschrieben: „Bleiben Sie am Geleit. Sichern ist jetzt Ihre Aufgabe. Rettungsaktion nicht vor Morgengrauen beginnen." Heise preßte die Zähne zusammen. Er wußte, daß sich der Geleitzugkommandant diese Antwort abgerungen hatte und daß er nun genauso entsetzt sein würde wie er — Heise.

Der Geleitzugkommandant hatte mit dieser Entscheidung vollkommen recht gehabt, aber er überantwortete gleichzeitig damit die Überlebenden, denen es nicht mehr gelungen war, in die Boote zu kommen, dem fast sicheren Tode. In dem Kampf zwischen dem Gefühl und der Pflicht hatte im Herzen jenes Kommandanten die Pflicht gesiegt. Er wußte, daß er es sich einfach nicht leisten konnte, den zweiten U-Jäger für einen nicht kampfwichtigen Auftrag aus der Geleitsicherung herauszunehmen. Aber in der gleichen Sekunde, da er diesen Funkspruch als Antwort durch den Äther jagte, wußte er auch, daß damit noch keine fünfzehn Meilen von ihm und dem Konvoi entfernt Männer, unter denen seine Besatzung und sogar er selber Freunde hatten, sterben mußten.

Fünfzehn Meilen waren sie nur von ihm entfernt. Trotzdem mußten sie beim Sterben allein gelassen werden.

Kapitänleutnant Heise nahm sein Glas hoch und beobachtete die Unglücksstelle genau. Er sah einige kleine Punkte auf der See tanzen und wußte mit einem Male, was er — trotz der eigenen Havarie — zu tun hatte.

„Ruder hart Backbord. Äußerste Kraft voraus!" Sie liefen nun genau auf die Untergangsstelle zu.

„Klar bei Boot eins!" Die Mannschaft des Bootes eilte auf die Plätze, und als U 861 beidrehte, wurde das Boot zu Wasser gelassen.

Bootsmannsmaat Wilms hatte das Kommando über die Besatzung des Bootes übernommen. Um die Unglücksstelle einen großen Kreis beschreibend, fischten sie vier Schiffbrüchige aus dem Wasser und zogen sie an Bord. Es waren die Männer des letzten Bootes, das in der Detonation der Wasserbomben vernichtet worden war.

Noch einmal beschrieben sie einen Kreis, doch sie fanden niemanden mehr, und so kehrten sie wieder zum wartenden Boot zurück. Hilfreiche Hände streckten sich ihnen entgegen, und einen nach dem anderen holten sie die erschöpften und zum Teil verletzten Männer an Bord. Einer dieser Männer wand sich in Krämpfen auf dem Deck, weil er zuviel von dem Öl geschluckt hatte, mit dem das Wasser überlagert war.

Sie wurden rasch in die Mannschaftsmesse gebracht. Die Männer gaben ihnen trockene Kleider, und der Smutje brachte ihnen einen stärkenden Schluck Rum. Der wachfreie Funker bekümmerte sich um die Verletzten. Er reinigte ihre Wunden, bestrich die Verbrennungen mit einer Brandsalbe und verband sie.

Der Kommandant war in die Funkbude gegangen.

„Hör zu, Puster. Wir gehen jetzt mit dem Sender und Empfänger auf siebentausendfünfhundertzehn Kilohertz. Es wird ein Funkspruch an den Geleitzugkommandanten abgesetzt: Vier Überlebende aufgefischt. Werden mit nächster Post nachgeschickt. Heise, Kapitänleutnant." Der Funker hatte den Spruch notiert.

Langsam begann der zweite Funker zu tasten. Dreimal hintereinander rief er das Geleit, dann tastete er den Spruch durch, obgleich er keine Antwort bekommen hatte.

Im Empfänger, der von Heise selber auf die neue Wellenlänge eingestellt worden war, blieb es nach dem Funkspruch eine Weile stumm. Dann kam die Antwort. Der Bleistift des Kommandanten flog über das Funkspruchformular:

„Von Geleit PX 119 an German Submarine, thank you, very much. Wrainwright Captain."

„Dann wäre alles in Ordnung. Los, Nissen, machen Sie zu, daß wir wieder auf unsere eigene Welle kommen, damit wir ja keinen Spruch verpassen, der für uns bestimmt ist." Mit diesen Worten ging der Alte nach oben, und die beiden Funker machten sich wieder an die Arbeit und hatten innerhalb weniger Sekunden Sender und Empfänger wieder auf die eigene Welle zurückgeschaltet.

„Herr Kaleu!" In der Zentrale kam der 1. WO auf ihn zu. Heise blieb an der Leiter zum Turm stehen und sah den 1. WO fragend an. „Wir haben das Leck von außen markiert. Es liegt zwei Meter unter der Wasseroberfläche. Zum Glück für uns ist die Naht nicht beschädigt. Das durch die Nietlöcher einschießende Wasser hat den Bootsmannsmaaten getäuscht."

„Haben Sie alles zum Dichten der Lecks bereit?"

„Jawohl, Herr Kaleu. Stabsgefreiter Twiente hat sich erboten, auf einer Stelling runterzugehen und die Lecks mit den vorbereiteten Bleistopfen zu dichten. Wir werden ihn immer eine Minute unten lassen und dann hochziehen. Auf diese Art müßten wir es schaffen, ohne zu lange liegenzubleiben."

„Gut, gehen wir an Deck und sehen uns die Sache an."

Als sie auf Deck kamen, waren vom wachhabenden Bootsmannsmaaten schon alle Vorbereitungen getroffen worden. Auf der Stelling, bereits außenbords, saß Twiente. In seinem Gürtel steckten Hammer und Bleipfropfen. Sie hatten von innen die Stärke der Löcher gemessen und davon abweichend einige Bleistopfen geschnitten, mit denen er es versuchen konnte.

„Sind Sie klar, Twiente?"

„Jawohl, Herr Kaleu!" Hein grinste von seinem Brett aus zu den an der Reling stehenden Männern auf, die ihn nach seinem Signal an der Sicherheitsleine, die ihm um die Hüfte geschlungen war, aufziehen würden.

„Laßt nieder!" Der bleibeschwerte Balken der Stelling, auf dem Hein saß, sank ins Meer. Der Unterkörper Heins verschwand im Wasser. Noch einmal schöpfte er Luft, dann ließen die Männer, die das Seil hielten, das an beiden Seiten der improvisierten Stelling befestigt war, den provisorischen Sitz auf die vorher berechnete Tiefe herunter. Drei kurze Rucke von unten zeigten an, daß sie noch etwas ablassen mußten. Dann hörten sie schon das Hämmern an der Bordwand. Dumpf schallte es zu ihnen empor. Sechs, sieben Schläge hallten nach, dann kam das Zeichen zum weiteren Niederlassen. Sie gaben einen halben Meter Leine zu, denn der nächste Niet befand sich einen halben Meter tiefer. Gleichzeitig mit dem Innehalten der Abwärtsbewegung begann das Hämmern aufs neue.

Der Alte blickte auf seine Uhr. Eine Minute war herum, und noch immer dröhnten die Schläge

Twientes zu ihnen empor. Dann verstummten sie, um gerade in dem Augenblick, als der Alte das Zeichen geben wollte, ihn aufzuziehen, wieder einzusetzen. Dann ruckte es am Seil. Einmal und noch einmal. Die Männer zogen an, und gleichmäßig kam die Stelling aus dem Wasser empor. Hilfreiche Hände griffen zu, als der Oberkörper Heins aus dem Wasser tauchte und der Mund sich zu einem ersten Atemzug öffnete. Gierig sog Hein die frische Seeluft in die Lungen. Er war fast zwei Minuten unten geblieben, aber er hatte es geschafft.

„Melde, Lecks dicht, Herr Kaleu", sagte er, als er wieder an Deck war und versuchte die Hacken zusammenzunehmen. Als er taumelte, sprang der Alte vor und führte ihn zur Einstiegluke.

„Danke, Twiente, das haben Sie fabelhaft gemacht, besser noch als Ihre Ausguckarbeit auf dem Turm."

Und während der Alte wieder auf den Turm kletterte, brachten die Kameraden ihren Hein im Triumphzuge zum Mannschaftslogis.

Die beiden Funker an der Welle spürten plötzlich, daß das Boot wendete und daß die beiden Diesel auf äußerste Kraft gingen. Der Leib des Bootes begann wieder zu vibrieren und im Rhythmus der Maschinen zu beben.

*

„Das ist ein verdammt anständiger Kerl, unser Herr Kaleu, was, Horst?" Größte Hochachtung klang aus den Worten des Ersten Funkers, der gerade die Welle absuchte, um vielleicht etwas von einem der beiden Nachbarboote zu hören. „War das ein Tumult im Boot! Erst der tragische Unfall von Bekker im Geschützbedienungsschacht und dann noch Trümper. Der arme Kerl. Die Kameraden sind noch immer vollkommen durcheinander. Das Geschrei hat sie beinah selbst wahnsinnig gemacht."

„Trümper war immer so still. Er war einfach nicht für diesen Dienst geeignet. Die See hat ihn geholt, sie hat ihn systematisch fertiggemacht; sie war eben stärker als er."

„Glaubst du, Horst, daß wir noch einen unter uns haben, der das gleiche Schicksal erleiden könnte? Er sah schrecklich aus. Ich habe versucht, die Kopfwunden, die er sich selber beigebracht hat, zu verbinden, aber es war dann plötzlich nicht mehr nötig."

Sie schwiegen eine ganze Weile. Die Ereignisse des Tages, die über sie hereingebrochen waren wie ein Sturmwind, zogen noch einmal an ihrem geistigen Auge vorbei. Es war ihnen plötzlich, als sei dies alles nur ein wüster Traum gewesen, den sie nur abzuschütteln brauchten, um wieder frei atmen zu können.

„Ob der Alte sie bald beerdigen wird?" durchbrach der Erste Funker das lastende Schweigen.

„Der Alte wird wohl erst eine tüchtige Strecke Wasser zwischen sich und das Geleit legen, damit uns der andere U-Jäger nicht in die Quere kommt, denn noch einmal haben wir nicht so ein Schwein."

„Mensch, Horst, das war einfach unglaublich. Einfach auftauchen und ihm einen Aal zwischen die Rippen setzen. Wenn das nicht ..." Er verstummte, denn Horst Nissen hatte eine abwehrende Handbewegung gemacht und beugte sich nun vor.

„Funkspruch vom Gruppenkommandeur", sagte er und begann gleich darauf zu schreiben. Als er den Spruch aufgenommen hatte, gab Paul, der sich schnell hinter den Sender gesetzt und den zweiten Kopfhörer übergestreift hatte, das Verstandenzeichen und ein „Warten".

„Los, Horst, sock mal schnell 'rauf zum Alten, es gibt wieder neue Arbeit." Horst nahm das Formular, rannte durch die Zentrale und kletterte behende den Niedergang empor.

„Ruder hart Steuerbord. Kurs fünfundfünfzig Grad, beide Maschinen volle Kraft voraus."

„Fünfundfünfzig liegt an, stütze auf fünfundfünfzig", meldete der Rudergänger, und U 861 glitt durch die See, dem neuen Ziel entgegen, das ihm vom Gruppenkommandanten avisiert worden war.

Sie hatten ihre Toten der See übergeben. Der Alte hatte die Gebete gesprochen, und die Kameraden waren barhäuptig auf Deck gegangen und hatten zugesehen, wie die Segeltuchbündel, bedeckt mit Reichskriegsflagge, in die See gesunken waren. Zwei Kameraden der Besatzung waren nicht mehr, aber die anderen würden weiterkämpfen, damit der

Tod dieser beiden Männer auch seinen Sinn gehabt hatte.

Sie waren still auf ihre Stationen geeilt, als der Alte sie kurze Zeit nach der Feier auf die Gefechtsstationen gehen ließ. Irgendwie waren sie erleichtert, daß sie sich in die Arbeit stürzen und so ihre Gedanken von dem Tod der Männer ablenken konnten, der sie mehr erschüttert hatte, als sie es wahrhaben wollten.

In der Morgendämmerung des 10. November sichteten sie das Schiff, hinter dem sie her waren. Es war der norwegische Dampfer K. G. Mehldal. Ein einziger Schuß aus dem Bugtorpedoraum ließ ihn als todgeweihten, flackernden Scheiterhaufen zurück, nachdem der Besatzung Gelegenheit gegeben worden war, in die Boote zu gehen.

Sie hatten dem Kapitän des Schiffes die vier britischen Seeleute übergeben, damit sie nicht länger eine Wache für sie abzustellen brauchten. Unbewacht wäre es den Gefangenen ein leichtes gewesen, dem Boot unermeßlichen Schaden zuzufügen.

Heise versprach dem grimmig dreinblickenden Kapitän, das nächste neutrale Schiff auf seine Fährte zu setzen. Außerdem hatte der Kapitän noch einen SOS-Ruf abgesetzt, der sicherlich die im Hafen von Port Elizabeth liegenden Schiffe alarmieren und zur Hilfeleistung auslaufen lassen würde.

Drei Tage später kamen sie wieder zum Schuß auf einen Dampfer. Das Boot war nach Nordnordwest weitergelaufen, und auf der Höhe des Hafens

East London, achtzig Seemeilen von Land entfernt, erwischten sie den amerikanischen Frachter Exzello.

Noch dichter unter Land, in der Nähe des Hafens Chai Chai, gelang es dann nach sechs weiteren Seetagen, den Norweger Gunda zu erwischen. Sieben Stunden lang blieben sie auf der Stelle liegen, weil der Mann, der durch das verschließbare Luk in den Rudergeschirr-Raum geklettert war, um die Rudergestänge zu schmieren, wieder zurückkam mit der Meldung, daß die Ruderanlage nicht in Ordnung sei. Sie waren sofort an die Arbeit gegangen und hatten den Schaden, der im Falle der Gefahr für sie hätte tödlich sein können, weil er die Manövrierfähigkeit des Bootes beeinträchtigte, in diesen sieben Stunden Liegezeit behoben.

Diese von allen Männern verfluchte Liegezeit brachte ihnen eine unverhoffte Beute. Sie brachten den Griechen Corinthiakos fast auf der gleichen Stelle auf, ohne daß es irgendwelche Schwierigkeiten gab. Der Alte schmunzelte, und die Männer vergaßen ihren Ärger über die Verzögerung.

Mit dem Corinthiakos hatte sich die Versenkungsziffer des Bootes auf insgesamt 27 790 BRT erhöht, und der Segelmacher war eifrig damit beschäftigt, die Erfolgswimpel mit den Namen der versenkten Schiffe zu versehen, damit sie bei der Heimfahrt auch den genügenden Wind machen konnten.

Während dieser letzten zehn Tage hatten sie kaum Feindberührung gehabt. Nur einmal waren sie überraschend von einem Flugboot beschossen worden. Die Zweizentimetergranaten des Bootes hatten das Flugboot aber schnell wieder vertrieben, noch ehe es Unheil anrichten konnte. Bei der Exzello war es ihnen nur unter Aufbietung aller Kraft gelungen, den Granaten eines Begleitfahrzeuges zu entkommen, das hinter dem Frachter gelegen hatte und von ihnen nicht rechtzeitig bemerkt worden war. Sie waren aber noch rechtzeitig auf Tauchstation gekommen und hatten das Boot dem Zugriff des Begleitfahrzeuges entziehen können, ohne einen Aal auf das Boot verschwenden zu müssen.

*

Kapitänleutnant Heise ging durch die Zentrale. Beim Kreiselkompaß blieb er eine halbe Minute stehen, um den Kurs abzulesen.

„Haben Sie versucht, das Besteck um zwei Uhr zu bekommen?" Der gefragte Zentralemaat nickte.

„Ich habe die drei in Frage kommenden Leuchtfeuer der Häfen über den Kompaß angepeilt und die Peilung in die Seekarte eingetragen. Hier haben wir uns demnach um zwei Uhr befunden." Er deutete auf den Schnittpunkt dieser Linien und folgte dann der weitergehenden Linie mit dem Zeigefinger. „Nach Kurslage und zurückgelegter Entfernung stehen wir im Augenblick hier; etwas südlich vielleicht."

„Danke, Keller." Der Alte ging zur Leiter hinüber. Vor genau fünf Minuten hatte der 1. WO ihn wecken lassen, und jetzt war er an der Reihe, die Morgenwache zu übernehmen. Es war vier Uhr morgens, und die Kälte zog ihm in die Finger, als er die Leiter emporkletterte.

„Nichts Neues, Herr Kaleu!" Der 1. WO erwiderte den Gruß Heises und übergab ihm das Glas.

„Morgen, Herr Walkenhorst. Verdammt kalt hier oben. Na, machen Sie zu, daß Sie in die Molle kommen, damit Sie wieder auftauen." Der 1. WO grüßte und kletterte die Leiter hinunter ins Boot.

Fröstelnd rieb der Kommandant sich die Hände. Der Übergang von der warmen Koje in die Kühle des Morgens war enorm und machte ihn erzittern. Er hörte, wie die Wache, die zur Ablösung kam, die Leiter emporkletterte. Er erwiderte ihren Gruß und wandte sich ein wenig zur Seite, dabei auf die Worte der Männer lauschend.

„Backbordausguck nichts Neues!"

„Steuerbordausguck nichts Neues!" Die steifgefrorenen Hände mit den schweren Gläsern senkten sich, und der Alte sah, daß ihre Augen rotgerändert waren und daß sie verdammt müde aussahen. Blitzschnell verschwanden sie nach unten, während die beiden neuen Wachgänger sich enger in ihre Mäntel hüllten und den Dienst übernahmen.

Unten im Schapp wartete der kochendheiße Kaffee auf sie, den die ablösenden Männer bereits vom Smutje geholt hatten.

„Herr Kaleu, frischer Kaffee, extra stark!" Mit diesen Worten erkletterte der Smutje den Turm und reichte dem Alten eine Riesentasse, aus welcher der dampfende Brodem des kochenden Kaffees herausquoll und dem Alten wohltuend in die Nase stieg.

„Danke, Tetzer, das tut wirklich gut!“ In kleinen Schlucken, immer wieder auf den Kaffee blasend, trank der Alte die Tasse leer. „Der ist ja besser als im ‚Römischen Kaiser‘. Na, haben Sie noch ein paar Tropfen?“ Er hielt dem Smutje die Tasse zum Nachfüllen hin, und Tetzer goß aus der mitgebrachten Kanne nach. So war es immer auf der Morgenwache.

Behaglich schlürfte Heise den Kaffee in sich hinein. Er spürte, wie er ihn erwärmte und munter machte. Dann gab er die Tasse zurück, und der Smutje — in seiner weißen Schürze, die er immer zum Besuch auf den Turm umband — kletterte unbeholfen wieder in seine Küchengefilde hinab.

Der Kommandant griff zum Glas, das am Riemen auf seiner Brust baumelte. Mit einem kleinen Ruck schnickte er seine Mütze ein wenig nach hinten und setzte das Glas an die Augen. Der Dienst konnte beginnen. Er war für den Tag gerüstet.

„Backbord querab eine Rauchwolke, Herr Kaleu!“ Die Backbordwache deutete mit der freien Hand in die Richtung, wo sie etwas erspäht hatte. Der Kommandant setzte sein Glas an die Augen. Als er es sinken ließ, strahlte er über das ganze Gesicht.

„Das ist ein toller Pott!“ Umsichtig wie immer gab er seine Befehle, und als der Maschinenmaat die Steuerbordmaschine nicht gleich klar meldete, beugte sich der Alte vor.

„Steuerbordmaschine?" rief er, und der Ton seiner Stimme drückte Mißbilligung aus, die sofort wieder verschwand, als er erneut zu dem inzwischen etwas nähergekommenen Dampfer hinüberspähte.

„Herr Kaleu?"

„Was ist denn los, L. I.?"

„Die Steuerbordmaschine ist nicht klar. Anscheinend ist das Hauptlager gefressen. Wenn wir trotzdem damit fahren, dann ist damit zu rechnen, daß ..."

„Verdammt, schwimmen wir denn eigentlich auf einem Schrottberg oder auf einem U-Boot", rief der Alte aufgebracht. Dann — wesentlich gemäßigter — fuhr er fort: „Handeln Sie ganz nach Ermessen, Berger, und so, daß wir operationsklar bleiben."

„Danke, Herr Kaleu. Wir müssen sofort die Maschinen stoppen und den Schaden reparieren, wenn wir nicht Gefahr laufen wollen, daß wir später überhaupt nicht mehr damit klarkommen."

„Gut, Berger... Alle Mann auf Tauchstation!"

Krachend schlug das Turmluk zu, als der Kommandant als letzter in den Bauch des Bootes zurückkletterte.

„Luk ist zu!"

„Tauchen!" klang die Stimme des L. I., und leicht, beinah spielerisch, stubste der Bug des Bootes zuerst ins Wasser, und das Boot sackte schnell nach. Monoton meldete die Stimme des Tiefenrudergängers die Bootstiefe. Langsam drehte sich die Nadel des Manometers weiter und weiter, bis sie in vierzig Meter Tiefe lagen und der L. I. stoppen ließ.

„Alle Mann auf Ruhestation. Es geht Grundwache. Keine Unterhaltung, denn es muß mit Luft gespart werden, weil wir nicht wissen, wie lange wir hier noch liegen müssen, bis wir klarkommen, verstanden?"

„Jawohl, Herr Kaleu!" dröhnte es im Chor zurück. Dies waren die letzten Worte, die — außer den Kommandos — gegeben wurden. Ein Licht nach dem anderen verlöschte, und nur aus der Zentrale drang der Schein einer Lampe heraus, in deren Schein der Alte mit dem Zentralemaat den neuen Kurs bestimmten.

Sooft das Schott zum Maschinenraum aufging, blitzte von unten her der grelle Schein einer Arbeitslampe herauf. Ab und zu klang das Gehämmer der Arbeitenden dumpf und hohl bis zur Zentrale empor, wo der Alte inzwischen dazu übergegangen war, die Briefe an die Angehörigen der beiden gefallenen Besatzungsmitglieder zu schreiben. Dies war etwas, das er immer selbst tun mußte, etwas, was ihn tief schmerzte, aber zugleich auch zu größeren Leistungen aufrief. Er hielt den Kopf in die Hände gestützt und dachte darüber nach, was er den Angehörigen Tröstliches schreiben konnte. Er wußte, daß sie dieses Trostes bedurften, und darum schrieb er ihnen auch nichts von den näheren Begleitumständen des Todes.

Wieder dröhnte ein Hämmern wie fortlaufende Detonationen durch das Boot. Der Alte sprang auf und ging zur Lautsprecheranlage hinüber. Er hauchte auf die Membrane.

„Hallo, Berger, wollen Sie das Boot auseinandernehmen?" rief er dann in den Maschinenraum hinunter.

„War es wirklich so laut, Herr Kaleu?"

„Laut? Sie werden in Kiel zu hören gewesen sein, und vielleicht hat sogar der O. d. U. in Flensburg sie verstanden und schickt gleich einen Funkspruch." Der Zentralemaat grinste in sich hinein. Als der Alte ihn überraschend ansah, beugte er sich stirnrunzelnd wieder über seine Standortberechnungen.

„Wie steht es denn?" fragte Heise zwei Stunden später, als er seine Arbeit erledigt hatte und noch immer keine Meldung aus dem Maschinenraum das Ende der Reparatur anzeigte.

„Wir sind gleich fertig, Herr Kaleu! Die beiden achteren Fettpressen waren verstopft, und darum ist das Lager heißgelaufen. Maschinenmaat Zenker hat es noch eben rechtzeitig bemerkt. Wären wir damit noch fünfzig Meilen gelaufen, dann hätte es unsere beiden achteren Lager vollkommen zerschliffen. So aber haben wir gleich alles bestens erledigt. Zenker poliert gerade das letzte Lager auf Hochglanz. In einer Stunde ist alles wieder eingebaut, und wir können weiterlaufen."

„Danke, Berger, Ende. Das erste vernünftigste

Wort, das ich heute von Ihnen höre", fügte er abschließend hinzu.

Langsam ging Heise nach vorn in die Kombüse. Der Smutje versuchte krampfhaft eine gute Grundstellung zu bauen, was ihm aber nicht ganz gelang.

„Schon gut, Tetzer, wenn Sie nur gut kochen können, ist alles in Ordnung, denn auch die Liebe zum U-Boot geht durch den Magen. Apropos Magen. Lassen Sie für jeden Mann ein Zehntelliter Rum austeilen, zur Magenstärkung. Für die Männer im Maschinenraum zwei Zehntel, verstanden?"

„Rum?" Der Smutje tat, als habe er diese Bezeichnung eben zum erstenmal gehört. „Aber Herr Kaleu, wir sind verdammt knapp mit dem Zeug. Sollen wir den Rum nicht lieber für die Krankenfälle aufbewahren? Es könnte doch mal möglich sein, daß ... "

„Verdammt und zugenäht, Smutje; Sie wollen wohl dieser Krankenfall sein, was?" Der Alte schüttelte entschieden den Kopf. „Nicht in die Tüte! Sie machen sofort alles klar, und zum Mittagessen hat jeder Mann seine Pinte Rum auf der Back stehen, klar?"

„Klar, Herr Kaleu!" Der Smutje nickte und verzog schmollend das Gesicht.

„Mir bringen Sie aber diesmal auch was."

„Aber Herr Kaleu haben doch noch nie ..." Entgeistert starrte der Koch den Alten an. Heise aber hob schadenfroh den Zeigefinger zu einer warnenden Bewegung.

„Ich habe mir sagen lassen, daß meine Portion Rum bisher immer an Sie gegangen ist, und das kann ich nicht verantworten."

„Aber Herr Kaleu, davon ist nichts wahr, ich trinke kaum."

„Dafür saufen Sie um so lieber. Nein, mein Bester, damit wird es diesmal nichts."

Als Heise in die Zentrale zurückkam, wartete dort bereits der L.I., Heise ging schnell auf ihn zu.

„Schaden an Steuerbordmaschine behoben, Herr Kaleu!"

„Danke, Herr Berger. Dann wollen wir mal wieder." Mit langen Schritten, so als habe ihn diese Meldung beschwingt, ging der Alte zum Sehrohr hinüber und winkelte die beiden Griffe aus. Dann wandte er sich über den Lautsprecher an die Tauchgasten.

„Auftauchen auf Sehrohrtiefe!" Die Preßluft schoß zischend in die Tanks und trieb das Wasser heraus. Das Boot hob sich und stieg nach sechsstündiger Wartezeit wieder bis dicht unter die Wasseroberfläche empor.

„Boot liegt auf Sehrohrtiefe, Herr Kaleu!" meldete der L. I. Heise fuhr das Sehrohr aus und suchte die leicht bewegte See ab. In langer, niedriger Dünung rollte sie an ihm vorbei. Nichts war zu sehen. Kein Anzeichen deutete darauf hin, daß sich feindliche Schiffseinheiten in der Nähe befanden.

„Auftauchen!" Gurgelnd entwich das letzte Wasser aus den Tauchtanks, und als der Turm die Wasseroberfläche durchstieß, wurde das Turmluk vom Alten mit einem Ruck zurückgeworfen.

Nacheinander kletterten die Männer hinter dem Kommandanten auf die Brücke und begannen wieder ihren Dienst.

„Alle Räume bestens durchlüften!" Die frische Luft zog durch das Boot und fachte die erschlafften Lebensgeister der Männer wieder zur vollen Flamme an. Unter der Leitung des L. I. wurden alle Arbeiten von den einzelnen Kommandos durchgeführt.

Die See war etwas bewegter geworden in der Zeit, während derer sie getaucht waren. Das Boot schaukelte auf der Dünung, und manchmal war zu hören, wie die Schrauben, die noch mit kleiner Fahrt liefen, leer arbeiteten, wenn der Bug sich gerade wieder nach vorn neigte und sich demgemäß das Heck hob.

„Diesel, Achtung!" kam die Stimme des Kommandanten in die Stille der Erwartung hinein.

„Diesel klar, Herr Kaleu!" antwortete es aus dem Maschinenraum.

„Beide Maschinen große Fahrt voraus!" Das Geräusch der mahlenden Schrauben verstärkte sich, und das Boot schob sich erneut — so elegant und sicher wie je — wie ein feuriger Renner durch die See, dem Feind entgegen, auf den sie Jagd machten, auf den sie lauerten, um ihm in der Tiefe der See ein Grab zu bereiten.

„Rauchwolken Backbord querab!" meldete der Backbordausguck nach einer Stunde rauschender

Fahrt. „Rauchwolken kommen direkt auf uns zu, Herr Kaleu."

Als der Kommandant sah, wie nahe das Schiff bereits herangekommen war, ließ er tauchen, und wenig später war das Boot schon wieder unter der Wasseroberfläche verschwunden.

Der Tiefenrundergänger legte sein Ruder nach den Befehlen des Tiefensteuerleiters, welche Aufgabe vom L. I. übernommen worden war. Leutnant Berger wendete sich dem Kommandanten zu.

„Objekt hängt im Sehrohr!" Der Alte nickte, und seine Hände ballten sich um die beiden Seitengriffe. Unablässig beobachtete er den näher und näher herankommenden Dampfer.

„Meine Herren, es ist ein amerikanischer Tanker; er heißt ‚Alcoa Pathfinder'." Heise hatte nur für eine Sekunde den Blick vom Sehrohr genommen, um dies zu sagen. Sofort wandte sich seine volle Aufmerksamkeit wieder dem Tanker zu, der wie ein Berg aus der See ragte und höchstens noch zwei Meilen von ihnen entfernt war. In spätestens zehn Minuten mußte er heran sein.

„Rohr eins und zwei fertig!"

„Rohre klar, Herr Kaleu!" kam die Stimme des Torpedomechanikers aus dem Bugtorpedoraum zurück.

Mit zwölf Meilen Fahrt arbeitete sich der Tanker durch die See, ihnen entgegen. Immer dichter schob er sich in das Fadenkreuz der Torpedozielvorrichtung hinein. Dann stand er mit der ganzen Breitseite darin; keine Meile mehr von ihnen entfernt.

„Rohr eins und zwei, los!" Das Boot hob sich, als wollte es mit dem Bug voraus nach oben gelangen. Die Sekunden verrannen in tödlicher Langsamkeit. Starr, jeder Sinn bis zum Zerreißen gespannt, stand die Besatzung auf den Gefechtsstationen. Alle lauschten gebannt auf das berstende Krachen der Torpedoeinschläge, die gleich zu ihnen herüberdringen mußten, wenn die Aale in den Leib des Tankers hineinliefen.

„Jetzt!" sagte der Bootsmannsmaat und drückte die Stoppuhr. Im gleichen Augenblick hämmerten die beiden Torpedos wie die Fäuste eines Riesen in den Bauch des Tankers hinein. Mit dem berstenden Einschlag in die Tanks spritzte das freigewordene Öl aus dem Tanker heraus. Riesenfontänen dunklen Öls klatschten in die See, und in einer nachfolgenden Kesselexplosion brach eine haushohe Stichflamme aus dem Innern des Tankers hervor und zündete mit einem peitschenartigen Knall das Öl an, das sich mit lautloser Schnelligkeit über das Wasser verbreitete und nun wie ein riesiger roter Teppich brannte.

Mit einem Male barst das Schiff in der Mitte auseinander, und während der vordere Teil wie ein Stein absackte und die schreiende Besatzung mit in die Tiefe riß, hielt sich das Heck noch genau zwei Minuten länger, bis es schließlich auch in dem Glutteppich des mit großer Rauchentwicklung brennenden Öls versank.

Der Kommandant sah durch das Sehrohr Menschen mit dem brennenden Öl um die Wette schwimmen, er sah sie tauchen, wenn der Glutteppich nach ihnen griff. Doch so oft sie einige Meter weiter wieder auftauchten, hatten auch die Flammen diese Stelle erreicht, und schreiend und um sich schlagend, kämpften die Spielzeuggestalten gegen die Glut an, um dann endgültig unterzutauchen und nicht wieder emporzukommen.

Einige Sekunden lang war er versucht, das Sehrohr im Stich zu lassen, um diese grausigen, nie wieder aus seinen Träumen zu verbannenden Bilder nicht mehr mit ansehen zu müssen. In einem Anfall wilder Panik wollte er seinen Posten verlassen, doch etwas in ihm war stärker als dieses in ihm aufschießende Gefühl; es war die Pflicht, die sein Grauen vor diesem Bilde bezwang. Seine Kinnmuskeln strafften sich, und der 1. WO, der neben ihm stand, konnte sehen, wie ihm ein schmaler Blutfaden aus dem Mundwinkel lief.

Gnädig verbarg eine nachfolgende Explosion und die danach wild aufbrandende See das, was noch alles geschehen mochte. Die mit Donnergebrüll emporschießenden Flammen und die gewaltige Rauchentwicklung taten ein übriges und verdeckten die grauenhaften Einzelheiten des Kampfes und Todes der Tankerbesatzung.

Die wenigen Menschen, denen es gelungen war, sich rechtzeitig in die See zu werfen, mußten durch den Druck der gleich darauf auf sie niedergehenden Wassermassen, welche die Explosion wie einen gigantischen Block aus der See hochgerissen und wieder niedergeschmettert hatte, getötet worden sein.

Als sich Heise endlich abwandte, sah der 1. WO, der sich noch immer neben dem Alten zur Verfügung hielt, daß er unter der Bräune der Haut grau geworden war. Sie sahen sich zwei Sekunden lang voll geheimen Einverständnisses an. Einer kannte des anderen Gedanken und — teilte sie. Sie wußten, daß dies alles unabänderlich war, und sie hatten auch erkannt, daß dies Unabänderliche, dies nicht Entkommenkönnen, schrecklich war. Dann riß sich Heise zusammen. Seine Gestalt straffte sich.

„Tanker versenkt!" sagte er leise, und lauter: „Übernehmen Sie das Kommando, Herr Walkenhorst. Lassen Sie auftauchen und nach Überlebenden suchen." Mit schleppenden Schritten verließ Heise die Zentrale und ging in sein Schapp hinüber. Dumpf knallte die Tür, dann war es still, bis die Stimme des 1. WO erklang.

VI. KAPITEL

Die Freiwache hatte es sich im Mannschaftsschapp, so gut es bei der Enge des Schapps gehen mochte, bequem gemacht. Sie hatten einige ruhige Tage genossen, und das hatte sie wieder auf Vordermann gebracht. Einmal hatte sie in den letzten Tagen ein Funkspruch des U 178 erreicht. Der Funker hatte in den ersten Morgenstunden wie immer den Pressefunk eingeschaltet und den Kameraden alles Wissenswerte vermittelt, so daß sie nicht so vollständig von der übrigen Welt abgeschnitten waren, wie es den Anschein hatte.

Was sie gehört hatten, war nicht immer erfolgversprechend gewesen, viel weniger noch erfolgreich. Trotzdem glaubten sie an den Sieg, weil diese gewaltigen Opfer, die gebracht wurden, nicht umsonst gewesen sein konnten; weil sie nicht umsonst gewesen sein durften.

Den ganzen November hindurch hatten sie in der Delagoabay operiert und am 24. November gleich zwei Frachter aufgebracht und versenkt. Der erste war schon nach einem Schuß vor den Bug aus der 10,5-cm-Kanone zur Vernunft gekommen. Die Besatzung hatte das Schiff verlassen, ehe es den todbringenden Aal in die Weiche bekam. Es war ein Grieche gewesen.

Der zweite Dampfer wurde am Abend des gleichen Tages kurz nach Sonnenuntergang gestellt. Er hatte versucht, unter vollem Dampf nach Süden zu entkommen, und hatte sogar aus seiner 12-cm-Kanone das Feuer auf das U-Boot eröffnet. Zum Glück gelang es der 10,5-cm-Besatzung, schon mit dem dritten Schuß das Geschütz des Briten — es war die Dorington Court — zum Schweigen zu bringen, worauf sie beidrehte und sich in ihr Schicksal ergab.

Eigentlich waren bisher die Briten die einzigen gewesen, die versuchten, dem U-Boot zu entkommen, während die anderen nach dem Warnschuß immer beidrehten und ihre Boote zu Wasser ließen.

Von den anderen beiden Booten der Gruppe wurden dem U 861 viele Erfolgsmeldungen herübergefunkt, und sie konnten es sich an den Fingern abzählen, daß nun bald ihre gute Zeit hier zu Ende sein würde, weil der Handelsschiffe immer weniger wurden.

Die Vorräte waren ebenfalls stark zur Neige gegangen, und was das schlimmste war — sie hatten nur noch sechs Torpedos zur Verfügung, und mit der 10,5-cm-Munition konnten sie nun einmal keinen größeren Dampfer in Grund bohren. Im übrigen war auch die 10,5-cm-Munition recht erheblich zusammengeschmolzen.

„Paßt nur auf, Jungens, in einem Monat werden wir wieder in Bordeaux sein." Hein Twiente nahm einen großen Schluck Dosenbier. Dann schüttelte er sich. „Was die einem alten Seemann alles zumuten", knurrte er empört.

„Willst du damit etwa sagen, das Bier sei nicht gut?"

„Anton, halt nur die Luft an. Wenn du auch aus Dortmund bist und wenn ich dir damit auch weh tun muß: das Bier ist scheußlich! Alles Bier der Welt ist scheußlich." Hein machte ein Gesicht, als hielte er eine Höllenmaschine in der Hand, anstatt einer Dose guten Bieres. Mit einer Gebärde des Abscheus stellte er die leere Dose auf die Back zurück.

„In Bordeaux wirst du wieder in Rum baden können. Stellt euch nur vor, Jungens, wieder in die ‚Stella Maris' gehen zu können und nur bestellen zu brauchen, und gleich ist alles da: Aperitif, Calvados, Anisette, Kognak." Gerhard beobachtete Hein aus den Augenwinkeln und sah, wie die Augen des Freundes aufleuchteten.

„Mensch, Gerhard, hör auf! Du machst mich schwach." Hein seufzte elegisch und wischte sich mit dem Handrücken über den Mund.

„Natürlich: die Stella Maris. Ich glaube, unser Hein denkt wohl mehr an die kleine Ivette als an die Kneipe oder den Rum." Hein grinste wehmütig.

„Ist das nicht ein Weib? Einfach Klasse."

„Recht hat er, der Hein. Wie die ihren Achtersteven durch die Bar schwenkte, wie sie ihre Augen wie Murmeln im Kopf herumkullern ließ und einen damit verrückt machte. Das war erste Wahl."

„Hör mal, Waldi, ist unserem Hein etwa in dir ein Konkurrent erstanden?"

„Waldi?" grinste Hein herablassend. „Nee, dieser kleine Schietbeutel, das wird sie sich dreimal überlegen."

„Was du kannst, das schaffe ich allemal. Pirunje, da kennt ihr mich aber schlecht."

„Sachte, sachte", wehrte Hein schmunzelnd ab. „Ivette wird dir die Büx strammziehen. Was hast du schon vorzuweisen? Soll ich dir mal meine Dankschreiben zeigen? Aus aller Welt stehen sie mir zur Verfügung. Oder genügt dir mein Ehrenwort, daß ich mit den Schönsten aus dreiundvierzig Ländern rings um die sieben Meere meinen Spaß gehabt habe?" Hein warf sich in die Brust. Dann öffnete er seine Bluse und deutete auf den Lockenkopf, der auf seiner Brust eintätowiert war. „Das war Ima aus Rio. Die hätte sechs von deiner Sorte zum ersten Frühstück vernascht. Und hier", er krempelte sich den rechten Ärmel auf, „das war Helge. Aber die Joshita von Hokkaido ..."

„Hör um Himmels willen damit auf, Hein. Das hast du uns schon so oft erzählt, daß wir es rückwärts flöten können." Waldi hatte die Hände erhoben und hielt sie dem Freund abwehrend entgegen.

„Du Grünschnabel, der noch nicht einmal richtig einen heben kann, hast zu schweigen, wenn Männer sprechen."

„Von wegen einen heben. Du sollst sehen, wie ich dich in der Stella Maris unter den Tisch befördern werde."

„Gilt das, Waldi?"

„Meinst du, sonst hätte ich es gesagt? Am ersten freien Nachmittag in Bordeaux geht es in die Stella Maris."

„Bis dahin hast du noch eine gute Weile Zeit, Waldi, und kannst noch ein bißchen trainieren."

„Eine Bedingung muß ich aber machen."

„Schon anerkannt, Waldi; was es auch immer sei."

„Wir nehmen keinen Rum, sondern Bärenfang."

„Und woher willst du in Bordeaux Bärenfang bekommen?"

„Na, vorher fahren wir doch erst in Urlaub, du Roß!"

„Da hat er recht; ich schätze, daß wir in spätestens sechs Wochen wieder in Bordeaux sein werden."

„Wenn wir nicht mal baden gehen müssen; schwimmend wird es nämlich etwas länger dauern, denn siebzehn Meilen Stundenleistung schaffen wir nicht mal im freien Stil." Johlendes Gelächter antwortete auf diesen seltsamen Scherz.

Wieder schlug Waldi in seiner Eigenschaft als erster Backschafter eine Runde Dosenbier auf, und wieder griff Hein nach der ihm zugedachten Dose und schüttete den Inhalt mit Todesverachtung in sich hinein.

„Auf die Heimfahrt, Jungens!"

„Auf die Heim ...“ Mit widerlichem Rasseln setzte die Alarmglocke ein. Wie ein geölter Blitz fuhren die Männer in ihre Sachen und rasten nach oben.

Walter und Gerhard kamen gleichzeitig am Zwillingsgeschütz an, und eine Minute nach dem Alarmruf standen alle Männer auf ihren Gefechtsstationen.

„Mensch, wir haben schon wieder einen vor den Rohren. Wenn das so weitergeht, dann kommen wir mit einer Rekord-Versenkungsziffer nach Hause.“ Gerhard deutete nach vorn, wo sich eben die Aufbauten eines Dampfers über die Kimm hoben, der geradewegs auf sie zukam. Es schien fast, als nahm er überhaupt keine Notiz von ihnen.

„Was ist das denn schon wieder für ein Kahn?“ hörten die Männer den soeben auf die Brücke stürzenden Alten.

„Ein Grieche, Herr Kaleu“, meldete der 1. WO. „Wir werden nicht viel Arbeit mit ihm haben.“

„Haben Sie den Namen schon ausgemacht?“

„Jawohl, Herr Kaleu. Name: Cleanthis.“

„Danke, Herr Walkenhorst. Er scheint wieder etwas fetter zu sein als der vorige.“ Der Alte nahm sein Glas auf und richtete es auf den Dampfer, der mit zehn Meilen Fahrt auf sie zugelaufen kam, während sie ihm mit siebzehn Meilen Fahrt entgegenliefen.

„Schau dir das an. Allem Anschein nach will er abhauen!“ Walter hatte es gerufen, und als Gerhard, der zum Turm emporgeschaut hatte, sich wieder dem Dampfer zuwandte, sah er, daß der Grieche tatsächlich versuchte, nach Steuerbord auszubrechen und unter Volldampf davonzulaufen. Wahrscheinlich würde er jetzt wie toll SSS funken, das bei U-Bootangriffen anstatt des SOS gefunkt wurde. Dieses SSS, von dem jeder einzelne Buchstabe die gleiche Bedeutung hatte — Submarine — U-Boote, und das bei den anderen Dampfern Entsetzen und wilde Furcht auslöste.

„Äußerste Kraft voraus!" Es ging ein förmlicher Ruck durch das Boot. Mit noch erhöhter Geschwindigkeit durchfurchte der Bug die See und ließ sie in langen Streifen nach beiden Seiten hin auseinanderlaufen. Rauschend wirbelten die beiden auf Höchsttouren laufenden Schrauben das Wasser auf, daß es aussah, als koche die See im Heckwasser. Näher und näher kam U 861 an die Cleanthis heran. Immer deutlicher wurden die hin und her jagenden Männer auf Deck des Dampfers sichtbar.

„Zwei Strich Backbord", korrigierte der Alte den Kurs. Leicht und wendig nahm das Boot die neue Richtung auf.

„Geschützbedienung eins klar zum Feuern!" hallte der Ruf des Kommandanten vom Turm herunter. Klirrend flog der Verschluß der 10,5-cm-Kanone zu, und der Richtschütze lauschte nach oben, um beim nächsten Befehl das Geschütz abzuschießen.

„Schuß vor den Bug feuern!" Rauschend und heulend bohrte sich das Stahlprojektil durch die Luft und klatschte vielleicht fünfzig Meter vor dem Bug des Griechen ins Meer, eine spitzkeglige Wasserfontäne aufwirbelnd, die schnell wieder in sich zusammenfiel. Der Grieche verminderte seine Geschwindigkeit nicht, sondern legte das Steuer wieder nach Backbord um, als wollte er sich dem U-Boot zum Kampf stellen.

Man sah schon mit bloßem Auge, wie an Bord des Griechen ein heilloses Durcheinander entstand. Eilende Gestalten rasten über das Deck, und dann geschah das Unwahrscheinliche. Der Grieche hatte inzwischen ganz gewendet und lief wieder auf sie zu. Aus seiner am Bug des Schiffes aufgebauten Kanone blitzte es plötzlich auf. Mit häßlichem Jaulen kam die Granate zu ihnen herübergeheult und fetzte keine zwanzig Meter vor ihnen das Wasser auseinander.

„Zickzackfahrt! Feuer frei für alle Geschütze!" Fast gleichzeitig begannen die dröhnenden Schläge der 10,5-cm-Kanone und das hellere Hämmern des 3,7-cm-Geschützes. In direktem Beschuß fetzten die Granaten in den Bauch des Griechen hinein, während das Boot sich in wildem Zickzackkurs dem Feuerbereich des Griechen zu entziehen versuchte, der sich erstaunlicherweise zur Wehr gesetzt hatte.

Ein schmetternder Schlag am Bug und ein darauffolgendes widerliches Jaulen zeigten Heise, daß sie mal wieder Schwein gehabt hatten und daß die ihnen zugedachte Granate schräg auf den Bug getroffen und glücklicherweise als Querschläger abgeprallt war.

Einer der Männer am Dreisieben-Geschütz schrie plötzlich gellend auf und fiel in sich zusammen.

Gleich darauf hörten sie die peitschenden Schläge einer MG-Salve von dem Griechen herüberfetzen. Klatschend schlug die Salve gegen die Aufbauten, und eines der Geschosse peitschte dicht neben dem Alten durch die Aufbauten der Brücke und riß eine meterlange, schmale Furche in das Stahlblech des Beschlages. Heise stieß einen wüsten Fluch aus und versuchte krampfhaft, den MG-Schützen zu entdecken. Doch das Maschinengewehr war schon wieder verstummt.

In fieberhafter Eile wurde von den Ladekanonieren die Bereitschaftsmunition nach vorn geschleppt. Die wummernden Abschüsse der schweren Kanone mischten sich mit den noch dumpferen Abschüssen, die noch immer drüben auf dem Griechen aufblitzten, der nun höchstens noch dreiviertel Meile von ihnen entfernt lag.

Nur durch ihre schnellen Rudermanöver war es ihnen bisher gelungen, dem Feuer zu entrinnen.

Gerhard, der noch immer untätig hinter seinem Geschütz hockte, weil er kein Ziel für den Zwilling sah, konnte bemerken, wie drüben die ersten Männer über Bord jumpten und sich durch Schwimmen zu retten versuchten. Schlagartig verstummte das Feuer der Kanone auf dem Griechen. Jetzt war für den Kommandanten die Zeit gekommen, mit den Torpedos in günstige Schußposition zu kommen. Jetzt lief er nicht mehr die Gefahr, von dem Griechen erwischt zu werden.

„Beide Maschinen stopp. Rohr vier fertig!“ Blitzschnell wurde das Manöver des Alten durchgeführt, und als der noch immer auf sie zukommende Dampfer nur noch höchstens fünfhundert Meter vor ihnen lag, gellte das Kommando des Alten:

„Rohr vier, los!" In seiner keine Spuren hinterlassenden Lautlosigkeit, ohne die Blasenspur, welche die vorigen Torpedos immer verraten hatten, lief der Torpedo in drei Metern Wassertiefe auf den Dampfer zu.

Sie hatten ein kleines Ziel gehabt, denn der Kasten konnte höchstens fünfzehn Meter breit sein. Dennoch blitzte es nach wenigen Sekunden, die der Aal für den Weg brauchte, vorn am Bug der Cleanthis auf, und es schien, als risse eine brutale Faust den Dampfer zur Seite. Dann aber legte er sich wieder auf den alten Kurs und kam direkt auf sie zugerannt. Eine Flammensäule flatterte wie eine Fahne aus dem Bugraum auf, und als der Kommandant des U 861 versuchte, nach Backbord auszubrechen, legte sich eine Sekunde später der Dampfer auf den gleichen Kurs.

Und wieder begann das Maschinengewehr auf dem Griechen zu feuern. Gerhard sah es im Ruderhaus des Griechen aufblitzen. In sofortiger Reaktion brachte er den Zwilling in Schußposition.

„Der will uns rammen!" gellten die Rufe der entsetzten Männer über das Deck. Eine wilde Verwünschung ausstoßend, feuerte Gerd in der gleichen Sekunde eine Serie aus seinem Zwillingsgeschütz in die Aufbauten des Dampfers und in das Ruderhaus hinein.

Ganz genau sah er, wie die Leuchtfinger des Zwillings ihren Weg fanden und genau über dem MG einschlugen. Er drückte den Lauf etwas tiefer. In rasendem Stakkato schleuderte das Geschütz hundertfach den Tod zum Gegner hinüber. Wie irrsinnig schuftete Walter, um die Munition nachzubekommen. Zentimeter um Zentimeter senkte sich der stählerne Todesstrahl, bis das Feuer des Maschinengewehrs in einem wüsten Wirbel von Stahl und Holz und menschlichem Gebein jäh verstummte.

Die entsetzensstarren Augen der U-Bootsbesatzung sahen, wie eine über und über mit Blut besudelte Gestalt aus dem Ruderhaus heraustaumelte und dann auf die Planken niederkrachte.

Immer noch wirbelten Holzteile und Glas unter den fetzenden Einschlägen der sich wie lange Spinnenfinger aus Licht und Stahl zum feindlichen Dampfer hinübertastenden beiden Linien, die nichts anderes waren, als Zweizentimetergranaten, die alle ihr Ziel fanden und es auseinanderrissen wie die Fänge eines blutdürstigen Tieres den Leib seines Opfers.

Der todwunde Dampfer war nur noch achtzig Meter von ihnen entfernt. Nach welcher Seite sie nun auch auszubrechen versuchten, überall würde er sie zu fassen kriegen. Es war einfach unglaublich, daß es ihm möglich war, mit einem solchen Leck im Bug noch Fahrt zu machen.

Mit allen Anzeichen lähmenden Entsetzens stierten die Männer auf den Dampfer. Die beiden Männer auf der Brücke hatten die Hände in die Brüstung verkrallt. Mit hervorquellenden Augen starrten sie auf den Kommandanten, von dem sie die Rettung erwarteten. In einem Anfall wilder Panik wollte einer der Männer der Geschützbedienung über Bord springen, um so dem herankeuchenden todwunden Giganten zu entgehen, der noch im Tode versuchte, sie mit in die Tiefe zu reißen und dem Jäger neben dem erlegten Wild ein Grab zu bereiten. Noch war er fünfzig Meter von ihnen entfernt. Die Flammen schlugen jetzt schon aus den Luken empor.

In dem Tohuwabohu waren der Kommandant und der 1. WO die einzigen, die den Überblick behielten. Die Augen zu einem Spalt zusammengekniffen, sah Heise, daß der noch immer mit einiger Fahrt ankommende Dampfer sie am Heck treffen mußte, wenn sie versuchen würden, noch einmal nach Steuerbord auszubrechen. Dann blitzte ein Gedanke in ihm auf.

„Backbordmaschine äußerste Kraft voraus. Steuerbordmaschine äußerste Kraft zurück!"

Mit rasender Geschwindigkeit begann sich das Boot zu drehen. Es war den betäubten Männern, als würde für den heranrauschenden Dampfer eine Tür geöffnet. Unmittelbar vor dem sich heranschiebenden Bug des Dampfers wich das Heck des U-Bootes zurück, und mit einem unheilhrohenden Knirschen rieben sich die Bordwände der beiden Fahrzeuge aneinander. Die Männer stürzten zu Boden.

Dann war mit einem Male die Gefahr vorüber. Noch wagte keiner zu glauben, daß sie diesem überraschenden Rammstoßversuch des griechischen Kapitäns entkommen sein sollten, der sie vollkommen überrascht hatte. Noch zitterte die ungeheure Erregung in ihnen nach, als eine gewaltige Detonation über das Wasser hinbrüllte. Sie fuhren herum und sahen, daß dort, wo sich der Grieche noch eben befunden haben mußte, eine graue, kompakte Wasserwand in die Luft sprang und wie dann dieser massive Block mit Donnergebrüll auf die Stelle niederklatschte, wo das mitten durchgebrochene Wrack des Griechen lag. Jeden Augenblick konnte eine weitere Detonation erfolgen, konnten die umherfliegenden Trümmer sie erwischen.

„Beide Maschinen äußerste Kraft voraus!" Mit rasenden Schraubenwirbeln versuchte U 861 aus der Gefahrenzone herauszukommen, in der es noch immer lag.

Der Dampfer, der neben seiner Hauptladung auch noch Munition geladen hatte, barst buchstäblich in einzelne Fetzen auseinander, die eine halbe Meile im Umkreis niedergingen.

Nach einigen Minuten hatten sie es geschafft und waren in Sicherheit vor den ins Wasser klatschenden Wrackteilen.

Der von dem feindlichen Maschinengewehr mit einem Schulterdurchschuß erwischte Kanonier des 3,7-cm-Geschützes war bereits unter Deck gebracht worden. Der Funker der Freiwache hatte ihm einen kunstgerechten Verband angelegt und ihm eine

Spritze gegeben. Ein anderer Mann der Besatzung hatte seinen Platz eingenommen, und so war unter dem Kommando des 1. WO alles weitergelaufen.

Immer noch dröhnten aus der Ferne die wuchtigen Schläge der Detonationen. Es war, als schlügen Riesen mit überdimensionalen Hämmern gegen die Wände himmelhoher Kessel, daß sie mit solchem Donnergetöse darauf antworteten.

Kapitänleutnant Heise war auf Deck gegangen. Mit seinen raumgreifenden Schritten, die man bei seiner schlanken Gestalt nie an ihm vermutet hätte, ging er auf das Zweizentimetergeschütz zu. Gerhard und Walter standen in Achtungsstellung, als er sie erreichte und ihnen die Hand gab.

„Männer", sagte er, und seine Augen schweiften von den beiden vor ihm stehenden Männern zu den anderen hinüber, „wenn ihr das Maschinengewehr und den Rudergast — ich glaube fast, es war der Kapitän des Schiffes — des Dampfers nicht erwischt hättet, dann wären wir ihnen nicht mehr entkommen. Der Dampfer hatte den kleineren Winkel und hätte uns immer erwischt, weil er schon zu nahe gekommen war. Und was dann von uns übrig wäre, das seht ihr ja." Er deutete in die Runde, und die Augen der Männer, die seinem weisenden Arm folgten, sahen, daß von dem Dampfer nicht mehr das geringste zu sehen war.

Mit einer schnellen, impulsiven Geste hatte sich der Alte das Eiserne Kreuz Erster Klasse abgenestelt und steckte es Gerhard an die Jacke.

„Herr Walkenhorst“, rief er, und der 1. WO kam eilfertig näher.

„Herr Kaleu?“

„Ich brauche auch Ihres, bis wir wieder in Bordeaux sind.“ Der Wachoffizier nickte und steckte auch Walter, dem Ladeschützen, das Eiserne Kreuz an die Jacke.

„Ihr beide tragt es stellvertretend für die gesamte Besatzung, bis wir in Bordeaux sind.“ Der Alte wandte sich um und winkte den Männern, näher zu kommen. „Nun, Jungens, wollen wir auf die beiden ein dreifaches, kräftiges Hurra ausbringen.“ Einige Sekunden wartete er, bis auch das letzte Geräusch verstummt war. Dann blickte er auf.

„Den beiden verdienten Männern der Besatzung dreimal Hurra; Hurra; Hurra!“ Wie ein Schlag schmetterte der Ruf der an Deck befindlichen Männer, und als sie sich ansahen, da wußten sie, daß sie einen der erhebenden und für ewig im Gedächtnis bleibenden Augenblicke miterlebten, einen Augenblick, an den sie später — wenn ihnen eine Heimkehr vergönnt war — immer wieder mit Ernst und Ergriffenheit zurückdenken würden. Die Angst, die sie alle in den Klauen gehalten hatte, war mit einem Schlag verschwunden. Alle wußten mit einem Male wieder, hier sind deine Kameraden, die alles tun werden, dir zu helfen. Hier im Kreise deiner Kameraden, bist du sicher; soweit es für dich und alle Männer, die auf See waren, überhaupt eine Sicherheit gab.

Dies war der Krieg, den sie führten. Es war ein schrecklicher Krieg des Zupackens und Ertränkens; es war ein Krieg, der stündlich auch für sie — für jeden einzelnen von ihnen — die passende Kugel bereit hielt oder das Grab in der Tiefe der See.

Und in keiner Stunde des nun schon Monate dauernden Einsatzes waren sie dem Tode so nahe gewesen wie eben in diesen vergangenen Minuten.

Aber der Sensenmann hatte nicht zuschlagen können. Noch einmal war ihnen durch ein gütiges Geschick das Leben geschenkt worden. Noch einmal war dem Tod die Hippe aus der knöchernen Faust geschlagen worden.

VII. KAPITEL

Nach der Versenkung der Cleanthis waren sie auf Gegenkurs gegangen. In der Mannschaftsmesse hatten sie auf die glückliche Errettung angestoßen und die beiden Kameraden noch einmal hochleben lassen.

Durch einen Funkspruch war ihnen vom Gruppenkommandeur mitgeteilt worden, daß sie auf Gegenkurs zu gehen hätten. Und so waren sie, wieder nach Süden laufend, erneut auf der Suche nach einem Opfer, das sich ihnen vor die Torpedoausstoßrohre stellen würde. Einige Tage lang waren sie mit halber Kraft nach Süden gelaufen und hatten vergeblich nach dem Feind ausgespäht.

Am 2. Dezember gelang es ihnen dann, einen Dampfer auszumachen. Sie setzten ihm einen Schuß vor den Bug, und sofort drehte er bei.

Der Dampfer hieß Amaryllis und lief unter der Flagge von Panama. Trotz der Beteuerungen des Kapitäns, der in einem Boot zum U 861 hinübergerudert wurde, um seine Papiere vorzuzeigen, wurde er zur Prise erklärt und der Besatzung — nach der internationalen Prisenordnung — eine Viertelstunde Zeit gegeben, das Schiff zu verlassen und in die Boote zu gehen.

Nach Ablauf dieser Viertelstunde — sie sahen, daß alle Besatzungsmitglieder von Bord gegangen waren — wurde dem Dampfer aus dem Heckrohr der Gnadenstoß versetzt. Keine halbe Stunde später war der Dampfer in der See verschwunden.

Noch wußten die Männer des U 861 nicht, daß dieser Dampfer der letzte gewesen war, den sie auf dieser Feindfahrt erledigt hatten. Tagelang durchjagten sie die See, die glatt wie ein Spiegel vor ihnen lag.

Aus allen Rohren feuernd, erledigten sie ein Torpedoflugzeug, das — aus der Sonne kommend — erst in letzter Sekunde von ihnen ausgemacht wurde. Das Zwillingsgeschütz holte es nach ein paar Schüssen herunter, noch ehe die Feindmaschine ihren Torpedo geworfen hatte.

Die Maschine stürzte hundert Meter vor ihnen in die See und explodierte beim Aufprall. Obgleich sie sofort die Stelle zweimal in engstem Kreis umrundeten, konnten sie von den Besatzungsmitgliedern nichts mehr entdecken.

Tag reihte sich an Tag. Unablässig suchten die Gläser der Wache und des Alten den Horizont nach verdächtigen Rauchwolken ab, aber es schien alles wie verhext zu sein. Sie stießen auf keinen Dampfer mehr. Nicht der kleinste Pott zeigte sich ihnen, der einen Aal wert gewesen wäre.

Lediglich ein Fischereifahrzeug lief ihnen in die Quere. Sie entzogen sich durch rechtzeitiges

Tauchen dem Entdecktwerden, obgleich ihre Anwesenheit durch die ständig wachsenden Versenkungsziffern bekannt genug geworden sein mußte.

Und mit einem Male, sie wußten nicht, wie es gekommen war, sie spürten nur, daß es da war, hatten alle Männer der Besatzung das Gefühl, daß es nun heimwärts gehen mußte.

In den Mannschaftsräumen ebenso wie in den Schapps der Unteroffiziere und Offiziere, in der Funkkabine und an den Maschinen, gab es nur noch ein Thema, welches Aussicht hatte, aufgegriffen und bis zur Bewußtlosigkeit ausgeschmückt zu werden; und das war das Thema Heimat.

Wenn sie um die Bank saßen und das Essen mit Heißhunger in sich hineinschlangen, dann waren sie friedlich wie sonst nie. Kaum daß Hein den Backschafter anspitzte, weil er es wieder einmal nicht verstanden hatte, den Kaffee kochend in die Mannschaftsmesse zu bringen.

Wenn sie sich ansahen, mußten sie heimlich grinsen und stellten sich vor, wie ihre Bärte, die sie sich in dem dreimonatigen Einsatz herangezüchtet hatten, wohl zu Hause ankommen würden. Und einmal fragte Waldi auch den Obersteuermann, der mit ihnen zusammen an der Back saß:

„Was meinen Sie, Herr Obersteuermann, werden wir wohl genug Schlag haben bei den lütten, seuten Deerns? Sie kennen sich doch darin aus." Der Obersteuermann sah sich den Backschafter von oben bis unten ganz genau an. Dann wiegte er zweifelnd den Kopf.

„Also, Pirzowski, wenn ich es so frei aussprechen darf. Bei den erwachsenen Deerns wirst du aus Mangel an Menschenähnlichkeit nicht ankommen, und bei den Kindern hast du auch keine Chancen, als Weihnachtsmann angesehen zu werden bei deinem Zwerggermanenwuchs."

„Menschenskinner, Herr Obersteuermann, er könnte doch als Rübezahl gehen oder noch besser als Wurzelzwerg", warf Stabsgefreiter Hein Twiente ein, der an das Schott gelehnt stand und schmunzelnd diesem Gespräch gefolgt war.

„Aber Hein. wie bist du denn hierhergekommen?" fragte Waldi und tat so, als habe er den Freund eben zum erstenmal gesehen, wobei ein pfiffiges Grinsen auf seinem Gesicht lag.

„Wieso denn, Waldi? Ich stehe doch schon die ganze Zeit hier. Was meinst du denn mit deiner Frage?"

„Ich meine, ich hätte dich bei meinem letzten Besuch draußen in Stellingen das letzte Mal gesehen. Allerdings hinter einem soliden Drahtgitter. Und ich glaube, daß es im Affenhaus war." Das Gelächter schien das Schapp leerfegen zu wollen, und als Antwort darauf wurde das Schott ungestüm aufgerissen, und das trotz des dichten Bartwuchses jungenhafte Gesicht des L. I. lugte herein.

„Neuer Witz vorrätig? Nicht so Nummer sechsundneunzig aus der Klamottenkiste?"

„Immer hereinspaziert, Herr Leutnant. Unser Waldi behauptet, seinen Freund Hein in Stellingen schon einmal gesehen zu haben ... Im Affenkäfig", setzte er erklärend hinzu, als er sah, daß der L. I. nicht gleich schaltete.

„Hm", machte Leutnant Berger und trat einen Schritt zurück, um den ein wenig säuerlich grinsenden Hein besser ins Auge fassen zu können. Dann nickte er grinsend.

„Tatsächlich, Pirzowski, Sie haben recht! Wenn man sich die Uniform wegdenkt. Menschenskinder, daß wir das nicht eher gesehen haben. Das müssen wir doch sofort melden, damit er wieder dort abgeliefert werden kann, ehe er hier Unsinn baut." Sprach's, knallte die Tür hinter sich zu und konnte das Johlen der Männer noch bis in den Maschinenraum hinunter hören.

*

Während sich die Freiwache solcherart die Zeit vertrieb oder bis zur Vergasung Mühle, Dame oder Schach spielte, stand die Wache auf ihren Posten.

Der Kommandant stand auf dem Turm, und wie immer hatte er den Signalgasten und die Brückenwache bei sich. Vor einigen Stunden hatte die schwache Brise aufgefrischt und verstärkte sich allmählich zu einem Wehen von vielleicht Stärke fünf. Dies hatten sie hier unten noch nicht erlebt.

Dichte Wolkenballen hatten in Minutenschnelle den ganzen Himmel überzogen und das augenblendende Glitzern der See verdeckt, das an wolkenlosen Tagen immer die Sonnenstrahlen reflektiert und zu ihnen zurückgeworfen hatte, daß sie geblendet wurden.

„Schiffbrüchige fünf Strich Steuerbord; eine Meile voraus!" meldete der Wachgänger an Steuerbord. Heise drehte sich um und begann mit seinem Glas die Wasserfläche abzusuchen, welches Unterfangen bei der höhergehenden See nicht ganz so einfach war, wie es sonst immer gewesen ist.

Eine Minute lang suchte der Alte die angegebene Richtung ab. Schon wollte er es aufgeben, als sich auf einem Wellenberg eine Gruppe kleiner Punkte zeigte, die tatsächlich wie Schiffbrüchige aussahen und kein Schwarm wandernder Fische zu sein schienen.

„Ruder fünf Strich Steuerbord!"

„Fünf Strich Steuerbord", wiederholte der Rudergänger. „Neuer Kurs liegt an", meldete er gleich darauf.

Nun stampfte das Boot genau gegen die langrollenden Seen an, die in breiter Dünung fast lautlos heranliefen und am Boot emporschwabbten. Auf und nieder stieg das Boot. Einmal hob sich der Bug auf die Spitze der grüngläsernen Wogen, um dann gleich wieder in ein Wellental einzusinken.

Die Männer der Freiwache waren durch den 1. WO schon an Deck gerufen worden und standen klar bei Leinen und Enterhaken, während die Seenotgruppe unter Bootsmannsmaat Wilms bei dem Boot stand, um es gegebenenfalls sofort zu Wasser lassen zu können.

Die Männer, die vorn am Bug standen, spähten vergeblich auf das Wasser hinaus. Die grobe See versperrte ihnen auf dem niederen Punkt, auf dem sie standen, die Sicht.

„Ruder zwei Strich Backbord", korrigierte der Alte den Kurs, als er sah, daß die Schiffbrüchigen, die seltsamerweise in einem dichten Kreis beisammenschwammen, an Backbord vorbeizutreiben drohdrohten.

Wieder setzte der Alte das Glas an die Augen. Plötzlich aber konnte er nichts mehr erkennen. Es war, als habe die See die Schiffbrüchigen verschlungen.

„Haben Sie die Punkte noch im Glas, Peters?" fragte er den Backbordausguck.

„Habe sie auch verloren, Herr Kaleu. Die See ist zu bewegt. Vielleicht waren es doch nur ein paar Schildkröten oder Fische."

„Quatsch, Peters, das waren Schiffbrüchige. Wo sie nur hingetrieben sein mögen?"

„Da sind sie wieder, Herr Kaleu!" Jetzt hatte der Steuerbordausguck sie erspäht. Sein weisender Arm lag eine beträchtliche Strecke von der Stelle ab, die sie vorher abgesucht hatten.

Da waren sie wieder. Drei, vier, fünf Köpfe zählte der Alte, und daran, daß sie ziemlich weit aus dem Wasser ragten, erkannte er, daß sie Schwimmwesten trugen.

Die Punkte wurden größer und größer, als Heise noch zwei Strich nach Backbord gehen ließ. Nun sahen auch die Männer am Bug, daß es sich hier nur um Schiffbrüchige handeln konnte. Die ganze Freiwache hatte sich an der Reling eingefunden. Sie schrien und johlten und versuchten mit allen Mitteln, die Schwimmenden auf sich aufmerksam zu machen. Doch niemand von den im Wasser schwimmenden Menschen gab eine Antwort oder auch nur ein Zeichen, daß er sie gehört oder gesehen hatte.

„Menschenskinder, müssen die erledigt sein, daß sie nicht mal mehr die Flossen hochkriegen. Wer weiß, wie lange sie schon hier im Bach 'rumschwimmen." Hein beschattete die Augen mit der Hand, weil in eben diesem Moment die Sonne durchkam und einen schmalen Streifen gelblich schimmernder Helle auf die bewegte See warf, als sei es der Strahl eines Leuchtfeuers, der zufällig genau auf die Schiffbrüchigen zeigte.

Gerhard ging mit Walter zum Bug. Er nahm das Glas mit, das er immer am Geschütz hatte, und schaute zu den nun schon nahe genug schwimmenden Schiffbrüchigen hinüber. Angestrengt versuchte er, die Gesichter zu erkennen, doch dann ließ er jäh das Glas sinken. Es war ihm plötzlich, als seien ihm die Arme, die das Glas hielten, mit einem wuchtigen, schmerzhaften Schlag vom Körper abgetrennt worden. Sein dunkelgetöntes Gesicht überzog sich mit grauweißer Blässe, und vom Magen herauf spürte er eine Kälte in sich aufsteigen, die ihn erschaudern ließ.

Er hatte noch nichts gesehen, was ihm Sicherheit gab, aber trotzdem wußte er schon, daß die Männer, die dort in der See trieben, tot waren. Er konnte nicht sagen, warum; er wußte es einfach. Und in diesem erschreckenden Augenblick stieg eine Befürchtung in ihm auf, die sein Herz in eisigem Entsetzen verkrampfen ließ und ihn zu Boden zu schmettern drohte.

Was geschah, wie sollten sie diesen Anblick jemals wieder vergessen können, wenn sie binnen kurzem erkennen mußten, daß diese Toten von einem Schiff stammten, das sie selber versenkt hatten?

Sollten sie hier, an dieser Stelle des zweiten Ozeans, ihren Opfern gegenübergestellt werden? Gab Gott ihnen hier ein Zeichen?

Er stöhnte auf, doch dieser Aufschrei seiner Seele, den er nicht unterdrücken konnte, wurde durch das erneut ausbrechende Geschrei der Männer um ihn übertönt.

Sie sahen, wie der Alte die Flüstertüte aus der Klampe nahm und an den Mund hob.

„Helloh, where are you?" grollte sein Ruf laut über das Wasser, um fern, irgendwo in der weiten Wüste der See, echolos zu versinken. Keine Antwort kam zu ihnen zurück. Der Kommandant drehte sich zu der Gruppe am Rettungsboot um.

„Wilms, klarmachen zum Ausfieren!"

„Alles klar, Herr Kaleu!" dröhnte die Stimme des Bootsmaaten zurück.

„Herr Kaleu", meldete sich in diesem Augenblick der Backbordausguck. Seine Stimme klang unsicher und belegt.

„Peters?"

„Herr Kaleu, die Männer sind tot!" Der Alte fuhr herum, als hätte jemand neben ihm eine Kanone abgefeuert.

„Mensch, Peters, reden Sie kein Blech!"

„Doch, Herr Kaleu, sie hängen nur noch in ihren Schwimmwesten, und schauen Sie nur ..."

Jetzt hatten es auch die anderen bemerkt. Mit einem Male — als sei jeder Laut in den Kehlen der Männer erstarrt — breitete sich eine beängstigende Stille aus. Die Männer sahen sich entsetzt an. Dann starrten sie wieder wie fasziniert auf die Skelette, die sie aus leeren Augenhöhlen und mit offenen, zahnlosen Mündern anbleckten und über den teuflischen Spaß zu grinsen schienen, den sie sich mit diesem U-Boot gemacht hatten.

Die Leichen dümpelten bei der starken Dünung hin und her. Einmal schienen sie untergehen zu wollen, dann wieder war es, als wollten sie sich aus den Wogen erheben und einfach darüber hingehen. Und dann wieder war es, als verneigten sie sich unterwürfig vor der fassungslos zu einem Knäuel am Bug zusammengeballten Mannschaft und bedankten sich für die Auffindung, die doch schon um Tage, nein, um Wochen zu spät kam.

Einer von ihnen hing in einem Rettungsring, und als sie nahe genug herangekommen waren, sahen sie den schon halb abgeblätterten Namen des Schiffes, den sie mehr errieten, als daß sie ihn konkret hätten zu lesen vermocht.

„Long Beach" stand in schwarzer Schrift auf dem ehemals weißlackierten Ring. Da wußten sie, und es erleichterte sie ungemein, daß dieses Schiff nicht von ihnen versenkt worden war und daß sie nicht am Tode dieser Männer schuldig waren.

Dennoch war das Gefühl der Schuld mit einem Male in ihnen erwacht. Sie hatten nach jeder Versenkung gejubelt, und der Segelmacher hatte einen Erfolgswimpel nach dem anderen angefertigt, damit sie diese Zeichen des Todes beim Einlaufen in Bordeaux stolz hissen konnten.

Sie hatten Dampfer auf Dampfer — insgesamt zwölf Stück — in die Tiefe gejagt und waren dann davongelaufen, ohne die verheerende Wirkung ihrer Waffen voll empfunden zu haben. Und hier tauchte plötzlich das Ergebnis einer solchen Versenkung vor ihnen auf und griff nach ihnen. Keiner war unter ihnen, der beim Anblick dieses entsetzlichen Bildes nicht den scharfen Biß der Schuld gespürt hätte; einer Schuld, die trotz allen Wissens um die Notwendigkeit ihrer Sache in ihren Eingeweiden fraß.

Beide Maschinen gestoppt, lagen sie bewegungslos zwanzig Meter neben dieser Geisterprozession. Zum erstenmal seit ihrer Ausfahrt sahen die Männer des U 861 das Gesicht ihres Kommandanten ohne Maske. Sie sahen den Schmerz darin und die ohnmächtige Wut, nichts, aber auch nicht das geringste mehr für diese Männer tun zu können. An diesen Männern war nichts mehr gutzumachen, was sie gefehlt hatten, indem sie ihrem Lande dienten.

Die weißen Schädel der Toten waren haarlos und von der Sonne vieler Tage ausgebleicht. Und plötzlich, als sich die Sonne genau über dieser Gruppe öffnete und eine hohe Woge sie emportrug, sahen alle, daß die Schiffbrüchigen durch ein daumendickes Seil miteinander verbunden waren, als wollten sie einen Reigen tanzen.

Sie mußten schon Wochen in der See schwimmen. Vielleicht waren schon zehn oder mehr Schiffe an ihnen vorbeigelaufen, ohne sie zu sehen. Aber sie hatten diese Schiffe gesehen und alles versucht, sich bemerkbar zu machen.

Sie mußten schon Wochen in der See schwimmen, und ebenso lange hatte ihr Kampf mit dem Tode gedauert. Der Tod hatte sie sich einen nach dem anderen geholt; wie er gerade Lust auf sie verspürt hatte. Und wenn einer dieser Toten wahnsinnig geworden war oder das Bewußtsein verloren hatte, dann war es eine Gnade für ihn gewesen.

Das Schweigen lastete so schwer, es drang so tief in die Männer ein, daß sie es wie einen Schmerz spürten. Als sie zur Brücke emporblickten, sahen sie, daß der Kommandant seine Mütze abgenommen hatte und blicklos ins Weite starrte; dorthin, von woher die Wogen in unablässiger Folge gegen sie angerannt kamen, als trieben sie unbekannte Hände zu wilder, verzweifelter Jagd an.

Die Männer taten es dem Kommandanten nach. Der Wind strich durch ihre Haare und wirbelte sie empor. Sie preßten die Zähne zusammen und sahen einander nicht an.

Vielleicht sahen auch sie — wie ihr Kommandant — in einem Wachtraum voll gnadenloser Härte und fürchterlicher Geschehnisse, in dieser weiten, blinden und unnachsichtigen Wasserwüste sich selbst irgendwo mit der See ringen, dort, wo kein Schiff hinkam, um sie zu retten; einem einsamen, fürchterlichen und unabwendbaren Tode ausgeliefert. Verdurstend, mitten im Wasser; verbrennend von der Sonne des Tages und erfrierend in der bitteren Kälte der Nacht.

Vielleicht ahnten sie alle ein Zehntel von der fürchterlichen Verlassenheit und der grenzenlosen Not, die den letzten Überlebenden in dem Kreis der toten Kameraden angefallen haben mußte. Fast schien es ihnen, als sei es eine Ewigkeit her, die sie so bewegungslos auf der Stelle gelegen und die Gruppe der Toten an sich vorüberziehen gesehen hatten.

Kapitänleutnant Heise war eine Sekunde lang versucht, die 10,5-cm-Kanone auf dieses Bild unendlichen Jammers und grenzenloser Verlorenheit zu richten, um den anderen Menschen, die es vielleicht noch würden sehen müssen, den bitteren Anblick von Tod und Nicht-mehr-sein zu ersparen. Doch etwas in ihm hielt ihn zurück, daß er es nicht tun konnte.

Und so zogen die Toten an ihnen vorüber und verschwanden hinter ihnen im Gewoge der See. Noch einmal tauchten sie auf einem Wellenkamm auf, dann war der gräßliche Spuk vorbei.

„Maschine Achtung!"

„Maschine klar!"

„Beide Maschinen kleine Fahrt voraus. Ruder zweihundertachtzig Grad."

„Zweihundertachtzig Grad liegt an", meldete der Rudergast, und mit halber Fahrt glitten sie durch die See, die sich allmählich wieder beruhigte, weiter nach Südsüdwesten.

*

Als der 1. WO ihn ablöste, ging Heise geradewegs in die Funkbude hinein und beugte sich über den Tisch des Funkers.

„Funkspruch an U 178", sagte er und sah den Funker dabei nicht an. Der Funker wartete, und als er den Wortlaut des Spruches hörte, hätte er beinah vor plötzlich ausbrechender Freude aufgeschrien. Langsam begann er, den Spruch durch die Schlüsselmaschine zu schreiben und dann in den Äther hinauszujagen.

„An Gruppenkommandeur von U 861: Vierzehn Tage keine Feindberührung. Letzter Vorrat an Torpedos zwei Stück. Erbitte Anweisung, ob Operation beendet und Heimathafen angelaufen werden soll. Heise, Kommandant."

Eine Stunde später war die Antwort des Gruppenkommandanten bei ihnen eingelaufen:

„Rückmarsch nach Plan sofort antreten. Weitere Weisungen folgen. Gute Heimfahrt!"

Als der Funker den Spruch zum Alten ins Schapp brachte, sah er, daß der Kommandant sich noch nicht hingelegt hatte, obgleich er schon acht Stunden auf dem Turm gewesen war.

„Danke, Puster. Keine Antwort nötig", sagte er heiser und stierte auf den Funkspruch nieder, der vor ihm lag.

So fand ihn sein Backschafter, der mit einem Tablett frischgeschmierter Brote und einer Kanne dampfenden Kaffees ins Schapp kam, um den Alten zu versorgen.

„Herr Kaleu, der Kaffee!"

„Danke, Diederichs. Ich habe etwas Neues für Sie. Teilen Sie es Ihren Kameraden ruhig mit, denn damit verraten Sie kein Geheimnis. Wir befinden uns bereits auf dem Rückmarsch in die Heimat. Wenn alles gutgeht, werden wir Mitte Januar wieder in Bordeaux sein, und dann dürfte wahrscheinlich für die gesamte Besatzung ein Urlaub dranhängen."

„Herr Kaleu, ist das wirklich wahr? Wir dachten schon, wir würden ewig in diesem verdammten

Bach um Südafrika herumschwimmen." Der Backschafter begann zu zittern, und ein Teil des Kaffees, den er gerade eingoß, schwabbte auf die Back, die herübergeklappt war.

Sorgfältig wischte der Backschafter die Lache wieder auf. Dann riß er sich zusammen.

„Danke, Herr Kaleu, ich werde es den Kameraden sofort sagen, damit sie es gleich wissen. Wenn Sie noch etwas wünschen?"

„Nein, danke, Diederichs. Jetzt möchte ich erst einmal eine ganze Wache lang schlafen. Sagen Sie Herrn Oberleutnant Walkenhorst, daß er mich nur bei höchster Alarmstufe wecken soll."

„Jawoll, Herr Kaleu!" Mit diesen Worten war der Backschafter draußen und raste zum Mannschaftslogis hinüber. Eine Minute später hörte Heise lautes Geschrei. Er grinste irgendwie erleichtert und wußte mit einem Male, daß es die höchste Zeit wurde, daß seine Männer heimkamen, daß sie aus der fürchterlichen und mit aller Wucht auf ihnen lastenden Atmosphäre ständiger Todesgefahr herauskommen mußten, wenn sie nicht an der ihnen zugemuteten Aufgabe zerbrechen sollten.

Sie hatten sich so geschlagen, wie er es sich in seinen Wünschen vorgestellt, aber in Wirklichkeit nicht zu hoffen gewagt hatte. Und weil er wußte, wie zerschlagen er selbst war, konnte er sich auch ausmalen, wie es den Männern zumute sein mochte, die doch unter noch ungünstigeren Umständen kämpfen mußten als er.

Und er dachte auch an die beiden Männer, die sie der See hatten übergeben müssen. Wie sehr konnte er begreifen, daß der sensible Freiwillige diesem fürchterlichen Druck nicht hatte gewachsen sein können. Wie sehr wünschte er sich, dies schon bei den Übungen erkannt zu haben, um ihn ablösen zu lassen. Es war ihm, als käme dieser Tote einzig und allein auf sein Konto. Er hätte alle Männer der Besatzung besser beobachten müssen. Er hätte erkennen müssen, daß der Arme für diesen Dienst nicht geeignet war. Er hätte, hätte, hätte ...

So marterte es ihn in den Stunden, da er keine Ruhe finden konnte, und so würde es ihn immer noch martern, wenn schon lange alles vorbei und vergessen war.

Mit einer müden Bewegung zog er sein Kriegstagebuch zu sich herüber und machte unter die letzte Eintragung, die schon vierzehn Tage alt war, einen Strich. Darunter aber schrieb er:

„Auf Heimfahrt."

Mechanisch begann er zu zählen, und als ihm die Zahl der versenkten Tonnage mit unvermuteter Wucht entgegensprang, da schrak er davor zurück.

In drei, nein, in vier Dimensionen schien sie gegen seine Netzhaut zu springen, in Umfang, Festigkeit, Form und nicht in Angst, sondern in einer gespannten Erwartung. Und er starrte auf die Ziffern und dachte: ‚Es sieht nicht gefährlich aus. Diese Zahl ist vollkommen harmlos.' Aber dann sah er hinter der einen fünfstelligen Zahl die zwölf Schiffe und den zwölfmal zugreifenden Tod, der grinsend seine Beute einbrachte.

58 381 Bruttoregistertonnen versenkten Schiffsraums. Zwölfmal war der Tod — auf dem Torpedo reitend — durch das Torpedoausstoßrohr geschnellt und durch die See den Opfern entgegengelaufen.

Einige Schiffe waren schnell untergegangen, andere wieder hatten sich bis aufs Blut gewehrt und versucht, den Angreifer mit in die Tiefe zu reißen.

Er hatte die Verantwortung für das Schiff, und er war gleicherweise verantwortlich für die Versenkungen.

Heise horchte auf sein Herz, dessen wilden Schlägen und dessen ungestümem Wollen er nicht nachgeben durfte.

Es war ihm, als pumpe sein Herz etwas Schweres, nicht Fließendes. Es war ihm, als pumpe es nicht Blut, sondern Sand; aber er hielt es aus, er m u ß t e es aushalten, er durfte nicht feige nachgeben. Das Vaterland verlangte Opfer, und er mußte aushalten; sein Herz konnte wohl alles aushalten, alles, alles.

Der Kommandant stöhnte leise auf. Dieser Laut, so klein er war, rüttelte ihn mit einem Male wieder auf. Es schien ihm, als sei der Laut von Ewigkeit her in ihm gewesen und hätte nur durch die blutigen Erfahrungen des Krieges, durch das Leid und durch die Gewalt, die er gesehen hatte, vermöge einer bestimmten Konstellation der Sterne, für diesen e i n e n Sekundenbruchteil Stimme erlangt.

Mit langsamen, eckigen Bewegungen stand er auf, riß sich die Jacke herunter und ließ sich auf seine Koje fallen. „Nichts mehr denken. Nicht denken!" hämmerte er sich selber ein. Bis nichts mehr war.

VIII. KAPITEL

„Sehen Sie die Verfärbung des Wassers?" Kapitänleutnant Heise deutete mit dem Glas nach Steuerbord hinüber, wo die Küste sich vor ihnen erhob. Der Steuerbordausguck nickte.

„Jawohl, Herr Kaleu, ist das nicht . . . "

„Ja, das ist die Girondemündung. Sie bringt die braungraue Färbung des Wassers zustande. Wir sind zu Hause!"

Die Männer starrten mit Augen, die nichts zu sehen vermochten, in die Richtung auf den ersehnten Punkt. Sie hatten seit dem Funkspruch vom U 178 dreiunddreißig Tage auf diese Minute gewartet; länger fast, als sie ertragen konnten.

Sie hatten am Weihnachtsfest daran gedacht, als der Smutje mit einem selbstgebastelten Christbaum angekommen war und sie während der Weihnachtsfeier an zu Hause dachten. Sie hatten am Sylvesterabend um vierundzwanzig Uhr daran gedacht, als der Kommandant sein Glas zu einem Trinkspruch auf ihr Boot und auf sie selber erhoben und mit ihnen zusammen auf eine glückliche Heimkehr angestoßen hatte. Und jetzt war diese Minute trotz allem d o c h gekommen. Jetzt waren sie wirklich daheim. Was machte es, daß sie noch zweitausend Bahnkilometer von der wirklichen Heimat entfernt waren! Die konnten sie überwinden, das war eine Verzögerung von zwei Tagen.

Als sie am 8. Januar noch einmal auf einen Konvoi angesetzt wurden, schwante ihnen Unheil, aber sie hatten sich umsonst gesorgt, denn der Konvoi TM 1, der von einer Anzahl deutscher Boote verfolgt wurde, war schon zu weit vorausgelaufen, als daß sie ihn noch hätten erreichen können.

Sie hatten versucht, auf eines der Begleitfahrzeuge zum Schuß zu kommen, das wegen einer Havarie zurückgefallen war, und es war ihnen auch gelungen, einen Torpedo abzufeuern, doch entweder war der Aal kein Treffer gewesen, was bei der hohen Geschwindigkeit des fliehenden Fahrzeuges nicht ausgeschlossen war, oder aber der Torpedo hatte nicht gezündet.

Die letzten Tage waren durch immerwährende Bedrohung durch Torpedoflieger und schnelle englische Verbände zu einer einzigen Unterwasserfahrt geworden. Dreißig Stunden wurden sie gejagt und beobachtet. Wasserbomben waren um das Boot herum detoniert, und einmal hatten sie schon geglaubt, es sei alles zu Ende; doch der Torpedo, der sie mittschiffs getroffen hatte, weil das Flugzeug vollkommen überraschend aus einem Wolkenballen auf sie niedergestoßen war, hatte nicht gezündet, sondern nur eine Beule in die Außenhaut gestoßen! Die Männer, welche die Gefahr gesehen und den Torpedo auf sich hatten zukommen sehen, würden diese Sekunden nie in ihrem Leben wieder vergessen.

Mit großer Umsicht und seinem reichen taktischen Können hatte es der Alte verstanden, das Boot durch die Fährnisse des Atlantik hindurchzusteuern und es sicher hierherzubringen.

In ein paar Stunden würden sie festmachen, nach vier Monaten schwankenden Bodens würden sie wieder die Erde unter ihren Füßen spüren und wieder in Sicherheit sein.

Trotz der guten reichlichen Verpflegung waren die Gesichter der Männer unter ihren Bärten hager geworden. Mit ehernem Griffel hatte der Krieg seine Spuren in die Gesichter gegraben.

Ihnen selbst fiel es nicht auf, wenn sie nicht zufällig eines der Bilder in der Hand hielten, die vor ihrem Auslaufen gemacht worden waren, aber den Angehörigen würde es auffallen, und sie würden sich wohl ihren Vers darauf zu machen wissen.

*

„Fertigmachen zur Musterung!" hallte der Befehl des Kommandanten durch das Boot, als die Abendsonne sich auf die Gironde legte und das sich träge ins Meer wälzende Wasser wie mit einer flirrenden, flimmernden Goldschicht überhauchte.

Durch Funkspruch war ihr Kommen bereits gemeldet worden, und als sie die ersten Dock- und

Hafenanlagen erreichten, wurden sie mit ohrenbetäubendem Jubel empfangen.

Die Schiffseinheiten, die im Hafen lagen, hatten über die Toppen geflaggt, und von allenthalben winkte man ihnen zu, von überall her dröhnte ihnen das Heulen der Dampfsirenen entgegen.

Die Männer waren an Deck angetreten. Ihr Lederzeug blitzte in der Abendsonne, als der Kommandant sie einer abschließenden Musterung unterzog. Dann hatten sie die ihnen zugewiesene Pier erreicht.

Umsichtig wie immer gab der Alte seine Befehle.

In einem Winkel von siebzig Grad kamen sie mit halber Fahrt auf die Pier zu. Unter der Reichskriegsflagge hingen in schrägem Fall die Wimpel der Versenkungen; das Boot war durch das Deckkommando auf Hochglanz geputzt und geschrubbt worden.

Noch fünf Meter trennte den Bug des Bootes von der Pier.

„Maschinen stopp. Beide kleine Fahrt zurück!" Wie ein feuriger Renner unter der Hand des erfahrenen Reiters, stand das Boot einen halben Meter von der Pier still. Der Mann mit der Leine sprang auf die Pier, er zog das schwere Verholtau hinter sich her und schwang es mit einem blitzschnellen halben Schlag um den Poller.

„Ruder hart Backbord. Backbordmaschine kleine Fahrt zurück — Maschine stopp." Mit unwahrscheinlicher Sicherheit schob sich auch das Heck des Bootes an die Pier heran. Auch hier sprang der Mann des Landekommandos auf die Pier und hatte ebenso schnell das Boot festgemacht.

Sie waren an Land.

Nach vier Monaten Feindfahrt lagen sie zum erstenmal wieder an einer festen Pier und würden gleich nach der Begrüßung über die soeben ausgefahrene Stelling an Land gehen. Die Gesichter der Männer leuchteten, als der Kommandant sich vor ihnen aufbaute.

„Der Kapitän, Herr Kaleu!" meldete der 1. WO, als er sah, wie der Kapitän über die Stelling an Bord kam.

Die beiden Männer an der Stelling rissen die Hacken zusammen.

Heises Blicke flogen noch einmal über seine Männer hin. Dann nahm auch er die Hacken zusammen.

„Besatzung stillgestanden! Zur Meldung an den Kommodore, Augen rechts!" Wie von einer Schnur gezogen, flogen die Köpfe der Männer herum. Aller Augen waren nun auf den Flottillenchef gerichtet, der nun, die Hand am Mützenschirm haltend, die Meldung des Alten entgegennahm:

„U 861 von Feindfahrt zurück. Versenkungszahl zwölf Einheiten mit 58 381 BRT. Verluste: zwei Mann gefallen, drei Verwundete."

„Danke, Herr Kapitänleutnant!" Die Hand an der Mütze, schritt der Kapitän die Front der angetretenen Männer ab. Heise folgte ihm drei Schritte halblinks. Einem nach dem anderen blickte der Flotillenchef ins Gesicht. Dann schritt er zur Reling hinüber.

„Männer", sagte er, und seine Stimme hallte weit über die Pier, wo sich bereits die ersten neugierigen Männer der anderen Bootsbesatzungen eingefunden hatten, „Männer, die Kriegsmarine ist stolz auf euch!" Mehr sagte er nicht, und doch lag in diesem einen Satz alles, was diesen Männern zu sagen war. Dann wandte er sich dem Alten zu.

„Herr Kapitänleutnant, lassen Sie die Männer wegtreten. Das Boot kommt in die Werft und wird überholt. Ihre Männer gehen in Haus drei, das für sie bereit ist. Urlaub gibt es für alle. Sie selbst sehe ich dann morgen um zehn Uhr zum ausführlichen Bericht."

„Jawohl, Herr Kapitän!" Der Flottillenchef grüßte noch einmal und kletterte dann wieder über die Stelling an Land.

Keine halbe Stunde später zogen die Männer — ihre Seesäcke auf der Schulter, von den Kameraden der anderen Boote flankiert — dem Haus drei entgegen.

Begrüßungsrufe schallten ihnen von der Besatzung U 177 entgegen, die am frühen Morgen eingelaufen war, und sie hörten, daß dieses Boot mit einer Versenkungszahl von 49 371 BRT nicht viel weniger erfolgreich gewesen war als sie selbst und daß auch das Boot des Gruppenkommandeurs, das U 178, das zu morgen früh erwartet wurde, 47 097 BRT versenkt hatte.

„Bis nachher, in der Messe", riefen die anderen ihnen zu, als sie im Hause 3 verschwanden.

IX. KAPITEL

„Wenn ich den Rest unseres Haufens betrachte, dann könnte ich trübsinnig werden.“ Hein hatte sich unter Ächzen und Stöhnen über seine Lackschuhe hergemacht und bearbeitete sie mit Bürste und Schuhkrem, als solle der Glanz der Schuhe mit dem Blitzen des Spiegels wetteifern.

„Meinst du, als w i r in Urlaub waren, wäre es hier anders gewesen? Beim ersten Schub sind doch noch mehr in Richtung Heimat abgehauen.“ Waldi, der geantwortet hatte, drehte sich zu Hein um. „Wann willst du denn endlich das Gestrüpp abscheren, das dir im Gesicht wächst? Du weißt doch, daß Ivette dies nicht verknusen kann. Schakrew, wenn ein Mädchen wie Ivette es nicht mag, dann hast du zu parieren. Wollen wir nicht nachher in die Stella Maris gehen?“

„Weißt du, Waldi, ich bin schon verdammt knapp dran. Du kannst dir ja denken: Hamburg, St. Pauli und die vielen Freunde.“ Hein schnitt ein Grimasse.

„Nun hör aber auf! Du kannst doch unmöglich das ganze Gehalt verbraten haben, das wir nach der Landung vor vier Wochen bekamen!“ Gerhard war aus dem Nebenzimmer gekommen, wo sich die Waschgelegenheiten befanden. Er rieb sich mit dem

Handtuch trocken und setzte sich dann auf seine Koje.

Sie waren zu viert hier auf der Bude im Haus 3, und in den beiden rechts von ihnen liegenden größeren Räumen waren die anderen Kameraden untergebracht.

Ihr Tagesdienst bestand darin, daß sie ihren Nachturlaubsschein abholten und die Bude aufräumten. Nachmittags ging einer von ihnen zur Feldpoststelle hinüber und holte ihre Post. Heute nachmittag war Walter an der Reihe. Ein Blick auf die Uhr zeigte Gerhard, daß er gleich kommen mußte. Ob wohl Post von Irene dabei war?

„Was ist denn nun, fahrt ihr nach dem Kaffee mit mir 'raus zur Stella Maris?" unternahm Waldi einen neuen Vorstoß.

„Da fragst du noch? Irgendwer muß dich ja beaufsichtigen, damit du keine Dummheiten machst. Außerdem habe ich einen Tisch für uns reservieren lassen, weil wir sonst keinen Platz mehr bekommen würden. Es gastiert nämlich eine erstklassige Tanzgruppe dort."

„Mensch, das höre ich gern. Du und beaufsichtigen!" Waldi stieß verächtlich die Luft aus. „Wo er nicht mal auf sich selber aufpassen kann. Denk doch mal an deinen Urlaub. Der Alte hat nicht schlecht getobt, als er zurückkam und gleich mit drei Meldungen über dich aus Hamburg überrascht wurde. Wie kam es denn nur, daß er dir nicht gleich eine Woche Knast aufgebrummt hat?" Hein grinste.

„Der Alte wird doch seine rechte Hand nicht in den Bau schicken. Er hat mir die Meldungen gezeigt und sie dann dahin weitergeleitet, wohin sie gehören."

„Doch nicht etwa zum Donnerbalken?"

„Bewahre! Dafür war das Papier nicht fein genug; aber in den Papierkorb hat er sie geworfen, eine nach der anderen." Ein schweres Poltern auf der Treppe ließ Gerhard aufspringen und zur Tür gehen.

„Aha, unser Benjamin erwartet wieder Post von der Angebeteten. Es muß ihn ja ordentlich erwischt haben, daß er nicht einmal die Minute abwarten kann, bis Walter hier in der Bude ist."

„Halt die Schnauze", wehrte Gerhard ab und riß die Tür auf.

„Platz dem Weihnachtsmann", rief Walter schon vom Flur aus, und als er — sich durch die Tür quetschend — im Zimmer stand, ließ er einfach den Haufen von Päckchen, die er trotz seiner Überlastung irgendwie heil hergebracht hatte, auf den Boden fallen, und Waldi begann sie einzeln hochzuheben und die Anschriften laut vorzulesen.

Mit geübter Hand warf er dabei die Päckchen auf die einzelnen Kojen. Nach kurzer Zeit häuften sich auf seinem Bett die Päckchen an. Während die anderen nur eines oder zwei bekommen hatten, waren es bei ihm sechs.

„Hör mal, wo hast du denn die vielen Päckchenmarken her?" fragte Hein erstaunt.

„Ja, weißt du, auf der Kommandantur ist eine Landsmännin von ihm als Schreibkraft, ebenfalls aus Keeenigsbarch", ahmte Walter den Dialekt Waldis nach.

„Na ja, mit seinem kriegerischen Glanz in den Augen und dem Haufen Blech auf der Brust wird es ihm nicht schwergefallen sein, sie zu umgarnen, daß sie ihre Pflicht so vernachlässigte, wie er es wollte."

„Mensch, Gerhard, wo steckst du denn?" Hein blinzelte den anderen zu und ging dann zu Gerhard hinüber, der auf dem Kojenrand saß und einen Brief las.

„Hmm", schnupperte Hein. „Toftes Parfüm. Wenn die Kleine ebenso ist, kann ich's verstehen." Gerhard blickte ärgerlich auf.

„Geh zum Teufel!"

„Nee, Kleiner, da ist mir die Ivette schon lieber, auch wenn sie manchmal fast wie ein Teufel ist. Du solltest auch mitkommen. Tolle Frauen laufen da rum."

„Geh mir los mit diesen Weibern", wehrte Gerhard ab.

„Stell dich nur nicht so an! Sei kein Frosch und mach dich fertig, wenn du nicht willst, daß *ich* dich fertigmache."

„Ich bin eben nicht für Fleischbeschau."

„Helm ab zum Gebet", flaxte Hein, und die anderen brüllten los. So ging das schon zwei Wochen, seit sie wieder aus dem Urlaub zurück waren.

„Was ist denn mit dir, Waldi? Anscheinend hast du den Bärenfang bekommen, von dem du schon so lange gefaselt hast."

Waldi hatte in fieberhafter Eile seine Päckchen aufgeschnürt. Als Hein ihn anrief, reckte er sich eben hoch. In der Hand schwang er triumphierend eine Flasche. Dann hob er die andere hoch.

„Hier, Kameraden. Heute kann es losgehen. Der Bärenfang ist da."

„Also, alles fertigmachen; auch Gerhard. Wir wollen sehen, wie Waldi tapfer kämpfend untergeht."

Sie machten sich fertig, und als sie eine halbe Stunde später durch die schmalen Gassen des Hafens gingen, waren sie guter Dinge.

An ein Auslaufen war noch nicht zu denken. Die Überholungsarbeiten am Boot würden noch mindestens vier Wochen dauern, und währenddessen wollten sie hier eine vergnügliche Zeit verleben.

„Das ist ein Lüftchen, was? Es scheint hier tatsächlich schon bald Frühling zu werden." Waldi hob seine Nase schnuppernd in die Luft und sah dann die Kameraden der Reihe nach an.

„Gib nur nicht so an, als wärest du für diesen Duft persönlich verantwortlich; was d u produzierst, das duftet gewöhnlich anders", sagte Walter trokken, und ein brüllendes Gelächter brandete gegen die Häuser und wurde als Echo klirrend zu ihnen zurückgeworfen.

Gleich darauf verstummten sie, um mit zackiger Ehrenbezeigung an einem Stabsoffizier vorbeizugehen, der sie ein wenig mißtrauisch musterte, dann aber — als er ihre Auszeichnungen sah — leutselig den Gruß erwiderte.

„Mensch, schau dir nur die an. Die reinste U-Männerfalle. Wie die den Achtersteven dreht, einfach Klasse!" Begeistert schielte Hein den fülligen Kurven einer schlanken Brünetten nach, die einige Schritte vor ihnen die Straße überquerte und dann in einer der vielen Bars verschwand.

„Nicht schlecht; aber die Pflicht geht vor, und nachher wirst du wohl keine Zeit mehr dafür haben, Hein."

„Wenn es nur nicht umgekehrt kommen wird, Kleiner. Was ist schon Bärenfang gegen Rum?"

Als sie die breite Schwingtür öffneten und in das vollbesetzte Lokal traten, waberte ihnen Zigarettenrauch und der Gestank verbrauchten, abgestandenen Bieres und schalen Weines, vermischt mit den Ausdünstungen vieler Menschen, entgegen.

„Mensch, da sollen wir ohne Gasmaske rein? Die wollen ja die ganze Marine vernichten! Diesen Mief kann man ja in Scheiben schneiden und als Andenken mitnehmen."

„Na komm schon und sei nicht so feinfühlig, die anderen werden sich schon an dich gewöhnen!"

„Mensch Meier, zuviel Lametta im Saal." Verstohlen deutete Walter auf die Bar, vor der im Halbkreis auf hohen Hockern einige Offiziere saßen und sich über die Köpfe der anderen hinweg ungeniert unterhielten.

„Schau sich einer das an! Unser Oberleutnant Berger mit einer verdammt sauberen Puppe."

„Wo?" Es wirbelte die drei anderen Männer herum. Verstohlen deutete Hein mit der Hand zu einem Tisch im äußersten Winkel des Saales hinüber. Die Männer erkannten ihren L.I. sofort.

„Wirklich, er ist es! Der neugebackene Oberleutnant zur See mit einer Französin, alle Achtung. Und auf dem Boot tat er immer so, als wäre er sich noch nicht ganz klar darüber, daß es Menschen zweierlei Geschlechtes gibt. Na, laßt uns vorsichtig vorbeilaufen, damit er nicht auf den Gedanken kommt, wir hätten ihn gesehen." Sie schlängelten sich durch die schmalen Durchgänge zwischen den Tischen her und erreichten den für sie reservierten Tisch.

„Wer hat das denn alles so arrangiert?" Erstaunt blickte Walter von einem zum anderen. Das sieht ja aus, als habe jemand Geburtstag."

„Da hast du mal wieder den Nagel auf den Kopf getroffen." Hein grinste stärker.

„Doch nicht etwa du, Hein?"

„Nee, ich nicht, aber meine seute Deern, die Ivette, die gleich zu uns kommen wird."

„Das ist aber noch fraglich. Bis jetzt wird sie von den Herren Offizieren artig umschwärmt." Gerhard deutete zur Bar hinüber, wo die zierliche, schlanke und dunkeläugige Französin bediente.

Als habe Ivette gespürt, daß man über sie sprach, hob sie den Kopf; und als sie die kleine Gesellschaft sah, winkte sie graziös zu ihnen herüber.

„Sag mal, Hein, hattest du denn noch soviel Piepen, um die Sache zu schmeißen? Du sagtest doch vorhin, daß du etwas schwach seist." Heins Gesicht wurde ein wenig länger. Zweimal versuchte er, zum Sprechen anzusetzen.

„Du glaubst doch nicht, daß wir . . .?"

Hein nickte hoffnungsvoll. „Ich dachte mir, daß für jeden von euch ein Drittel der Gesamtsumme nicht so schwer aufzubringen ist."

„Und du?"

„Nun, habe ich nicht meine Freizeit dafür geopfert, es euch hier so gemütlich wie eben möglich zu machen?" tat Hein empört. Dann blickte er auf die Uhr. „Mensch, Waldi, wenn wir den edlen Wettstreit heute noch austragen wollen, dann wird es Zeit, daß du beginnst. In einer Stunde wird Ivette abgelöst und kommt zu uns. Dann muß alles in Ordnung gebracht sein."

„Vorerst trinken wir mal einen!" Gerhard griff in den Kühler, nahm die dort deponierte Flasche heraus und goß ihnen ein.

„Hoch die Tassen!" Sie tranken den nach Anis schmeckenden Schnaps in einem Zuge hinunter, und Waldi leckte sich schmatzend die wulstigen Lippen. Dann sah er sich — Aufmerksamkeit heischend — im Kreise um.

„Also", begann er, als er sah, daß ihm alle zuhörten, „wir wollen einen Meterfurz trinken, wie ich ihn von Königsberg her kenne. ... Moment, ihr werdet gleich sehen, w a s das ist", fuhr er fort, als er die verständnislosen Gesichter sah, die ihn anblickten. Dann winkte er den Kellner herbei und bestellte zu dessen größtem Erstaunen fünfundzwanzig Schnapsgläser.

Als der Garcon mit den Gläsern kam, stellte sie Waldi in einer Reihe hintereinander auf. Anschließend nahm er eine Schnur aus der Tasche, prüfte die Reihe der Schnapsgläser und nahm zwei von ihnen wieder fort. Dann zog er den Stopfen aus der Flasche Bärenfang und begann die dreiundzwanzig hintereinanderstehenden Gläser bis an den Eichstrich mit dem hochprozentigen Schnaps zu füllen. Als er fertig war, goß er den Freunden ebenfalls je einen Bärenfang ein, und noch ehe sich die anderen von ihrer Überraschung erholt hatten, begann er, die Gläser — eines nach dem anderen — zu leeren.

Hein, der zuerst amüsiert mit den anderen sein Glas geleert hatte und voll Erstaunen dem Beginnen Waldis gefolgt war, erbleichte, als sich Waldi das letzte Glas hinter die Binde kippte und zum Zeichen, daß es leer war, herumdrehte.

„Mensch Waldi, damit kannst du dich im besten Varieté für Geld sehen lassen." Begeistert schlug Walter dem Kameraden auf die Schulter. „Und so was sitzt nun schon fast neun Monate unentdeckt unter uns."

„Also, ich muß sagen, mir reicht es. Das ist ja grausam!" Gerhard schüttelte sich.

„Du bist an der Reihe", forderte Waldi Hein auf. „Wenn du nicht willst, dann hast du verloren und zahlst die beiden Flaschen."

„Ich nicht wollen? So ein Quatsch! Gieße die Gläser voll. Was du kannst, das kann ich noch alle Tage."

Ingrimmig machte sich Hein daran, die vor ihm stehenden Gläser zu leeren. Als er beim achtzehnten Glase angekommen war, begann er zu husten. Dicke Schweißtropfen sammelten sich auf seiner Stirn und tropften auf den Tisch, sooft er sich vorbeugte, um nach dem nächsten Glas zu greifen.

Beim neunzehnten Glas zog er in krampfhaften Atemzügen die Luft ein, hob die Hände in die Höhe, als wollte er sich einem unbekannten Feinde ergeben, und sprang dann auf und raste — die ihm im Wege stehenden Menschen einfach zur Seite drängend — zur Toilette hinüber. Brüllendes Gelächter folgte ihm.

„Vielleicht solltest du auch versuchen, das Zeug 'rauszubringen."

„Schakrew Perrunje, nicht ums Verrecken! Dieser Bärenfang ist doch prima. Hier, den Rest schenkt Hein euch." Wieder goß Waldi die Gläser nach.

„Prost, Hein", empfingen sie den Kameraden, als er ein wenig unsicher zum Tisch zurückkehrte.

„Du siehst aus wie Braunbier mit Spucke."

„Muß wohl was Falsches gegessen haben", entschuldigte sich Hein lahm. „Oder ich kann diesen Bärenfang nicht vertragen."

„Mensch, hör schon auf. Du hast verloren und mußt nun auch zahlen."

„Schon gut, Waldi, hast gewonnen! Kriegst deine Mücken morgen."

Ein plötzlich anschwellendes Händeklatschen unterbrach ihre Unterhaltung. Als sich ihre Blicke der Tanzfläche zuwandten, sahen sie, daß sie von den anderen Tanzenden geräumt worden war. Schlagartig erlosch die allgemeine Deckenbeleuchtung. Eine Tanzfläche wurde von unten her magisch erleuchtet.

In stetig wechselnden Reflexen spielten die Lichter über die acht Mädchen, die — zu zwei und zwei nebeneinander — aus dem Zimmer hinter der Tanzfläche herauskamen und auf die Tanzfläche marschierten. Sie begannen nun nach den heißen Rhythmen der Musik zu tanzen. Die vier Scheinwerfer unter der Saaldecke warfen kreidige Reflexe auf die Tänzerinnen, und das wechselnde Licht unter der Tanzfläche machte alles noch phantastischer, unwirklicher.

„Verdammt, das ist ein Ding!" Waldi stierte gebannt auf dieses ebenso erregende wie lockende Bild und wurde es ebensowenig wie die anderen gewahr, daß sich Ivette auf den Stuhl an der Kopfseite des Tisches gesetzt hatte.

Dies war die Kurzweil, die sie brauchten; die sie all das Düstere und Drohende der See vergessen ließ. Sie stürzten kopfüber in diesen Trubel und hofften, Vergessen zu finden. Ein Vergessen all' der grauenhaften Bilder, die an ihren Augen vorüberzogen.

Bis sie dann nach der Ernüchterung erkennen mußten, daß nichts diese Erlebnisse vergessen ließ, sondern daß alle Versuche nur in einem Katzenjammer endeten.

„Guten Abend, meine Cherren." Überrascht wandten sich die Gesichter der vier Männer der Barfrau zu.

„Du, Ivette? Schön, daß du gekommen bist. Meine Freunde wollten dir unbedingt zum Geburtstag gratulieren." Hein übernahm die Vorstellung. Dann winkte er dem Kellner und hob als verabredetes Zeichen Daumen und Zeigefinger der rechten Hand. Eilfertig kam der Garcon angerannt. Auf einem Tablett trug er spitzkegelige Sektgläser und in einer Serviette in der linken Hand eine Flasche Sekt. Knallend flog der Korken gegen die Saaldecke, doch dieses Geräusch ging in dem allgemeinen Trubel, der sich nach dieser Darbietung erhoben hatte, unter.

Durch einen Seitenblick stellte Gerhard fest, daß nun die Tänzerinnen in der gleichen Garderobe, mit der sie auf der Bühne gewesen waren, teils mit Landsern tanzten oder bei andern zahlungskräftigen Männern an den Tischen saßen.

Dieser Amüsierbetrieb, der ihm noch vor seinem Urlaub so großen Spaß gemacht hatte, ekelte ihn heute an. Es waren noch keine drei Wochen her, daß er Irene zum letztenmal gesehen hatte. Irene, die er durch einen Zufall kennengelernt hatte, als er seine alte Firma besuchte. Irene, mit der er dann während des ganzen Urlaubs zusammengewesen war.

Gewiß hatten sie sich schon vorher gekannt, aber sie waren noch nie so ins Gespräch gekommen wie an dem zweiten Urlaubstage, als sie erkannten, daß sie füreinander bestimmt waren.

Gerhard griff sich verstohlen an den Hals und fühlte unter der Ausgehbluse das dünne Kettchen mit dem kleinen Kreuz, das sie ihm beim Abschied geschenkt hatte.

Mechanisch hob er das Glas und trank mit den anderen auf das Wohl Ivettes.

Er hatte in dem Dunst Kopfschmerzen bekommen. Als er aufstand, um ein wenig an die Luft zu gehen, wurde es von den anderen nicht bemerkt. In ihrem drolligen Deutsch hatte Ivette das Regiment über die Männer an sich gerissen.

Kühl und angenehm schlug ihm die Nachtluft entgegen und fächelte seine erhitzte Stirn. Die Luft war mit den Dünsten des Hafens geschwängert, und als Gerhard den Geruch nach Salz und vergammeltem Unrat einsog, war ihm, als hasse er die See so sehr, weil er sich ihrer nie mehr anders denn als einer Mörderin erinnern würde.

In ein paar Wochen würden sie wieder auslaufen und erneut Monate hindurch unterwegs sein.

Der Alte hatte ihnen schon bei einer seiner letzten Musterungen gesagt, daß sie diesmal noch länger draußen bleiben würden und daß ihr Ziel noch weiter nach Südosten liegen würde.

Gerhard bereute, sich damals gemeldet zu haben. Doch jetzt war es zu spät. Jetzt mußte er durchhalten, wenn er nicht vor sich selber ein Feigling sein wollte.

Dies Gefühl, daß er es nicht aushalten würde, hatte sich noch vertieft, seit er wußte, daß Irene ihn liebte und daß sie auf ihn wartete.

Wenn er seine Kameraden nicht hätte, dann wäre es nicht zum Aushalten. Sie halfen ihm über die Stunden hinweg, in denen die Angst ihm mit würgendem Griff in den Nacken sprang.

Als Gerhard ins Lokal zurückging, schlugen dort die Wogen der Begeisterung hoch.

Auf ihren Stühlen reitend — allen voran Ivette — trabte die ganze Kavalkade singend durch den Saal.

Zum Gaudium aller Anwesenden aber schlug Oberleutnant Berger — auf der Bartheke stehend — den Takt, indem er eine Sektflasche mit Vehemenz in die Flaschenreihen schmetterte, von Hein durch wilde Rufe angestachelt, sooft er müde werden wollte.

Als kurz darauf die herbeigerufene Feldgendarmerie ins Lokal kam, verdrückte sich Gerhard durch eine Seitentür.

X. KAPITEL

Am Morgen des 22. März erhielt die Besatzung von U 861 in der Messe des U-Bootsheims den neuen Einsatzbefehl.

Sie hatten alle gewußt, daß es jeden Tag wieder losgehen konnte. Fast zwei Monate lagen sie schon hier in Bordeaux fest. Das Boot war im Dock des U-Bootsbunkers vollkommen überholt worden. Für die Besatzung, die nun wieder vollzählig aus dem Urlaub zurück war, waren die Werftliegetage Tage der Ruhe und Entspannung gewesen, während derer sie wieder vollkommen zu Kräften gekommen waren und allerlei Unsinn verbrochen hatten.

Nur, wenn die Tommies von den Inseln herüberkamen, wenn die schweren britischen Bomber in ihren Nachtangriffen Tod und Verderben auf die französische Atlantikküste niederschleuderten, dann wurde es ihnen mulmig. Sie erkannten nun, daß mehr denn je auch die Einsatzhäfen ihr Teil abbekamen und daß es für das Werftpersonal ebenso wie für die Marineartillerie und die Flakverbände, für die Nachtjagddivision und für die Scheinwerferbatterien kein Zuckerlecken war, auf ihren Posten auszuharren, während s i e sich in die bombensicheren Unterstände verkriechen und warten konnten, bis entwarnt wurde.

Der Vormittag war ausgefüllt mit hektischem Treiben. Das Boot hatte vom Ölbunker aus zur Versorgungspier verholt, und die Seelords waren eifrig bei der Arbeit, das Deck zur Proviantübernahme aufzuklaren.

Kradmelder flitzten auf die Pier und überbrachten dem Alten eine Meldung, worauf er sich landfein machte und in Richtung auf die Hafenkommandantur verschwand.

Nun aber waren sie schon seit dem Mittag bei der Arbeit des Stauens. Die Männer fluchten über die Plackerei, die ihnen keine freie Minute mehr ließ. Nichtsdestoweniger aber packten sie alle an, denn es galt, das Boot in kürzester Zeit klar zu machen, wenn sie nicht noch im Hafen von den britischen Bombern überrascht werden wollten.

Um zehn Uhr vormittags hatten sie an der Versorgungspier festgemacht. Um Mitternacht sollte alles klar und die Ladung übernommen sein. Eile war geboten, denn es stand zu befürchten, daß sie genauso wie eines der vorgestern ausgelaufenen Schwesternboote überrascht werden könnten. Anscheinend hatte der Tommy hier in Bordeaux einen Agenten oder ein ganzes Agentennest sitzen, das immer in Tätigkeit trat, wenn es darum ging, ein auslaufendes U-Boot unschädlich zu machen.

Die Briten wußten ganz genau, daß von Bordeaux aus die Boote der Monsungruppe in den Indischen

Ozean liefen, und sie wußten auch, daß diese Boote von ihrem ersten Einsatz dort im Indischen Ozean mit großen Erfolgsziffern zurückgekommen waren. Darum machten sie die größten Anstrengungen, sie möglichst schon in den Häfen durch ihre Bomber, oder vor der Girondemündung durch U-Jäger, zu erwischen und unschädlich zu machen.

Auch den Hafen griffen sie immer wieder an, denn von hier aus war der Anmarschweg der deutschen U-Boote in das Operationsgebiet um rund 3000 — 4000 Seemeilen kürzer als von der norwegischen Küste oder aus deutschen Häfen. Das eröffnete aber den Booten die größten Chancen, schneller an den Feind zu kommen und länger draußen bleiben zu können.

Die Briten setzten alles ein, diese U-Bootsbasen zu zerstören und so die Boote zu zwingen, in die deutschen Häfen zurückzugehen, womit sie wiederum um Wochen länger unterwegs waren.

Solange die Boote in den U-Bootsbunkern lagen, konnte ihnen nichts passieren. Aber wenn sie am Ausrüstungskai festgemacht hatten, wenn sie Proviant, Munition und Öl übernahmen, dann setzten die Angriffe ein, und darum mußte die Ladearbeit so schnell wie möglich durchgeführt werden, und darum mußten auch alle Männer anpacken.

Von den französischen Häfen aus war die Bekämpfung der britischen Schiffahrt verstärkt worden, und weil die Schiffahrt ein schwacher Punkt Englands war, mußten die Briten versuchen, alles auszumerzen, woher ihnen in bezug hierauf Gefahr drohte. Die stark erhöhten Versenkungsziffern aber zeigten ihnen, daß die Gefahr so groß war wie nie zuvor.

„Menschenskinner, das ist ja eine Arbeit. Da bekomme ich direkt Lust zum Sterben." Hein Twiente war aus der Stahlröhre des Bootes aufgetaucht und wischte sich — an Deck angekommen — den Schweiß von der Stirn.

„Na, mach mal keine Schau! Diese Kleinigkeit wirst du wohl noch geschafft kriegen, du warst doch vorher bei der süßen kleinen Ivette immer so stark. Wenn du die nächste 10,5-cm-Granate trägst, dann denke nur, es sei Ivette, dann wird es schon gehen." Waldi spuckte über Bord ins Wasser, das ölig glitzernd und still wie ein blinder Spiegel unter ihnen lag.

„Kleine Feuerpause!" rief Bootsmannsmaat Tiedjen, und an der Reling lehnend begannen die Männer zu rauchen.

„Wie lange dauert es denn noch, Wilhelm? Ich komme mir vor wie ein chinesischer Kuli, der Überstunden machen muß."

„Na, die Munition ist ja bereits drin, und einen Teil der Verpflegung haben wir jetzt auch schon an Bord. Ich glaube, daß wir um Mitternacht fertig sind. Vielleicht auch etwas eher."

„Das ist ja nicht mehr so schlimm; höchstens also noch drei Stunden." Auch Hein Twiente spuckte ins Wasser.

„Nur gut, daß das Öl wenigstens von selber in die Tanks läuft. Stellt euch nur mal vor, wir müßten die 440 Tonnen Öl in Literkannen an Bord holen und das Trinkwasser auch, das wär eine Lust."

„Hör mal, bist du nicht ein wenig knapp?"

„Knapp?" echote Waldi verdutzt. „Meinst du knapp an Kasse?"

„Knapp an Grips, du Roß! Daß du uns solche Aussichten auch nur eröffnest."

„Pirunnje! Erst hattest du mit dem Bärenfang eine solche Schnauze, und nun willst du mich so auf den Arm nehmen..."

„Ja, Kleiner, ist ja schon gut! Du hast damals gewonnen, das weiß ja schon die ganze Kriegsmarine, darum schweig, damit ich nicht wild werde."

Die anderen grinsten. Die Wette zwischen Waldi und Hein war immer noch Kombüsengespräch Nummer eins, und es gab tatsächlich keinen Mann im Hafen, der nicht davon wußte.

„Menschenskinner, da kommt der Smutje mit der Pulle!"

Der Smutje war aus dem Niedergang zur Kombüse aufgetaucht und kam nun auf sie zu.

„He, Smutje, her mit der lütjen Buddel. Ich bin als Flaschenkind aufgezogen worden." Hein streckte seine Pranken nach der Flasche aus.

„So siehst du aus! J e d e r soll was bekommen. Hier!" Aus der Schürze zog der Smutje die Gläser und goß jedem der Männer ein Glas Rum ein, das sie auf ein Zeichen Heins genießerisch hinunterkippten.

„Hmm. Das war 'ne Wucht! Anders als Bärenfang, nicht, Hein?" Gerhard grinste den Kameraden von der Seite an.

„Wenn du noch einmal was von Bärenfang klönst, Lütjer, dann kannst du was erleben." Hein drohte mit der Faust und hielt dann dem Smutje das Glas unter die Nase. „Na, wie wär's mit einer Wiederholung? Auf einem Bein steht es sich so schlecht."

„Ich komme in einer halben Stunde wieder." Der Smutje entwetzte noch eben rechtzeitig, und Heins Faust, die nach ihm greifen wollte, faßte ins Leere.

„Weitermachen, Jungens! Los, weitermachen, ihr lahmen Tüten!" grollte der Baß des Bootsmannsmaaten. Und weiter ging die Stauerei, die schnell und auch sachgemäß richtig vor sich gehen mußte, damit das Boot nicht vorder- oder achterlastig wurde.

Das Boot hatte sich immer tiefer ins Wasser gelegt. Schließlich waren die gewaltigen Mengen Dieselöl, das Wasser und die Munition keine Kleinigkeit.

Sie nahmen anstatt der vierundzwanzig Torpedos diesmal dreißig mit, und die beiden Torpedomixer teilten ihre Kammer mit den schlanken, gefährlichen Aalen, die später irgendwann einmal gegen die feindliche Schiffstonnage eingesetzt werden würden.

Für die 10,5-cm-Kanone waren wieder hundertfünfzig Schuß verstaut worden, und für die 3,7er hatten sie gar 2700 Schuß an Bord genommen, während das 2-cm-Zwillingsgeschütz mit 4400 Schuß am meisten Munition hatte, weil es auch am meisten verschoß.

Während die Männer hin- und herrannten, dachten sie schon an das Auslaufen. Sie wußten, daß draußen vor der Gironde die U-Bootjäger und die Luftüberwachung auf sie warteten, um sie den in Bereitschaft liegenden Zerstörern zu melden, aber sie wußten jetzt schon, daß sie auch diesmal wieder durchkommen würden.

Wenn auch die U-Bootsfahrt in diesem Jahr zu einem besseren Himmelfahrtskommando geworden war, wenn auch von einer Gruppe von sechs auslaufenden Booten kaum mehr als drei wieder in die Heimathäfen zurückfanden, sie würden es schaffen, weil sie es schaffen mußten.

Wenn erst einmal die unendliche Wasserwüste des Indischen Ozeans um sie war, dann hatten sie es besser; vorausgesetzt, daß ihnen nicht der Zufall einen Strich durch die Rechnung machte. Der Zufall, dieser launische Geselle, der die besten taktischen Manöver, die klügste Führung zunichte machte.

Aber sie waren eine eingefahrene Mannschaft, sie waren in den Kampfhandlungen zu einer verschworenen Gemeinschaft zusammengeschweißt worden. Blut und Feuer hatten sie zu einem einzigen riesenhaften Körper werden lassen, der auf den leisesten Wink schnell und umsichtig reagierte, weil ein einziger Fehler ihnen das Leben kosten konnte.

Trotzdem war dieser neue Einsatz auch für sie

eine Fahrt gegen den Tod, denn der Feind war ebenso an seinen Aufgaben gewachsen, er war — wie sie — eine Gemeinschaft geworden und versuchte alles, ihnen mit den neuen Asdicgeräten und mit Radar, mit Agentengruppen und dem Einsatz aller verfügbaren Schiffe den Lebensfaden durchzuschneiden.

So war es nun einmal im Krieg. Jeder, ob Freund oder Feind, glaubte, alles für das Vaterland einsetzen zu müssen. Jeder glaubte, daß er das Beste tue.

Aber mußte das Beste, was man tat, so aussehen, daß man sich gegenseitig erschlug?

*

In der Funkstelle in Devenport saßen die Funker an ihren Geräten. Sie nahmen Funksprüche auf und setzten Funksprüche ab. Alles arbeitete hier nach einem genau ausgearbeiteten Plan, der sich bisher auch gut bewährt hatte.

In einer von den anderen abgeteilten Boxe saß der Funker, der die Agentenfrequenz überwachte. Er mußte immer auf der Hut sein, denn es war zwischen ihnen hier in Devenport und den Agenten in Frankreich keine bestimmte Sendezeit ausgemacht. Nur wenn das dringende Bedürfnis bestand, wurde von der französischen Küste aus gesendet.

Als der Funker das erste „Did" von Bordeaux

aufnahm, hob er die Hand, und sogleich stand der Oberleutnant, der hinter ihm an einem hellen Schreibtisch saß, auf und kam zu ihm herüber. Sich den zweiten Kopfhörer überstülpend, hockte er sich auf den freien Stuhl neben dem Empfangsfunker, zog einen Funkspruchblock zu sich heran und begann, den Spruch, den die Agentenstelle soeben absetzte, mitzuschreiben.

Dünn und quakend, mit Lautstärke eins bis zwei und zu allem Überfluß noch von vielerlei anderen Geräuschen gestört, drang der Ton des schwachen Senders zu ihnen herüber. Es war dem Oberleutnant, als hörte er eine Stimme aus einer anderen, jenseitigen Welt, die sich nach langem Zögern überraschend zum Sprechen entschlossen hatte und nun ihre überaus wichtigen Mitteilungen machte.

Oberleutnant Brown wußte, daß dieses Blatt Papier, das er soeben vom Spruchblock abriß, als der Funker der Agentenstelle sein „ar sk" tastete und damit das Ende des Funkspruches und des Funkverkehrs gekommen war, etwas Wichtiges enthielt. Diese Agenten tasteten nämlich wegen der Gefahr des Abhörens durch die deutsche Horchfunkstelle Brest nur in zwingenden Fällen und so wenig wie möglich.

Während der Mann am Sender den Spruch bestätigte und dann ebenfalls mit einem „ar sk" schloß, hatte sich Oberleutnant Brown schon hinter die Schlüsselmaschine gesetzt und begonnen, die verschlüsselten Buchstaben in die Maschine zu hämmern, die genau auf den vorgeschriebenen Tagesschlüssel eingestellt war.

Wie durch Zauberhände geordnet und in die richtige Reihenfolge gebracht, entstanden nun Wörter und Sätze, und was der Oberleutnant las, das ließ ihn erregt von seinem Stuhl auffahren und zu seinem Chief-Commander hinüberlaufen. Er klopfte mit dem Knöchel gegen die Tür, wartete aber das „come in" des Commanders nicht erst ab, sondern stürmte sofort in das Büro hinein.

Erstaunt zog der Chief-Commander die Augenbrauen hoch.

„Nun, Brown, was gibt es denn, daß Sie es so eilig haben?"

„Verzeihung, Sir. Soeben ist ein Funkspruch aus Berta zwo eingegangen. Die Boote der Monsungruppe laufen wieder aus. U 861 hat bereits an der Versorgungspier verholt. Die Stauarbeiten sind in vollem Gange, und das Boot wird wahrscheinlich schon morgen in der Frühe auslaufen."

„Damned, das ist eine Nachricht!" Der Oberst klemmte sich den Zwicker auf die Nase und begann zu lesen. Dann stand er ohne ein Wort zu sagen auf und ging zu dem abgeschirmten Fernsprecher hinüber, der ihn mit dem Commander der Luftflotte Süd verband. Er drehte die Kurbel und lauschte in den Apparat hinein. Dann begann er zu sprechen und in knapper präziser Formulierung seine Nachricht zu übermitteln.

Als er die Meldung durchgesprochen hatte und

der Hörer klirrend auf die Gabel zurückgefallen war, blickte er auf die Uhr. Es war genau einundzwanzig Uhr, und die Maschinerie, die dieser kleine Funkspruch ausgelöst hatte, begann nun zu rollen und mit der unabwendbaren Präzision eines Uhrwerkes abzulaufen, um an ihrem Endpunkt — einer Lawine gleich — mit fürchterlicher Gewalt niederzugehen und alles unter sich zu verwüsten.

In dieser Minute, das wußte er, würde die Alarmglocke in den Unterkünften des ersten Bombergeschwaders Süd und der 112. Bomber Group schrillen und die Flugzeugführer zur Lagebesprechung zu ihrem Chef rufen und das Bodenpersonal in hektische Betriebsamkeit versetzen.

Gleichzeitig würde auch ein Funkspruch zu den beiden U-Booten, die greifbar waren, hinausgehen und durch einen weiteren der U-Jäger auf das Ziel — die Girondemündung — in Marsch gesetzt werden. So war denn alles getan, die menschenfressende Kriegsmaschinerie wieder aus dem kleinen Gang auf Hochtouren zu bringen.

*

„Der Einsatzbefehl für die Gruppe." Die Flieger blickten auf ihren Kommandeur, der soeben in den Besprechungsraum eingetreten war. Die summenden Stimmen verstummten. Niemand wagte mehr, sich auch nur zu räuspern, und das Grammophon endete mit einem schrillen Mißklang, als einer den Tonabnehmer abnahm, der über die Platte kratzte. Alle Augen waren auf den Kommandanten gerichtet, der soeben vom Chef kam. Er hatte sich hinter den Kartentisch gestellt, auf dem die Karte von Bordeaux und seinen Hafenanlagen ausgebreitet lag. Alle warteten sie nun auf die nötigen Informationen, nach denen sie handeln mußten. Da klang auch schon die Stimme des Kommandanten auf:

„Wir greifen den Hafen von Bordeaux an. Die U-Boote der Monsungruppe laufen heute nacht oder morgen früh aus. Außerdem liegen einige Handelsdampfer im Hafen. Es gilt aber vor allem, die U-Boote zu vernichten. Für die Boote gehen sechs Maschinen der Sturzbombergroup mit. Sie haben die Aufgabe, unbedingt zum Erfolg zu kommen, während die anderen Bomber folgende Ziele anzugreifen haben." Mit umsichtigen, routinierten Worten, die Aufgabe an der Karte umreißend, gab der Kommandant den einzelnen Staffeln ihre Aufgaben bekannt, bis jedes Flugzeug und seine Besatzung genau wußte, was zu tun war.

Die Beobachter der einzelnen Maschinen zeichneten sich die für sie gültigen Zielräume in ihre Handskizzen ein, und während so die Vorbereitungen des fliegenden Personals getroffen wurden, war schon die Bodenbesatzung auf dem Flugfeld bei der Arbeit, die Maschinen startklar zu machen.

Sie schufteten wie die Wilden, denn sie hatten den Befehl bekommen, die Maschinen in zwanzig

Minuten startklar zu haben. Mit den niedrigen Bombenkarren fuhren sie die schweren Bomben zu den Maschinen und befestigten sie in den Aufhängevorrichtungen der Bombenschächte. Ab und zu fluchte einer von ihnen, wenn er irgendwo anstieß und sich die Haut von den Händen riß, doch er machte weiter. Tankwagen brausten über den Platz, und manchmal huschte der Lichtschimmer einer Stablampe über die Weite des Platzes hin.

Noch schwiegen die Motoren der schweren Bomber, aber jetzt waren sie aufgetankt, und in den Bombenschächten hingen nun schon die stählernen Boten des Todes in Gestalt schwerer und schwerster Bomben, die nachher auf eine Stadt niedergeworfen werden sollten, deren Niederkämpfung für die britische Seekriegführung außerordentlich wichtig war.

Der Commander hatte sich die Aufgabe vorbehalten, mit seiner Wing das U-Boot aufs Korn zu nehmen. Er mußte das Boot erwischen, und er würde es erwischen.

Eiserne Entschlossenheit zeichnete sich auf seinem Gesicht ab. Wenn er U 861 erwischte, dann hatte er viel vollbracht. Die Meldungen aus Südafrika und Mauritius hatten es ihnen vollauf bestätigt, daß dieses U-Boot eines der gefährlichsten war. Es würde auf seiner nächsten Feindfahrt wieder der britischen Flotte unermeßlichen Schaden zufügen. Darum durfte es nicht mehr zu einer neuen Feindfahrt kommen.

Die ersten Besatzungen stapften zu ihren Maschinen hinüber. Keine zwei Minuten später begannen die ersten Motoren mit halben Touren aufzubrüllen, und nach einer Minute überdröhnte das Brausen der neunzig Bombermotoren den Frühjahrswind, der über den Platz heulte.

Noch war es nicht soweit, noch liefen die Motoren sich erst warm. Die Besatzungen aber befanden sich nun alle an Bord ihrer Maschinen. Die Männer prüften mit den sicheren Griffen des oft Getanen und Gewohnten die Instrumente, die Zielgeräte und die Waffen, von deren Funktionsfähigkeit nachher alles abhängen würde. Auch die Fallschirme mußten überprüft werden, ebenso die Atmungsgeräte, denn mit Ausnahme der Sturzbomber würden die Maschinen in großer Höhe anfliegen, damit sie nicht so schnell entdeckt werden konnten.

Die Flieger wußten, daß sie diesmal keine Jagdunterstützung haben würden, doch das focht sie nicht so sehr an, denn diesmal kamen sie ganz überraschend, und ehe die wenigen Jäger der deutschen Nachtjagddivision in der Luft waren, befanden sie sich schon wieder auf dem Wege in die Heimat. Wenigstens die, die heil durch die Flaksperre kommen würden. Der feuerspeiende Ring um Bordeaux war gefürchtet.

Eine Minute vor dem Start blickte der Commander sich noch einmal um. Er sah die Maschinen seiner Gruppe, sie standen dicht gestaffelt hinter ihm am Platzrand. Dann hob er die rechte Hand mit dem abgespreizten Daumen, und die anderen wußten in der gleichen Sekunde, daß es nun so weit war, daß sie wieder einmal gegen den Feind flogen und nicht wußten, ob sie nachher noch beim Pulk sein würden, wenn sie wieder auf Heimatkurs gingen.

Der Commander schloß das Kabinendach. Soeben wurde der Start freigegeben. Die abgeblendeten Markierungen der Startbahn glühten wie Kokstöpfe und erhellten notdürftig die Bahn. Er gab das Gas hinein, trat die Pedale und drehte die Maschine in die Startrichtung.

Der Motor brüllte auf, holpernd setzte sich die Maschine in Bewegung, und dann flitzte das Feld unter ihm fort, und mit einem kaum wahrnehmbaren Ruck hatte sich die Maschine von der Erde gelöst und stieg in die dunkle Nacht, in den wolkenverhangenen Himmel empor, der über ihnen lag.

Die anderen Maschinen folgten. Zug um Zug rollte eine der Maschinen nach der anderen an, und dann waren sie alle in der Luft, während die vordersten schon die vorgeschriebene Flughöhe erreicht hatten und genauen Kurs auf Bordeaux nahmen.

Der Commander rief über die Bordsprechanlage die beiden Maschinen seiner Rotte und dirigierte sie neben sich. Dann rief er die anderen Maschinen, um sich zu vergewissern, daß er sie alle im Verband hatte.

Nun waren sie in der Luft; allein, nur auf die eigenen Fähigkeiten angewiesen, denn sie durften ja nicht funken, das würde den Gegner — der auf den Horchfrequenzen saß und nur auf eine solche Gelegenheit wartete — rechtzeitig warnen, daß er seine Vorkehrungen treffen konnte. Nur im äußersten Notfalle, wenn zum Beispiel eine Maschine Motorenschaden hatte und zur Basis zurückkehren mußte, durfte sie tasten und eine Heimpeilung erbitten.

Commander Williams saß hinter dem Steuer. Seine Augen hingen am Instrumentenbrett und flogen über die einzelnen Manometer und Skalen hinweg, die um ihn herum die Kanzel ausfüllten. Mit ihrem blauen, grünen und roten Licht erfüllten sie die Kanzel mit einem phosphoreszierenden Schein, der alles Wirkliche unwirklich werden ließ und etwas Düster-Unheimliches hatte.

Die Hände des Commanders umklammerten das Steuer. Heute galt es zu beweisen, daß man einen Auftrag auf jeden Fall durchführen konnte. Er wußte, was es hieß, ein U-Boot an der Pier mit Sicherheit zu treffen. Er wußte, daß dies nichts anderes hieß, als bis auf einige hundert Meter über das Boot zu stürzen und sich dabei voll dem Flakfeuer der Geschütze auszusetzen.

Bei einem solchen Angriff siegte d e r, der die stärksten Nerven behielt, und das m u ß t e er sein.

Der Funker saß hinter seinem Empfänger, um einen eventuellen Funkspruch seiner Bodenstelle sofort aufnehmen zu können. Natürlich konnten sie keine Schlüsselmaschine mitnehmen und hatten auch nicht die Zeit dazu, alle Rufe erst zu verschlüsseln und die ankommenden zu entschlüsseln; sie tasteten darum nur Signaltafelsprüche oder die noch einfacheren X-Gruppen, mit denen sie sich innerhalb einiger Sekunden verständigen konnten.

Vorsichtig drehte er den Skalenzeiger hin und her, um sich nicht das kleinste „Did" entgehen zu lassen. Es konnte immerhin möglich sein, daß die Bodenstelle einige Kilohertz zu hoch oder zu niedrig lag, denn das kurze Abstimmen, das Einpfeifen, durfte nur eine halbe Minute dauern; so war es seit einiger Zeit zwingend vorgeschrieben. Das ließ aber keine große Genauigkeit zu.

Hinter der Kanzel des Commanders saß der Beobachter. Abgeschirmt von den anderen hockte er über seiner Karte, auf die der Lichtschein einer winzigen Arbeitslampe fiel. Auf dieser Karte war die französische Küste eingezeichnet. Vor sich sah er — sooft sein Blick auf die Karte fiel — das Gewirr der Hafenanlagen von Bordeaux; und das dicke Bleistiftkreuz mitten darin war die Versorgungspier, an der das U-Boot lag.

Umsichtig prüfte er die Flugzeit, die hinter ihnen lag, und den geflogenen Kurs, den er mit der Geschwindigkeit der Maschine zu koordinieren hatte. Mit feinen Strichen zeichnete er den bisher zurückgelegten Weg auf und wußte, daß sie das Ziel nun gleich erreichen mußten. Gleich würden sie — die sie ihre Bomben schon so oft erfolgreich ins Ziel gebracht hatten — wieder über einem neuen Ziel sein. Die Bomben würden niederrauschen und den Gegner zerschmettern, und der Funker würde sein „ms ok — Bomben im Ziel, alles in Ordnung" zur Bodenstelle zurückfunken und von ihr die genaue Heimpeilung bekommen.

Unter ihnen aber würde ein zerstörtes U-Boot zurückbleiben und nicht mehr auslaufen können.

*

Wie jede Nacht, so war auch heute die Radarstation an der Küste in Tätigkeit. Und ebenso wie bei der feindlichen Funküberwachung saßen auch die deutschen Horchfunker an ihren Geräten, von denen jedes eine andere Frequenz zu überwachen hatte.

So hatte auch Horchfunk-Feldwebel Dissel seine Frequenz zu überwachen. Feldwebel Dissel wußte, daß er wahrscheinlich nicht ein „Did" von der 112. Bomber Group hören würde, denn er hatte gegen Abend vergeblich auf ein Einpfeifen gelauert. Trotzdem kurbelte er am Gerät herum, nahm jede halbe Stunde das übliche Routinerufzeichen der Bodenstelle auf und trug diesen Ruf in das Funkformular ein, das vor ihm lag und das er um Mitternacht an seinen Ablöser übergeben würde.

Während er sich eine Zigarette drehte, legte er den Bleistift auf die grüne Schreibunterlage aus Gummi zurück.

War das ein Geschäft! Hier saß er nun und wartete darauf, daß wieder einmal ein Einsatz geflogen wurde, damit sich sein Dienst auch lohnte. Er hatte sich vor einigen Monaten zum fliegenden Personal gemeldet, doch es war ihm nicht gelungen, diesem faulen Haufen den Rücken zu kehren, weil ein Führerbefehl bestand, laut dem sie als Horchfunker nicht zum Feindeinsatz kommen durften.

Er hatte gerade seine Zigarette angezündet, als seine zu überwachende Bodenstelle außer der Zeit zu rufen begann. Es war erst eine Viertelstunde nach ihrem letzten Ruf vergangen.

Feldwebel Dissel drückte auf den Knopf seiner Funksprechanlage. Er hörte, wie sich sein Gegenüber meldete.

„Vierundvierzig Gustav kommt jetzt viertelstündlich!" meldete er und hörte, wie der Funkwachleiter einen leisen Pfiff ausstieß.

„Aufpassen, Sepp! Wahrscheinlich ein Einsatz!"

„Es kann aber gerade so gut eine Übung sein", widersprach Feldwebel Dissel und grinste in sich hinein, weil er jetzt schon wußte, was der Funkwachleiter erwidern würde. Und richtig:

„Möglich, daß es nur eine Übung ist, Sepp. Auf jeden Fall werde ich die Nachtjagddivision anrufen. Paß du nur auf, daß du nichts verpaßt; du weißt ja, jeder Funkspruch ist wichtig."

Doch diese Warnung war unnötig. Feldwebel Dissel wußte, wieviel davon abhing, alles, auch das kleinste „Did" mitzubekommen. Er wußte, daß Sekunden darüber entscheiden konnten, ob eine rufende Maschine gehört und rechtzeitig dem Peiler weitergegeben werden konnte. Und erst die Peilung der drei Peilstationen sagte aus, wohin die Maschinen flogen und wo sie im Augenblick standen.

Vorsichtig, immer bis zwanzig Kilohertz über und unter die angegebene Frequenz drehend, lauschte Dissel in den Funkhorchempfänger-C hinein.

Auf einmal hörte er ein leises Geräusch, das wie das Winseln eines Hundes klang. Das war doch ... Ja, an dem seltsamen Ton konnte er erkennen, daß es eine Maschine sein mußte, die soeben einen kurzen Verständigungston getastet hatte. Als er die Bodenstelle mit einem „Emil" antworten hörte, drückte er auf den zweiten Knopf neben sich.

„Betriebsfunk: Maschine auf 4860 Kilohertz, peilen!"

Er wußte, daß nun in der nächsten Sekunde die drei Peiler von den Betriebsfunkern angerufen wurden und daß sich die Peiler — wie prähistorische Flugdrachen anzusehen — mit ihren Riesenohren auf die Frequenz 4860 Kilohertz einstellen und den Standort der Maschine genau festlegen würden.

Während dieser kurzen Zeitspanne hatte die Maschine zu tasten begonnen:

„Mary, Richard, Otto — habe Maschinenschaden, kehre zur Basis zurück." Dann tastete sie, ohne erst von der Bodenstelle dazu aufgefordert werden zu müssen, einen Dauerton, den die Bodenstelle schon nach zehn Sekunden durch einige aufgeregte kurze Funkzeichen unterbrach. Sie tastete an die Maschine:

„Egd h von 44g, qdm 312 Grad."

Keine zwei Minuten später wußte die deutsche Abwehr, daß ein feindlicher Bomberverband im Anflug auf Bordeaux war und daß ihn nur noch zwanzig Minuten Fahrtzeit vom Ziel trennte.

Fast gleichzeitig mit der Horchfunkabteilung hatte auch die Radarstation den Feind ausgemacht. Auf dem Bildschirm begann es mit einem Male zu blitzen und zu funkeln, und der Oszyllograph begann wie wild zu schreiben. Es mußten mindestens fünfzig Maschinen sein, die den Hafen angreifen wollten. Die Entfernung und die Richtung war genau abzulesen. Der Bomberverband kam genau auf Bordeaux zu.

Und auch hier begannen in blitzschneller Reaktion die Vorbereitungen.

„Feindlicher Bomberverband im Anflug auf Bordeaux." Diese Meldung weckte die Maschinerie der Abwehr aus ihrer Erstarrung auf. Die mit den Radargeräten gekoppelten Scheinwerferbatterien waren keine Minute später in Alarmbereitschaft. Die zweite Nachtjagddivision würde durch die Unterstützung der Scheinwerferbatterien eine helle Jagd haben und sich wie die Teufel auf die anfliegenden Maschinen stürzen, die nicht so beweglich waren wie sie.

Die Besatzungen liefen zu ihren stets startklaren Maschinen, um sofort aufzusteigen, dem Gegner so weit wie möglich entgegenzufliegen und möglichst zu verhindern, daß sie den Hafen erreichten.

So jagten die Verbände einige Minuten später aufeinander los. Noch sahen sie einander nicht. Doch einige Minuten später würden sie auf Tod und Leben umeinander kurven, würden sie sich ineinander verbeißen, steigen und stürzen, wieder hochreißen und sich in tollen Kapriolen jagen. Dabei aber würden ihre Kanonen und die Maschinengewehre aufeinander loshacken. Sie würden schießen, schießen, schießen; bis Rauchfahnen aus den Maschinen des Gegners herauswehten, die Maschinen in die Tiefe stürzten und auf dem Wasser zerschellten.

Der Flakriegel war alarmiert. Was die wenigen Nachtjäger durchließen, das würden s i e aufs Korn nehmen. Es würde für sie noch genug übrig bleiben, denn es waren nur sieben Maschinen, die aufsteigen konnten.

*

„Verdammt, das hat uns noch an der Miete gefehlt!" fluchte Hein Twiente, als der Ton der Sirene, in der bekannten Folge an- und abschwellend, über den Hafen heulte. „Daß die uns nicht einmal beim Auslaufen in Ruhe lassen können."

Vorn, am äußersten Ende der Hafenanlage, sahen sie die erste Scheinwerferbatterie aufblitzen, schnell über den Himmel huschen und wieder erlöschen.

„Los, Männer, in den Bunker", rief Korvettenkapitän Heise, als niemand Anstalten traf, die Stauarbeiten abzubrechen. Die Männer mußten sich nun das so glatt über die Lippen gehende „Herr Kaleu" abgewöhnen, seit der Alte zum Korvettenkapitän befördert worden war. Doch wenn sie ihren Alten auch manchmal in den letzten Tagen mit der alten Anrede degradierten, der Kommandant nahm es nicht so genau damit, sondern wies nur immer mit einem Augenblinzeln auf seine Ärmelstreifen hin, die den neuen Rang erkennen ließen.

„Herr Korvettenkapitän, können wir nicht weitermachen? In einer Viertelstunde sind wir fertig. Es sind nur noch die Reste zu verstauen, und es ist noch fraglich, ob der Verband hierherkommt."

„Hören Sie auf, Tiedjen, es ist zu gefährlich, und wir wollen doch nicht noch fünf Minuten vor dem Auslaufen ein paar Männer verlieren."

„Herr Korvettenkapitän", fiel nun auch der 1. WO ein, „wir sollten es diesmal machen. Bis zum Bunker auf Pier sechs sind es nur ein paar Meter. Wenn die Flak vorn am Riegel zu feuern beginnt, können wir immer noch schnell 'rüberlaufen, ohne erfaßt zu werden." Korvettenkapitän Heise bedachte sich eine Sekunde.

„Gut, Herr Walkenhorst... Aber wenn es soweit ist, dann nichts wie im Schweinsgalopp 'rübergesockt, ohne erst ein Kommando darüber abzuwarten, verstanden?"

„Jawohl, Herr Kaleu!" antworteten die Männer

im Chor, um dann in ein unterdrücktes Gelächter auszubrechen, als sie wieder einmal feststellen mußten, daß sie sich verhauen hatten.

Mit unheimlicher Geschwindigkeit verstauten sie die noch an Deck liegenden Vorräte in die Röhre des Bootes, die nun wieder lange Monate hindurch Heim und Heimat für sie sein würde.

Sie trieben sich gegenseitig mit wüsten Schimpfworten an, ohne daß einer dem anderen etwas krumm genommen hätte, wußten sie doch, daß alles nicht so gemeint war, wie es herauskam. Ab und zu brüllten sie vor Lachen auf, wenn Waldi, der Spaßmacher, wieder einen seiner Witze zum besten gegeben hatte.

„Wißt ihr denn schon, daß Waldi eine Heiratsanzeige aufgegeben hat?" fragte Hein, als sie für eine Minute verschnaufend an der Reling lehnten.

„Ich glaube, bei dir piept es wohl. Das hat Waldi doch nicht nötig, bei den vielen Sprechfrequenzen, die er im ganzen Reich 'rumsitzen hat", hielt Gerhard das Gespräch in Schwung.

„Und doch ist es so. Er hat achtundneunzig Antworten mit Bild bekommen. Es sind pfundige Deerns dabei. So hat seine Anzeige gewirkt." Hein grinste zu Waldi hinüber, der ihn giftig anstarrte.

„Was hat er denn geschrieben?"

„Guterhaltener Kleiderschrank wünscht sein ferneres Erdendasein mit einer ebenso guterhaltenen alten Schachtel zu teilen, die er gern auf seinen breiten Rücken nimmt. Eigener Holzwurm vorhanden."

Unterdrücktes Gelächter sprang auf und steigerte sich bei Waldis obszöner Bewegung zu einem wahren Orkan.

„Na, dann wollen wir mal sehen, ob dieser Kleiderschrank von Mann auch eine Zentnerkiste Konserven tragen kann", mischte sich der Bootsmannsmaat ins Gespräch und trieb sie so wieder zur Arbeit an.

Als die Flak vor ihnen zu feuern begann, hatten sie bereits das Deck vollkommen gesäubert.

„Los, abhauen! In den Bunker!"

Während Hein Twiente hinter Gerhard und Waldi auf die Pier sechs zulief, warf er einen kurzen Blick auf die Uhr. Es war genau halb zwölf. Sie hatten die Stauerei eine halbe Stunde eher geschafft, als sie vor drei Stunden gedacht hätten.

Dunkel wuchs vor ihnen der Bunker auf. Sie liefen auf die noch geöffnete Eingangstür zu, und dann waren sie im Innern des mitten auf der Pier stehenden Betonklotzes angekommen, der außer ihnen auch noch die Mannschaft eines Minenlegers beherbergte, der an der Pier sieben lag und eben im Begriff war, zur Verminung der Girondemündung auszulaufen, aber bei Alarm liegenbleiben mußte.

„Mensch, ist das ein Mief hier im Bunker. Dagegen ist unsere Blechbüchs ja der reinste Rosengarten." Hein räusperte sich.

„Wenn man sich hier die Nase putzt, dann hat man gleich ein ganzes Brikett im Taschentuch", knurrte er als Antwort zurück.

„Pirunje, gib nur nicht so an mit deinem Taschentuch. Das machst du doch alles mit dem Ärmel", kam postwendend Waldis Antwort. Sie rief ein unterdrücktes Gelächter hervor.

„Ihr seid wohl am Arsch verrückt, was?" grollte eine Stimme im tiefsten Baß. „Habt ihr denn noch nicht gehört, daß im Bunker nicht gesprochen werden darf?"

„Nee, Kamerad, wir waren eben noch nicht so oft im Bunker wie du, mußt du wissen." Hein grinste und stellte sich das Gesicht seines Gegenübers vor, den er zwar nicht sehen konnte, aber von dem er wußte, daß es in diesem Augenblick nicht eben geistreich aussehen würde.

„Nun halt aber mal die Klappe dahinten. Kerle, die so angeben, haben es meistens nötig", kam wieder der Baß.

„Werd nicht komisch, Kleiner, sonst lutscht dir Hein Twiente mal ein Auge aus." Statt einer Antwort flammte jetzt eine Taschenlampe auf, und Hein sah in ihrem Licht die Achselstücke eines Oberleutnants silbern aufblitzen. Sich hinter Gerhard dukkend, versuchte er, dem suchenden Strahl der Lampe zu entgehen, was ihm auch gelang.

Nur durch einen Schleier hörten sie das ferne Donnern der schweren Flakgeschütze, das aber mehr und mehr anschwoll, um endlich auch in ihrer Nähe zu einem unheimlichen Crescendo anzuschwellen. Dann krachte — noch weit entfernt — die erste Bombe, und der Bunker begann leicht zu vibrieren, so, als wollte er sich wie ein müdes Kind einfach auf die Seite legen.

Ganz unvermittelt dröhnte dann ein markerschütterndes Geheul über ihnen auf, daß das Geflüster der Männer jäh verstummte.

Der Bunker schwankte stärker, und gleich darauf krachte und donnerte es, als würde in eben dieser Sekunde die Welt untergehen. In einem ohrenbetäubenden Getöse detonierten die Minen auf dem Minenlager an der Nachbarpier. Die Druckwelle, die sich mehr und mehr verstärkte, erfaßte den Bunker, schüttelte ihn wie die Faust eines ergrimmten Giganten und riß ihn aus der Bodenverankerung heraus. Die Wand des Bunkers neigte sich plötzlich den Männern entgegen.

Hein, der neben Gerhard und Waldi eingeklemmt saß, spürte, wie sich der Boden unter ihm hob und wie dann — erst langsam und fast unmerklich, dann immer schneller und schließlich mit einem kurzen trockenen Schlag — der Bunker umkippte, während er sich instinktiv nach vorn warf, um nicht hintenüber zu stürzen.

Einen Augenblick lang war er versucht, seine Todesangst in dunkle, nur vom Feuer der Abschüsse und den brennenden Gebäuden erhellte Nacht hinauszuschreien. Doch dieser Ruf, der sich in seinem Gehirn schon gebildet hatte und nur noch der Ausführung bedurfte, erstickte in einer dicken Staubwelle, aus der ihm plötzlich die Schreie der Verwundeten entgegengellten.

Verbissen kämpfte sich Hein Twiente durch die Menge der Leiber zur Tür durch. Doch er brauchte nicht einmal so weit zu gehen, denn dicht neben ihm blitzte der helle Schein des nächtlichen Brandes in den Bunker hinein, und er sah, daß sich der Bunker aus der Bodenverankerung losgerissen hatte und daß dort, wo der Boden nun sein mußte, nichts war als ein ausgezacktes Loch.

Keuchend und hustend gelangte er ins Freie. Ihm auf dem Fuße folgten Waldi und Gerhard, und dann kamen — einer nach dem anderen — die Männer des Bootes herausgewankt.

„Ist einer verletzt?" fragte Hein, doch keiner antwortete ihm. Geschunden und zerkratzt waren sie, doch nicht ernstlich verletzt. Nur einige Männer des Minensuchers, die an der Wand gesessen hatten, waren durch das hereinbrechende Gestein verletzt worden.

Gemeinsam halfen sie den Männern des Minensuchers, ihre Kameraden zu bergen, sie ins Freie zu tragen und die ersten Notverbände anzulegen.

Irgendwo in der Nähe heulte die Sirene eines Sankas auf, um den Männern den Standort zu zeigen, wo sie die Verwundeten hinbringen konnten. Die Männer des Minenlegers schleppten ihre Kameraden in die Richtung hinüber, aus der der Sirenenton noch immer gellte.

Mit einem schnellen Rundblick versuchte Hein, sich über den Umfang der Zerstörungen zu orientieren. Was er sah, ließ ihn entsetzt zusammenzukken.

So weit seine Augen die Nacht durchdringen konnten, war der Himmel rot von den Abschüssen der Flakbatterien und den züngelnden Bränden der Bombenwürfe. Wie Spinnenfinger glitten die Lichtbündel der Scheinwerfer suchend über den Himmel. Dann hatten sie einen der Angreifer erfaßt.

Inmitten dieses Infernos der niedergehenden Bomben und des Getümmels ringsumher starrten die Männer des U 861 in den Himmel empor, wo eben ein deutscher Nachtjäger sich hinter einen Gegner hängte und mit ihm in die Tiefe stürzte.

Sie sahen, wie sich die Maschinen umkurvten und wie die langsameren und nicht so wendigen Bomber sich auf den Kopf stellten, um durch einen verzweifelten Sturzflug aus dem Bereich der auf sie einhämmernden Waffen der Verfolger zu gelangen.

Es war ein dämonischer, ein gräßlicher und schaudervoller Anblick. Hein, Gerhard und die anderen Kameraden wußten in diesen wenigen Sekunden, die seit dem Umfallen des Bunkers verstrichen waren, nicht, was sie tun sollten. Sollten sie einen anderen Bunker aufsuchen?

„Zurück zum Boot", gab in diesem Augenblick der Bootsmannsmaat das Signal, und da wußten sie plötzlich wieder, was sie zu tun hatten. Sie mußten das Boot schützen, auch wenn es ihnen ausdrücklich verboten war, bei Alarm auf dem Boot zu bleiben.

Als sie versuchten, zum Boot zurückzukommen, sahen sie im Vorüberrasen, daß dort, wo sich noch vorhin die Pier sechs befunden hatte, nur noch ein von Kratern und Löchern zerrissener kleiner Durchschlupf war und daß an vielen Stellen das Wasser dunkel und drohend zu ihnen heraufgähnte.

Der Minenleger aber war nicht mehr zu entdekken. Nur Wrackteile und einige Minen schwammen noch im Hafenwasser. Und wo sich die Minen im schwappenden Wasser berührten, wo sie gegeneinandergeschmettert wurden, da donnerten sie mit haushohen Wassersäulen in die Luft, daß sich die Männer auf die Pier werfen mußten, um nicht von einem Splitter erwischt oder von dem gewaltigen Luftdruck in den Hafen geschleudert zu werden.

Sie liefen über die Pier zu ihrem Boot hinüber. In ihren Herzen saß die Furcht, daß es ihrem Boot vielleicht ebenso ergangen sein könnte, daß auch das U 861 nicht mehr dasein würde. Doch da sahen sie es schon vor sich aufragen.

Eine Bombendetonation, die sich durch ein markerschütterndes Heulen anzeigte, toste durch die Nacht, und die Druckwelle schmetterte sie zu Boden. Einer der Vorratsspeicher, keine zweihundert Meter von ihnen entfernt, knickte wie eine Streichholzschachtel, auf die ein Schmiedehammer niedergefallen war, zusammen. Zuckende Flammen schlugen in Sekundenschnelle aus dem wirren Trümmerhaufen empor und beleuchteten dieses Weltuntergangsbild.

Pausenlos stürzten die Maschinen auf den Hafen nieder, der von den Bombendetonationen durchwühlt wurde. Die Flak feuerte aus allen Rohren, doch immer wieder gelang es den Maschinen, den Sperr-Riegel zu durchbrechen und zum Angriff auf das Ziel anzusetzen. Zwei, drei, vier Bomben stürzten wie riesige Brandfackeln in die Tiefe und versanken in Sekundenschnelle im Hafen.

Die Männer hatten das Boot erreicht und rasten über Deck auf die Geschütze zu.

„Nur schießen, wenn ein direkter Angriff auf das Boot erfolgt", brüllte der Alte den Männern zu, die erst jetzt erkannten, daß ihr Kommandant den ganzen Angriff der Bomber auf der Brücke stehend beobachtet hatte. Sie wußten, warum dieser Befehl gegeben wurde, denn wenn sie in den Kampf eingriffen, dann wurde der Gegner bestimmt auf sie aufmerksam und fand dann auch ein Ziel für seine Bomben.

„Hein Twiente, der sonst immer auf dem Turm als Steuerbordwache aufzog, hockte diesmal hinter dem 3,7-cm-Geschütz. Neben ihm saß die Bedienung des Geschützes und hielt alles zum Feuern klar. Am Zweizentimeter saßen Gerhard und Walter. Auch sie starrten in die Luft, um sich nichts von den anfliegenden Maschinen entgehen zu lassen. Wenn eine Maschine auf sie niederstürzte, dann mußten sie bereit sein.

Sie sahen, wie einer der Nachtjäger sich auf seinen Gegner warf. Er hatte aus fünfhundert Metern Entfernung über dem Bomber zwei Sekunden eher zum Sturz angesetzt als dieser. Würde er den Gegner in Schußposition haben, noch bevor dieser die Bomben ausklinken konnte?

Keiner der Männer ließ einen Blick von diesem erregenden Bilde. Im Sturzflug, mit einer Geschwindigkeit von über siebenhundert Kilometern, stieß der Nachtjäger hinter dem Feind in die Tiefe. Näher und näher kam er dem Sturzbomber, der genau auf eine der Flakbatterien zuhielt, die vielleicht achthundert Meter vor ihnen am Aufblitzen ihres Mündungsfeuers zu erkennen war. Wenn es dem Bomber gelang, die Batterie niederzukämpfen, dann war der Weg auf das Boot für einen nachfolgenden Bomber frei, dann konnte er ungehindert das U-Boot an der Pier erreichen.

Von Sekunde zu Sekunde kam der Jäger näher an den Gegner heran. Wenn er den Bombenwurf noch verhindern wollte, dann mußte er sofort schießen, das wußten die Männer. Und da sahen sie auch schon kleine, grelle und hüpfende Blitze in den Rumpf und die Tragflächen des Bombers einschlagen. Fast gleichzeitig mit diesen Einschlägen zog der Bomber eine schwarze Rauchfahne hinter sich her, die im blitzenden Feuer der Nacht doppelt düster und unheilsschwanger wirkte. Ihr folgte eine lange Funkengarbe, und in einer fürchterlichen Explosion — sich wie ein fallender Komet bei seinem Sturz auf die Erde auflösend — barst die Maschine in ihre Einzelteile auseinander und stürzte vor ihnen in das Wasser, das aufbrandete und wieder in sich zusammenstürzte.

Die zitternden Flammenfinger der Scheinwerfer erfaßten für den Bruchteil einer Sekunde drei niederschwebende Fallschirme.

„Da!" schrie Waldi plötzlich auf und deutete mit der Hand nach oben. In der Spitze des einen Fallschirms war plötzlich eine kleine leuchtende Flamme aufgezüngelt. Spielerisch und lustig war sie anzusehen. Doch der Luftzug des Falles fachte sie innerhalb einer Sekunde zur hellauflodernden Fackel an, die die Seide des Fallschirmes in Sekundenschnelle verzehrte und dann zu dem hin- und herpendelnden Manne hinuntergriff, der sich verzweifelt zurückbog.

Der Flieger hängte im Gurt. Er war noch fünfhundert Meter über der See, und fast sah es so aus, als sollte er doch noch einmal davonkommen. Doch schließlich — es war den Zeugen dieses Absprunges, als zögen ihn Geisterhände jäh in die Tiefe — sauste er wie ein Stein in die See.

Für den Bruchteil einer Sekunde schloß Gerhard die Augen. Die Unerbittlichkeit dieses Falles ließ ihn erschaudern. Die aufs neue heranröhrenden Flugzeugmotoren ließen ihn sogleich wieder aufmerken.

„Sie kommen noch einmal, Herr Korvettenkapitän", rief der 1. WO von der Backbordseite des Turmes zum Alten hinüber, der gleich ihm das Glas an die Augen gepreßt hatte und den Himmel absuchte. Sein Kopf fuhr ruckartig in die Richtung zum 1. WO herum.

Da sahen auch schon die Männer die drei Maschinen, die dicht hintereinander genau auf sie zugeflogen kamen.

„Die wollen zu uns", brüllte Waldi. Und so war es auch.

Die Maschinen kamen näher und näher. Wieder durchflogen sie den Vorhang des Sperrfeuers. Eine von ihnen, es war die, die am linken Flügel flog, schien plötzlich mitten im Fluge zu erstarren. Es war so, als habe eine unsichtbare Gewalt sie ganz unvermittelt angehalten. Dann brach sie plötzlich in einem Gewitter von Stahl auseinander.

Kein Fallschirm zeigte an, daß noch einer von der Besatzung hatte aussteigen können. Noch waren die beiden übriggebliebenen Maschinen dreitausend Meter von ihnen entfernt. Neben ihnen, aber mehr in Richtung auf den Haupthafen zuhaltend, tauchte eine letzte Gruppe auf. Das Flakfeuer konzentrierte sich auf diese Gruppe und folgte ihr mit dem Beschuß bis zum Hafen, aus dem hochaufloderndes und grotesk zuckendes Feuer zeigte, daß mindestens einer der großen dort liegenden Frachter getroffen worden war.

Mit jedem Meter, den die Maschinen näher kamen, wurden die Schußmöglichkeiten für die Abwehr besser. Diese Maschinen hatten geglaubt, überraschend kommen zu können und erst in der letzten Sekunde erfaßt zu werden. Dies war ein Trugschluß gewesen, und diesem Trugschluß waren viele der Bomber zum Opfer gefallen. Doch die übriggebliebenen Maschinen hatten noch Unheil genug angerichtet, und vielleicht würde auch ihr Hauptanliegen noch gelingen.

In ineinanderverschlungenen Parabeln und Hyperbeln, in steilen Bahnen, stürzenden Feuerkaskaden und lang über den Himmel hinsegelnden, rotglühenden Perlenschnüren blitzten die Ketten der Flakgeschosse in einer unbeschreiblichen Präzision auf und erloschen wieder. Dieses einzigartige Feuerwerk, das das Auge hätte begeistern können, brachte aber den Tod.

„Feuer frei!" brüllte der Alte auf der Brücke, als er sah, daß die vorderste der beiden Maschinen schon zum Sturz auf das Boot ansetzte. Die Stimme des Alten zerriß die fast unerträglich gewordene Spannung, die die Männer fast an den Rand des Wahnsinns gebracht hatte.

Die Dreisieben begann zu belfern, und da hinein hämmerten die Salven des Zwillingsgeschützes, das sich die zweite Maschine ausgesucht hatte.

Die Männer sahen die Leuchtspuren der Bordkanonen und Maschinengewehre auf sich niederzucken. Doch das war ihnen ein gewohntes Bild. Dies konnte sie nicht aus der Fassung bringen. Zu oft schon hatten sie in einer gleichen Situation das gleiche getan. Du oder ich, das war hier die Parole, und der mußten sie folgen, wenn sie nicht unterliegen wollten.

Einen Augenblick ertappte sich Hein Twiente dabei, wie er mitten im Feuer daran dachte, daß es gut wäre, wenn sie noch in ihrem Bunker sitzen könnten. Dann aber spannten sich seine Backenmuskeln, und er stellte das Feuer ein.

„Was ist?" brüllte Waldi auf, und sein entsetzensstarrer Blick hing an der Maschine, die wie ein Meteor auf sie niedergestoßen kam und sie in ein paar Sekunden zerschmettern würde. Dumpf begann die Dreisieben wieder zu feuern.

In diesem Augenblick hatte die Zweizentimeterkanone die Maschine erfaßt. Die Geschosse zischten in den Leib des Bombers hinein, daß es aussah, als würden sie unabänderlich von einem starken Magneten angezogen.

Mindestens dreißig Schuß hämmerten Gerhard und Walter der Maschine in den Rumpf; endlich zischte ein grelles Licht auf, und in einer jähen Kurve stellte sich der Bomber genau auf den Kopf, stürzte in den Hafen hinunter und schlug tausend Meter rechts von ihnen auf das Wasser auf, beim Aufprall in einer himmelhohen Flammensäule zerstiebend.

Der zweite Bomber dröhnte wie eine Sturzwoge auf sie zu. Hein sah ihn näher und näher kommen. Visier war nun gegen Visier gerichtet, und als er die Maschine genau im Fadenkreuz hatte, hämmerte er erneut los.

Er hatte genau den richtigen Zeitpunkt gewählt. Noch war der Sturzbomber nicht zu der Stelle gekommen, wo er die schwere Bombe ausklinken mußte. Es waren noch Sekundenbruchteile. Diese Sekundenbruchteile aber entschieden.

Mit heulenden Sirenen stürzte der Bomber auf das Schiff und auf das Geschütz zu. Noch war er sechshundert Meter schräg über ihnen. Noch mußte Hein für eines Wimpernschlages Dauer Vorhalteziel geben.

Im gleichen Augenblick aber, als sich die Bombe vom Rumpf löste, hatte die Dreisieben ihn erfaßt. Ihre Granaten fraßen sich in den Leib der Maschine hinein, die in einer jähen Kurve hochgerissen wurde, daß das Heulen der sich unter dem gewaltigen Druck biegenden Tragflächen zu den Männern herunterschallte.

Gellend schmetterten die Einschüsse in Stahl und Glas hinein. Klirrend wurde die Luftschraube getroffen, und dann detonierte der Sturzbomber in einem kreisrunden Feuerball, der wie eine aufgehende Sonne erglühte und dann mit grellem Zucken auseinanderkrachte und glühende Stahlteile, Motoren und Fahrwerk in einem Todesregen über den Hafen streute.

Gleichzeitig mit diesem Todesregen aus Stahl aber heulte die Bombe herunter. Ihr Geheul steigerte sich zu einem markerschütternden Gewimmer, daß die Männer sich mit kreidebleichen Gesichtern hinter ihren Geschützen niederduckten und doch schon wußten, daß sie dieser Bombe nicht entgehen konnten, sondern ihrer zermalmenden Wucht rettungslos ausgeliefert waren.

Für einen Augenblick war Gerhard versucht, emporzuschnellen und über Bord zu jumpen. Doch da war es auch schon zu spät. Mit ohrenbetäubendem Krachen schlug der „Koffer“ keine zwanzig Meter neben dem Boot schräg in die Pier ein.

Jetzt mußte die Detonation erfolgen, die sie alle mitsamt dem Boot zu Staub zermahlen würde. Jetzt...

Aber die Detonation erfolgte nicht, und als die Männer — von dem gewaltigen Luftzug umhergeweht und gegen Wände und Planken geschleudert — wieder auf den Beinen standen, da sahen sie, daß die Bombe von mindestens acht Metern Länge und einem Durchmesser von fast einem Meter halb in der Pier steckte, während die andere Hälfte mit dem riesigen Leitwerk und den blitzenden Stabilisierungsflächen schräg in den Himmel ragte.

Als sei dies das Zeichen zur Feuereinstellung gewesen, ebbte das Feuer der Flakverbände schlagartig ab. Einige Flugzeugmotoren waren noch zu hören, doch das Dröhnen entfernte sich mehr und mehr, bis es ganz verstummte. Nur das Prasseln der Flammen klang von dem nahen Speicherhaus herüber.

Diese drei Maschinen mußten ein ganz besonderes Ziel für ihre Bomben gesucht haben, daß sie noch einmal zurückgekommen waren. Hatten sie etwa das Boot gesucht?

Das Boot war heil geblieben, wenn man von den geringfügigen Schäden absehen wollte. Der Elektromaat war schon bei der Arbeit, die vom Luftzug weggerissene Antenne wieder zu reparieren. Aber was geschah, wenn die Bombe, die dicht beim Boot in der Pier steckte, mit Zeitzündung ausgestattet war? Was geschah, wenn sie bei der kleinsten Erschütterung detonierte, und sie lagen noch hier? In diese sprunghaften Überlegungen der Männer hinein gellte das Kommando des Alten:

„Alle Mann auf Gefechtsstation! Klar zum Auslaufen!" Die beiden Männer des Leinenkommandos sprangen auf die Pier.

„Leinen los!" Die Verholerleinen, von denen eine fast vollkommen zersplissen war, wurden losgemacht, und die Männer sprangen an Deck zurück. Wenn alles klappte, würden sie in ein paar Minuten diesen unheimlichen Ort hinter sich gelassen haben, wo der Tod neben ihnen lag und sie zu jeder Sekunde zu Atome zerfetzen konnte. Nur noch eine Minute, dann würden sie ablegen können.

„Steuerbordmaschine kleine Fahrt voraus. Ruder acht Strich Backbord!" Die Kommandos klangen knapp und beherrscht, so wie sie auch bei jeder Übung geklungen hatten. Die Ruhe des Alten wirkte wohltuend auf die ganze Besatzung. Die Hysterie, von der die Männer jeden Augenblick befallen werden konnten, kam nun nicht mehr an sie heran, denn der Alte gab ihnen mit diesen Kommandos ihr Selbstvertrauen wieder, das stark ins Wanken geraten war.

Die Männer flitzten auf ihre Posten und versahen ihren Dienst. Und wenn in ihren Ohren auch noch das Getöse des Bombenangriffes widerhallte, wenn sie auch noch in ihren zuckenden Nerven das niederschmetternde Krachen der Fliegerbombe empfanden und sich immer noch nicht vorzustellen vermochten, wie es kam, daß sie aus diesem Inferno entkommen waren, das überall in der Runde brennende Wracks und brennende und zerschmetterte Lagerhäuser zurückgelassen hatte, so waren sie jetzt doch schon wieder die alten.

Sie taten nun wieder ihre Pflicht und vertrauten auf den Kommandanten. Wenn sie nur von der Pier wegkamen, ohne daß der Teufelsbrocken detonierte, den sie ganz deutlich erkennen konnten, dann hatten sie gewonnen.

Meter um Meter schob sich das Boot von der Pier ab. Vorsichtig — denn es galt, in keiner Phase des Ablegens an die Pier zu stoßen — schob sich das Boot ins freie Wasser hinaus und kam Zentimeter um Zentimeter frei. Dann — als sie endgültig freigekommen waren — fielen Schlag auf Schlag die nächsten Kommandos:

„Beide Maschinen halbe Fahrt voraus. Ruder 325." Langsam schob sich das Boot weiter in das Hafenbecken hinaus. Als sie achthundert Meter von der Pier weggelaufen waren, ließ der Alte die Maschinen stoppen.

„Funkbude!" rief er durch das Mikrophon zum Funkschapp hinunter, wo die Funkwache aufgezogen war.

„Herr Korvettenkapitän?" kam umgehend die Antwort von unten, die dem Alten zeigte, daß die Funkwache richtig aufgezogen war.

„Funkspruch auf Hafenwelle an den Hafenkommandanten: U 861 hat Null Uhr siebzehn abgelegt. Blindgänger in Pier neun, zwanzig Meter vom Boot, machte Ablegen nötig. Stauarbeiten sind beendet. Da zwei Verwundete bei Feuergefecht mit angreifenden Bombern, Sani-Barkasse erbeten. Jetziger Liegeplatz: achthundert Meter Nordnordwest von Pier neun. Ende." Während der Funker den Spruch wiederholte, begann der zweite Funkgast schon, ihn in die Maschine zu hämmern. Als er fertig war, hatte der Erste Funkgast bereits auf der Hafenwelle zu tasten begonnen und setzte dann, als er die Aufforderung bekam, den Spruch ab.

Die zwei Verwundeten waren inzwischen vom Sani verbunden worden. Zum Glück hatten sie beide nicht so viel abbekommen, daß es für sie lebensgefährlich war. Doch der eine von ihnen hatte viel Blut verloren, ehe es Waldi gelungen war, ihm die Arterie abzubinden. Er war jetzt bewußtlos.

Während sie auf die Weisungen des Hafenkommandanten warteten, unterhielten sich die Männer leise miteinander, und aus ihren Stimmen konnte man noch deutlich den Schock erkennen, den ihnen dieses Bombardement versetzt hatte.

„Mensch, Hein, das hätte leicht ins Auge gehen können. Stell dir nur vor, das Ding, das nun in der Pier steckt, wäre losgegangen."

„Dann brauchten wir jetzt deine Revolverschnauze nicht mehr zu hören", fertigte Hein den Freund ab, doch Waldi ließ sich davon nicht beirren, sondern sabbelte weiter, als müsse er einfach alles loswerden, was ihm auf der Zunge brannte.

„Auf jeden Fall haben wir ihn fein 'runtergeholt."

„Gerhard und Walter haben ihren auch erwischt."

„Die hatten es ganz bestimmt auf uns abgesehen, und es würde mich nicht einmal besonders wundern, wenn sie nachher noch einmal kommen würden, um uns den Rest zu geben."

„Du bist ja gar nicht kaputt zu kriegen, Waldi", warf Gerhard in die Unterhaltung ein.

„Von den eingeflogenen Maschinen dürften nicht mehr allzu viele heimgekommen sein. Habt ihr die eine gesehen, die von dem Nachtjäger heruntergeholt wurde? Verdammt noch mal, das ist ein Geschäft." Hochachtung klang aus Heins Stimme.

„Wenn wir doch endlich abhauen könnten! Einmal haben wir Glück gehabt. Ob wir auch beim zweitenmal so ein Schwein haben, das bleibt abzuwarten."

„Lieber nicht abwarten. Ich wollte, der Alte ließe den Eimer mit Kurs auf die offene See abrauschen. Draußen sind wir sicherer als in diesem Hafen, der doch nichts anderes ist als eine Zielscheibe für die Tommies."

Sie sprachen in kurzen abgerissenen Sätzen. Die Erregung dieses ungewöhnlichen nächtlichen Kampfes war in ihnen noch nicht verklungen, sondern wirkte mit fürchterlicher Eindringlichkeit in ihnen nach und beschwor die dramatischen Bilder dieses nächtlichen Geschehens immer aufs neue wieder herauf.

„Herr Korvettenkapitän, Funkspruch vom Flottillenchef." Der Funker war auf die Brücke gekommen und reichte dem Alten das Funkspruchformular.

„Komme mit Barkasse längsseits zur Verabschiedung. Bringe zwei Mann Ersatz mit. Sobbe, Kapitän", las der Alte.

„Herr Walkenhorst, lassen Sie den Haufen antreten, wie er ist. Der Flottillenchef kommt gleich an Bord zur Verabschiedung."

Eine Signalpfeife schrillte. Die Besatzung lief über das Deck und baute sich mittschiffs um das 10,5-cm-Geschütz herum auf. Keine Minute später erklang aus der Richtung der Kommandantur das Tuckern eines Barkassenmotors zu ihnen herüber. Ein schmales Lichtbündel blitzte auf, und leise schurrend legte die Barkasse sich längsseits und wurde von den Männern des Kommandos an den Tauen gehalten. Der Flottillenchef kletterte die Leiter empor und stand gleich darauf an Deck. Ihm auf dem Fuße folgten zwei Männer mit ihren Seesäcken, die vom 1. WO gleich in Empfang genommen wurden. Sie ließen ihre Seesäcke an der Reling liegen und reihten sich am linken Flügel ins Glied ein.

„Menschenskinner, das sind doch Berke und Topp von der U 196." Hein grinste den beiden Ankömmlingen vertraulich zu. „Habt ihr endlich mal den richtigen Eimer gefunden?" flüsterte er dann.

Auf einer Trage wurde der noch immer bewußtlose Verwundete über Deck getragen und vorsichtig in die Barkasse hinuntergelassen. Der zweite

Mann, dessen Oberarm verbunden war, stand eine Sekunde unschlüssig an der Reling. Schon wollte er von Bord gehen, als er sah, daß sich der Alte mit einer Entschuldigung vom Flottillenchef abwandte und auf ihn zukam. Der Obergefreite riß die Hacken zusammen. Seine Hand fuhr zur Ehrenbezeigung empor:

„Herr Korvettenkapitän, Obergefreiter Lüders meldet sich von Bord.“ Heise erwiderte den Gruß.

„Also, Lüders, alles Gute und gute Besserung! Und daß Sie wieder zu mir an Bord kommen, wenn wir zurückkehren. Wenden Sie sich an mich, wenn Sie Schwierigkeiten haben sollten.“ Des Alten Hand ergriff die des Obergefreiten und preßte sie mit hartem Druck. „Sie haben sich tapfer geschlagen, Lüders, und ich erwarte von Ihnen, daß Sie dies auch weiterhin tun werden. Machen Sie unserem Boot Ehre.“

„Jawohl, Herr Korvettenkapitän. Darf auch ich Herrn Korvettenkapitän und der Besatzung eine erfolgreiche Fahrt wünschen?“ Die Stimme des Obergefreiten war nicht mehr ganz fest, und an seinem Gesicht konnte Heise erkennen, daß er lieber mit ihnen zusammen ausgelaufen wäre, als nun ins Lazarett zu schaukeln.

„Grüßen Sie Pötter von mir, wenn er erwacht; und geben Sie ein wenig auf ihn acht ... Haben Sie sich schon von Ihren Kameraden verabschiedet?“

„Jawohl, Herr Korvettenkapitän.“

„Dann alles Gute, Lüders.“

„Mast- und Schotbruch, Herr Korvettenkapitän.“

Die beiden Männer, der Kommandant und der Obergefreite, legten noch einmal die Hände an die Mütze und salutierten. Und während Lüders nun von Bord ging, dachte Heise für den Bruchteil einer Sekunde daran, daß sie sich wahrscheinlich nie wiedersehen würden.

So war es ihm schon mit vielen Kameraden geschehen, die unter ihm gefahren waren und von denen er nur ab und zu hörte, daß sie mit diesem oder jenem anderen Boot zu einer letzten Feindfahrt ausgelaufen waren und nicht mehr heimgefunden hatten.

Heises Gestalt straffte sich, als er wieder auf den Flottillenchef zutrat, der sich inzwischen vom 1. WO einen genauen Bericht hatte geben lassen.

„Ja, Herr Heise, ohne allen Zweifel waren Sie und Ihr Boot als Opfer der Bomber ausersehen worden. Daß Sie nicht — wie die ‚Anne Sponholz' und das Motorschiff ‚Neptun' im Hafenbecken — erledigt worden sind, das verdanken Sie Ihrer Besatzung und noch einem anderen." Obgleich der Kapitän es nicht aussprach, wußten alle nur zu genau, wen er meinte, und sie wußten weiter, daß dies die Wahrheit war.

„Es ging haarscharf an uns vorüber, Herr Kapitän. Obergefreiter Twiente hat den auf uns stürzenden Bomber im rechten Augenblick erfaßt und heruntergeholt. Der zweite wurde von der Besatzung der Zwozentimeter abgeschossen."

„Sie haben eine Besatzung, auf die Sie stolz

sein dürfen, Herr Heise." Der Alte nickte zustimmend.

„Es sind prächtige Männer."

„Sind Sie nun auch wirklich klar zum Auslaufen, oder wollen Sie nicht doch lieber noch einmal verholen und die Munition ergänzen, Herr Heise?"

„Wir sind klar, Herr Kapitän, und wie ich hörte, sollen wir ja diesmal unterwegs versorgt werden."

„Dann will ich mich von der Besatzung verabschieden." Oberleutnant Walkenhorst ließ die Crew stillstehen, und der Flottillenchef ging an den Männern vorbei und gab jedem von ihnen die Hand. Dann wandte er sich abrupt um und ging zur Reling hinüber. Er stand nun drei Meter vor den Männern.

„U-Boot-Männer", begann er, und seine Augen flogen an der Reihe der Gesichter entlang, die sich ihm zugewandt hatten, „trotz der Störversuche des Gegners lauft ihr auch heute wieder aus, um den Feind anzugreifen, wo immer ihr ihn findet. Wenn ihr wieder auf See seid, sollt ihr stets daran denken, daß gleich euch andere Boote auf allen Meeren operieren, daß gleich euch eure Kameraden auf diesen anderen Booten stündlich ihr Leben für das Vaterland einsetzen. Wenn ihr d a s wißt, wenn ihr weiter wißt, daß dieser euer Einsatz entscheidend mithilft, den Gegner zu schlagen und die Heimat zu beschützen, dann brauche ich euch nicht erst anzufeuern, eure Pflicht zu tun. Ich weiß, daß ihr darüber hinaus mehr tun werdet als eure Pflicht, denn das Wort U-Bootfahrer allein bedeutet mehr als Pflichterfüllung, es bedeutet: ständig das Leben einzusetzen, im Dienste des Vaterlandes.

Und so verabschiede ich euch, indem ich dem Boot und seiner Besatzung zurufe: U 861 — glückhafte Fahrt und gesunde Heimkehr!"

Der Alte räusperte sich. Die Augen der Männer aber blickten genau in die immer noch hellodernden Brände hinein. Und bei sich schwuren sie, nicht nachzulassen, im Kampf nicht zu erlahmen, bis der Gegner bezwungen war.

Kommandant und Flottillenchef gaben sich abschließend die Hand. Ihrer beider Augen sahen einander an, ernst und fest.

„Alles Gute, Herr Heise. Kommen Sie mir gesund heim."

„Danke gehorsamst, Herr Kapitän."

In ihren Händedruck hinein gellte das Kommando des 1. WO. Die Augen der Besatzung flogen zu ihrem Flottillenchef hinüber, der die Hand an die Mütze hob und dann in die Barkasse hinunterkletterte. Der Motor brummte auf, die Barkasse legte ab, beschrieb einen kurzen Bogen und kehrte in den Hafenbereich zurück, wo die Brände als mahnende Zeichen in den Himmel loderten.

Noch einmal grüßte der Alte zu dem kleiner und kleiner werdenden Boot hinüber, das in den Dunst- und Rauchschwaden verschwand, die über dem Hafen lagen.

‚Ob wir noch einmal in diesen Hafen zurückkehren?' fragte sich Heise. Aber wie er ihm gekommen war, verwarf er diesen Gedanken gleich wieder, denn darüber zu grübeln, hatte wirklich keinen Zweck. Hier im Hafen nicht und später, im Indischen Ozean auf einem U-Boot, erst recht nicht.

„Achtung, Maschine! Beide volle Kraft voraus!"

Jäh schoß das Boot nach vorn. Hinter dem Heck verschwanden die Konturen des verwüsteten Hafens, versanken die Brände, die zerstörten Speicherhäuser und das Inferno dieser Nacht.

Nur die Gedanken daran versanken nicht. Oft noch würden sie die Männer, die dieses teuflische Stahlgewitter miterlebt hatten, in den einsamen nächtlichen Stunden aus dem Schlaf reißen. Oft noch würde dieses Pfeifen und Heulen sie erschrecken, mit dem die gewaltige Bombe, die den tausendfachen Tod in ihrem stählernen Leib barg, auf sie niedergegangen war und — sie um Haaresbreite verfehlt hatte. Dies alles war zu grauenhaft, als daß sie es je wieder würden vergessen können.

Die quirlenden, weißen Schraubenseen wurden vom Licht des Mondes wie mit Silber überzogen, und wenn sie den Blick nach vorn richteten, dann waren sie angesichts des vor ihnen webenden Friedens versucht, an den nächtlichen Bombenüberfall nur als an eine Halluzination zurückzudenken; an einen Alptraum, der sie gequält und dem das Erwachen endlich ein Ende gesetzt hatte.

Es begann leise zu regnen. Warm und in dünnen Schnüren fiel das Naß auf das Boot nieder, das mit unveränderter Geschwindigkeit auf dem sich mehr und mehr verbreiternden Arm der Gironde aufwärts lief; dem offenen Meer entgegen, wo vielleicht der Gegner auf sie lauern würde, wenn sie ihm nicht durch ihr vorzeitiges Auslaufen zuvorgekommen waren.

Korvettenkapitän Heise stand auf der Brücke. Seine Augen versuchten — gleich den Augen der beiden Ausguckleute — das vor ihnen liegende Dunkel zu durchdringen. Neben ihm stand der 1. WO, Oberleutnant Walkenhorst.

„Was halten Sie von dieser Nacht, Herr Walkenhorst?" fragte der Alte, nur um die lastende Stille zu durchbrechen, die wie ein erstickender Mantel über ihnen lag.

„Ich glaube, Herr Korvettenkapitän, daß wir unheimlich Schwein gehabt haben. Stellen Sie sich nur vor, die erste Bombenwelle hätte den Bunker auf Pier sechs nicht umgeworfen, in dem unsere Männer saßen. Dann wären sie im Bunker geblieben, und unser alter Eimer, der uns jetzt so brav dem Ziel entgegenträgt, läge schon lange im Bach."

„Ja, das stimmt! Dann hätten wir die anfliegenden Bomber nicht abwehren können; und daß d i e unseren Eimer getroffen hätten, das glaube ich bestimmt. Meine Güte, das wäre eine eklige Sache geworden." Heise strich sich über die Stirn, als wolle er die Gedanken verscheuchen, die ihn in dieser Sekunde bewegten.

„Es ist ein verdammt feiner Haufen, unsere

Crew. Schade, daß die beiden Jungens verwundet wurden."

„Bei einigem Pech hätte es noch viel schlimmer kommen können."

„Auf jeden Fall bin ich froh, daß wir wieder unterwegs sind. Auf dem Wasser sind wir noch was wert, aber im Hafen müssen wir uns genauso verkriechen wie alle anderen."

„Hoffentlich erwarten sie uns nicht noch vorn bei der Girondemündung. So dicht beim Heimathafen möchte man nicht abgeschossen werden."

„Ich glaube, wir kommen ihnen durch unser schnelles Auslaufen zuvor. So hat die Bombe in der Pier doch noch ihr Gutes für uns gehabt." Oberleutnant Walkenhorst grinste, als er das leise Lachen des Alten hörte.

Ja, die Feindfahrt hatte wieder begonnen. Was sie ihm und der Besatzung bringen würde, das wußte Heise noch nicht. Brachte sie neue Erfolge, neue Siege und neue Versenkungen? Oder brachte sie das, was diese Einsätze früher oder später einmal j e d e m U-Bootfahrer brachten?

Heise wußte es nicht, und er wollte es auch nicht wissen. Aber er wollte seine Pflicht erfüllen und alles tun, um seine ihm anvertrauten Männer wieder heil aus diesem Hexenkessel herauszubringen, denn d a s war er ihnen schuldig. So wie jeder der Männer sein Leben für ihn in die Schanze schlagen würde, wenn dies sein mußte, so wollte auch e r sich für die Kameraden einsetzen, denn sie verdienten es.

Und tief in seinem Herzen sprang plötzlich der Wunsch auf, daß es bald vorbei sein möchte. Dieses Jagen hinter dem Gegner her und dieses Gejagtwerden vom Gegner, der — ebenso wie sie und vielleicht aus den gleichen Beweggründen — sein Leben so teuer wie möglich verkaufte, war eine schreckliche Sache. Blut war eben doch dicker als Wasser.

XI. KAPITEL

Das Wetter hatte sich nach ihrem Auslaufen von Stunde zu Stunde verschlechtert. Während es kurz nach dem Ablegen leise zu nieseln begonnen hatte, wurde der Regen nun dichter und stärker. Es war, als habe der Himmel alle Schleusen geöffnet, um ihnen den Dreck und die Kampfspuren von Deck zu wischen.

Die Brückenwache und der Alte hatten sich — als sie zum zweiten Törn aufzogen — in dichtes Ölzeug gehüllt. Wie immer gab der Alte umsichtig und aufmerksam seine Befehle, die von den Männern sofort durchgeführt wurden.

Die Männer auf dem Turm froren in dem steifen Wind, der gegen das Boot anraste, als sie die Gironde verließen und in die Biskaya hineinliefen. Vom Gegner hatten sie keine Spur entdeckt. Sie waren ihm wahrscheinlich zuvorgekommen.

„Wer jetzt in den Bach fällt, der ist in ein paar Stunden zu Gefrierfleisch geworden", sagte Hein und schaute den Alten von der Seite an.

„Da mögen Sie recht haben, Twiente. Aber uns kann das nichts ausmachen. Wir sind ja fast frisch und ausgeruht nach den vier Stunden Schlaf. Außerdem können wir nach dieser Nacht schon einen kräftigen Schubs vertragen, ehe es uns mulmig wird. Was meinen Sie, Herr Berger?" wandte sich der Alte dem L.I. zu, der eben zu ihm auf den Turm geklettert war, um ihm eine Meldung zu machen. Oberleutnant Berger nickte zustimmend.

„Mich kann jetzt nichts mehr erschüttern."

„Das kann ich sehr gut verstehen, nach dem Fest." Heise grinste in sich hinein, und Hein wußte ebenso wie Herbert, der Backbordausguck, daß der Alte auf das tolle Ding anspielte, das sich Berger in der Stelle Maris geleistet hatte. Es war wochenlang Kombüsenbesteck Nummer eins gewesen. Immer wenn der L.I. in den Mannschaftsraum kam, empfingen ihn grinsende Gesichter. Und es gab Lästerzungen, die sogar behaupteten, daß der L.I. nur aus dem Grunde zum Oberleutnant befördert worden sei.

Je weiter sie in die Biskaya vorstießen, desto grober wurde die See. Gewaltige Sturzseen, die so lang waren, daß sie ihr Ende nicht wahrnehmen konnten, warfen sich dem Boot entgegen, hoben es hoch empor und stürzten es dann wieder in die Tiefe hinunter. Nach neunzehn Uhr war es pechschwarze Nacht geworden. Trotz der Nachtgläser konnten die Ausguckleute nichts sehen. Wenn jetzt ein Dampfer auf sie zukam, dann hätten sie höchstens nach dem Rammen etwas von ihm ausmachen können.

U 861 stieß in tiefe Täler hinab und kämpfte sich

dann wieder haushohe Wogen hinauf. Die Wassermassen stürzten sich mit dem Gedonner einstürzender Häuserblocks auf das Boot nieder, als wollten sie es mit einem Schlage zerschmettern.

Die Männer auf dem Turm hatten sich angeseilt, und das war gut so, denn mehr als einmal schmetterte sie eine Sturzsee gegen die Seitenwände der Turmverkleidung.

Apathisch standen die Männer im Turm. Sie konnten und konnten es fast nicht mehr glauben, daß das Boot sich nach all den schmetternden Schlägen immer wieder aufrichtete und weiterlief, als sei nichts geschehen.

Von Stunde zu Stunde verstärkte der Sturm sein irrsinniges Heulen, und die See um das Boot herum strudelte und schäumte, daß es schien, als läge es inmitten eines riesigen Teufelskessels, in dem das Wasser kochte.

Seit zehn Stunden stand der Alte auf der Brücke. Zweimal schon waren die Ausguckmänner abgelöst worden, und ebenso oft hatte der 1. WO versucht, auch den Alten abzulösen, damit er sich ausruhen konnte, denn das hielt niemand aus.

Die Männer, die in den Turm kamen, erschraken, wenn sie den Kommandanten sahen. Sein Gesicht schien nur noch aus zwei geschwollenen, rotgeränderten Augen zu bestehen und aus einem Gehirn, das sich immer wieder zermarterte, um Möglichkeiten zu finden, das Boot ohne Gefahr durch diesen Sturm in den Atlantik zu bringen.

Unablässig hielt Heise den Rudergänger und das Maschinenpersonal in Atem, wenn er seine Befehle in das Sprachrohr schrie.

Nach dreiundzwanzigstündigem Toben legte sich in den ersten Morgenstunden die Gewalt des Sturmes etwas. Wohl heulte der Sturm noch immer über das Boot hin, aber seine Gewalt war gebrochen. Das Boot rollte und schlingerte, aber es hielt jetzt den Kurs. Und die Männer brauchten nicht mehr Spießruten zu laufen, wenn sie an Deck mußten.

Als endlich die ersten Strahlen der Morgensonne durchkamen, wankte der Alte in sein Schapp hinunter. Der 1. WO, der ihn ablöste, ließ ihn zwei Wachen hindurch schlafen, und als der Alte wieder auf der Brücke erschien, da erinnerte er sich an nichts mehr, so fertig war er gewesen, als er das Boot dem Ersten übergeben hatte.

Die Männer in den Logis waren während des Sturmes ebenso wenig zum Schlafen gekommen wie der Alte. So oft sie es auch versuchten, immer wurden sie von der Wucht des Sturmes, der das Boot umzustürzen schien, aus den Kojen gefegt.

Alle Backen und Bänke waren festgezurrt gewesen; trotzdem wurde immer wieder etwas loses Gut durch die Räume gefegt, und wer diesen polternden Dingen in die Quere kam, der mußte seinen Zoll entrichten, der zumeist in geschundenen Schienbeinen bestand.

Am ärgsten wurde der Smutje heimgesucht. Die

dreiundzwanzig Stunden hatte er kein Feuer mehr anzünden können, und sooft die Backschafter erschienen, um die Verpflegung zu holen, sooft verfluchten sie ihn wegen der kalten Verpflegung, obgleich sie wußten, daß es unmöglich war, etwas zu kochen.

Gerhard hatte sich fest in seiner Koje verkeilt und versuchte zu schlafen. Die See hatte sich wieder beruhigt, und aller Wahrscheinlichkeit nach hatten sie die Schlechtwetterfront durchlaufen.

Vor seinem geistigen Auge sah er, wie sich in der Runde die sechs anderen Boote der Gruppe mit der See herumschlugen.

Sie stellten jetzt eine beachtliche Streitmacht dar. In Erkennung der Sachlage hatte der B. d. U. verfügt, daß Südafrika und das Arabische Meer stärker denn je abgegrast werden müssen, weil dort eine Riesenflotte unter englisch-amerikanischer Führung Geleite fuhr und sich auch viele Einzelschiffe aus den schützenden Häfen herauswagten.

Sie sollten diesmal in einem weit auseinandergezogenen Rudel jagen. Die einzelnen Boote waren verpflichtet, sich in allem genau an die Weisungen des Flottillenbootes zu halten, auf dem diesmal auch ein Flottillenarzt mitfuhr.

Vereint würden sie die riesigen Geleitzüge abtasten und dann im rechten Augenblick unbarmherzig zuschlagen, so daß sich den Geleitschutzfahrzeugen so viele Ziele boten, daß sie nicht wissen konnten, welches der Boote sie zuerst angreifen sollten.

So würde die immer stärker werdende U-Bootflotte die feindliche Handelsschifftonnage versenken, und es würde keine neue Tonnage hinzukommen.

Gewiß wurden vom Feind auch U-Boote versenkt. Die englischen schnellen Zerstörer mit den neuartigen Wasserbomben-Wurfvorrichtungen waren Gegner, die leicht imstande waren, ein U-Boot fertigzumachen. Doch die deutschen Werften hatten den Ausstoß an U-Booten auf eine phantastische Zahl gebracht. Jeden Monat liefen nun fast zwanzig Boote von Stapel, und das würde den Ausschlag geben. Schon weigerten sich die Neutralen, für die Engländer oder Amerikaner zu fahren, weil dies gleichbedeutend mit dem sicheren Tode war.

*

„Na, Kleiner? Geht's gut?" Hein hatte sich auf den Kojenrand gesetzt. Gerhard nickte.

„So lala, Hein. Was meinst du, haben wir Chancen, zu entkommen, wenn uns mal ein neuer englischer Zerstörer ausmacht?"

„Wenn sie zufällig ihre Eier dort ablegen, wo wir im Bach liegen, dann sind wir mit neunzigprozentiger Sicherheit hin, aber erst müssen sie uns finden, und das ist hier draußen nicht so einfach. Wir brauchen uns ja nur ein paar hundert Meter zur Seite zu schleichen, und schon können sie werfen, wie und was sie wollen."

„Wenn nur erst mal der unendliche Anmarschweg hinter uns läge! Mich verlangt es nach wärmeren Gefilden. Hier ist es hundekalt, und außerdem bläst es nicht schlecht."

„In ein paar Tagen wird es besser werden."

Der Alte stand in der Zentrale und ließ den Zentralemaat berichten, wie weit sie der Sturm aus der vorgesehenen Richtung abgetrieben hatte. Der Maat hatte in der vergangenen Nacht die „Sterne geschossen" und dann den Kurs und die Geschwindigkeit laufend in die Seekarte eingetragen, so daß er den augenblicklichen Standort mit Sicherheit angeben konnte. Er hatte dem Alten gerade die letzten Erklärungen gegeben, als der Erste Funkgast hereingestürzt kam und dem Alten ein Funkspruchformular entgegenhielt.

„Funkspruch vom Gruppenkommandeur, Herr Kaleu!" Der Alte richtete sich auf und nahm den Spruch entgegen.

„U 861 auf Konvoi SL 126 angesetzt. Neuer Kurs zweihundertsechzehn Grad." Der Alte griff zu seiner Mütze, die neben ihm auf dem Kartentisch lag, stülpte sie auf und stieg die Leiter zum Turm empor, wo der 1. WO Wachdienst hatte.

„Keine besonderen Vorkommnisse", übergab ihm der Erste das Kommando und hielt sich noch in Bereitschaft.

„Achtung, Ruder: Neuer Kurs zwohundertsechzehn. Beide Maschinen äußerste Kraft voraus!" Ein Ruck ging durch das Boot, und unter voller Kraftentfaltung jagte es durch die noch immer aufgewühlte See dem Ziel entgegen; begierig auf die Beute, die irgendwo vor ihnen stehen mußte.

*

Obersteuermann Harmsen stand auf der Brücke. Er hatte vor einer halben Stunde die Wache vom Alten übernommen, der seit acht Stunden nicht mehr vom Turm heruntergegangen war, weil er hoffte, daß sie jeden Augenblick etwas von dem avisierten Geleit ausmachen würden.

Doch sie hatten es nicht ausgemacht. Nichts war geschehen. Nicht einmal die leiseste Rauchspur war gesichtet worden, viel weniger noch einer der Pötte, hinter denen sie her waren. Da hatte der Alte das Spiel aufgegeben.

Drei Tage liefen sie nun schon durch die See, und die wenigen Funksprüche, die sie aufgefangen hatten, sagten ihnen immer wieder, daß sie nun bald am Geleit sein würden. Doch immer, wenn sie die angegebene Position erreicht hatten, war es wieder Essig mit dem Eingreifen gewesen.

Die Männer — von den dauernden Gefechtsalarmen übermüdet — fluchten wie die Berserker. Sie hatten gehört, daß ein Rudel von zwölf U-Booten am Geleit sei und daß sich jedes der Boote in immer erneuten Anläufen aus der Masse der Schiffe die fettesten Happen herausholte; oft unter den Augen der Bewacher. Mit serienweise wiederholten Paukenschlägen fielen sie den Gegner von allen Seiten an, wenn er es am wenigsten vermutete. Sie wichen den Wasserbombenangriffen der U-Jäger und Zerstörer aus und stiegen in sagenhafte Tiefen von zweihundertfünfzig Metern und noch ein wenig tiefer hinab, um den Detonationen der Wabos zu entgehen.

Und während noch die Sicherungsfahrzeuge, die U-Jäger und Zerstörer, die Fregatten und Korvetten, das eine U-Boot verfolgten, stieg schon wieder an einer anderen Stelle des Geleites eine der weißen Seenotraketen in den Himmel empor, daß sie die Suchaktion abbrechen und zur Sicherung des Geleites zurücklaufen mußten, um dort das Schlimmste zu verhüten.

‚Warum konnten sie nicht dabei sein und sich auch von der sicheren Beute ihren Anteil holen?' So fragten sich die Männer auf dem U-Boot 861.

Trotz der beiden Hilfsflugzeugträger, von denen aus die Begleitflugzeuge zur Bekämpfung der U-Boote aufstiegen, trotz der vielen Sicherungsfahrzeuge gelang es nicht, den Riesenzug der langsameren Schiffe zu schützen. Der grauen Wölfe der See waren zu viele. Sie griffen unablässig an und schickten immer wieder Schiffe auf den Meeresgrund.

„Herr Obersteuermann, Rauchwolke an Steuerbord, drei Strich achterlicher als querab", meldete Hein. Harmsen fuhr herum, als hätte ihn jemand in den Hintern gepiekt.

„Verdammich, weckt den Alten!"

Keine Minute später kam der Alte schon auf die Brücke gestürzt. Seine Jacke zuknöpfend, nahm er die Meldung des Obersteuermanns entgegen.

„Danke, Harmsen, bleiben Sie hier oben." Der Alte setzte das Glas an die Augen. Dann kamen seine Kommandos:

„Ruder hart Steuerbord, Kurs dreihundertachtzehn." Das Boot ging folgsam auf den neuen Kurs, und keine fünf Minuten später erkannten die beiden Männer des Ausgucks, ebenso wie der Alte und der Obersteuermann, daß sie dieses Schiff nicht mehr zu versenken brauchten, weil wahrscheinlich ein anderes Boot ihnen schon die Arbeit abgenommen hatte.

„Na, ist das wohl Pech, Harmsen?"

„Die ersten Pflaumen sind meistens madig", brabbelte Hein.

„Verdammich, Käpten, so was von Schietkrom gifft et jo nich!" Immer, wenn Harmsen wütend war, verfiel er in sein heimatliches Platt und bekam einen roten Kopf. So auch jetzt.

Das Schiff hatte starke Schlagseite und brannte lichterloh. Die Brücke schien durch Artilleriebeschuß zerstört zu sein. Zerfetzt hingen die Brückenaufbauten an Streben und Halterungen herunter und flatterten hin und her.

Die Alarmglocke hatte die Männer auf ihre Gefechtsstationen gerufen. Sie starrten auf das verwüstete Schiff und sahen sich dann bedeutungsvoll an.

Wie leicht konnte es geschehen, daß sich gleich neben ihnen der spitze, langgestreckte Bug eines deutschen U-Bootes aus dem Wasser schieben würde, um sie zu begrüßen.

„Da sind wir wohl um eine Nasenlänge zu spät gekommen", sagte Hein zu Herbert.

„Rettungsfloß drei Strich Backbord", rief Herbert statt einer Antwort. Sofort sagte der Alte die Kurskorrektur an den Rudergast durch, und dann hielten sie genau auf das Floß zu.

Eine krächzende Stimme rief etwas Unverständliches zu ihnen herüber. Dann waren sie nahe genug herangekommen, um die Männer erkennen zu können. Sie sahen graue, furchtzerrissene Gesichter und auch solche, in denen die Freude stand, hier aufgefischt zu werden, auch wenn es ein deutsches U-Boot war. Dicht nebeneinander lagen zwei Tote zwischen den Lebenden auf dem Floß. Die gaben nun nichts mehr um ihre Rettung.

Zwischen zahlreichen Trümmerstücken, die die See hin und her warf, schwammen riesige Kisten und Fässer, und sie erkannten, daß hier schon vorher ein anderer Frachter in der See versunken sein mußte. Ein Toter wurde — in seiner Schwimmweste hängend, als lebe er — an ihnen vorbeigetrieben. Das Wasser war stellenweise mit einem dichten Ölfilm bedeckt.

Das nun steuerbords querab liegende Schiff bewegte sich. Sein Heck hob sich empor, immer höher stieg es aus dem Wasser heraus, als wollte sich das

Schiff aus seinem Element heraus und in den Himmel heben. Doch schließlich wurde es in einem gurgelnden, kreisenden und ziehenden Riesenwirbel auf den Grund des Atlantik hinuntergerissen, der schon so viele Wracks barg und noch soviel Platz für eine unendliche Reihe weiterer Schiffe hatte.

„Hallo, kann ich etwas für Sie tun?" schrie der Alte zu dem Floß hinüber, dem sie sich mit kleiner Fahrt näherten. Voll Erstaunen sah er, wie plötzlich alle Männer auf dem Floß erregt durcheinandersprachen und wie der eine von ihnen den Arm hob und nach achtern zeigte. Dann begannen sie wie wild zu pullen und nach Steuerbord auszuweichen.

„Sind die durchgedreht? Was ..." Doch seine weiteren Worte wurden Hein vom Ruf seines Kameraden zerrissen:

„Feindlicher U-Jäger von achtern!"

Der Alte, der sich nur um die Schiffbrüchigen gekümmert hatte, wirbelte herum. Im gleichen Augenblick, als er den U-Jäger sah, blitzte es drüben auf, und keine hundert Meter vor ihnen wurde die See von einer einschlagenden Granate aufgewühlt.

Mit einem Blick erkannte Heise, daß sie wohl kaum mehr Zeit haben würden, so tief zu tauchen, daß sie den Wasserbomben des U-Jägers entgehen konnten. Dies hier war für sie zu überraschend gekommen, und darum konnte es auch den Tod bedeuten. Aber sie wollten sich so teuer wie möglich verkaufen.

„Geschütz eins, feuern! Ruder hart Steuerbord!"

Während das Boot noch drehte, begann das 10,5-cm-Geschütz schon zu feuern. Vom U-Jäger antwortete die Schnellfeuerkanone, und mit dem Hämmern des Geschützes zischte eine nicht abreißende Kette von Granaten eine rotglühende todbringende Spur, zu ihrem U-Boot hinüber.

Klirrend schlugen einige Granaten gegen die Aufbauten und heulten als Querschläger mit widerlichem Pfeifen in die See. Dann war U 861 ein wenig zur Seite geglitten, und als der dritte Abschuß der 10,5-cm-Kanone verhallt war, sahen sie, wie drüben auf dem U-Jäger in einem Regen von Stahlteilen und menschlichen Körpern die Schnellfeuerkanone und ihre Bedienung über Bord gefegt wurden.

Aber auch dieser Erfolg würde dem U-Boot nicht viel nützen. Es war wohl doch besser, zu versuchen, in den Keller zu kommen. Wenn sie die Verwirrung ausnutzten, die nach dem Volltreffer auf dem U-Jäger entstanden war, gelang es ihnen vielleicht doch noch, tief genug zu tauchen.

„Erster Wachoffizier!“ rief der Alte. Oberleutnant Walkenhorst wußte sofort, was der Alte wollte.

„Boot tauchklar!“ brüllte er durch das Feuer zum Alten hinüber, der ihm zunickte.

„Auf Tauchstation!“ Die Männer an den Geschützen sprangen hintereinander durch das Luk in die Tiefe. Sie nahmen sich nicht die Zeit, die Leiter hinunterzuklettern, sondern rutschten einer hinter dem anderen blitzschnell an den Holmen herunter.

Als letzter schlug der Alte das Luk zu und drehte den Sicherheitsverschluß herum. Doch vorher konnte er noch mit einem letzten Blick abschätzen, daß es ihnen kaum gelingen würde, rechtzeitig auf genügende Tiefe zu kommen. Wahrscheinlich würde der U-Jäger sie mit seiner wahnsinnigen Geschwindigkeit einholen und ihnen den Turm wegrasieren oder ihnen ein Dutzend Wabos auf den Kopf werfen.

Rauschend schoß das Boot stark vorderlastig in die See. Ein schmetternder Schlag, der aus der Richtung des U-Jägers zu kommen schien, ließ sie für den Bruchteil einer Sekunde in ihren Bewegungen erstarren.

„Boot liegt auf vierzig Meter!" Monoton und gleichmäßig gab der L.I. seine Meldungen durch.

In der Zentrale sahen sich Harmsen und Heise überrascht an. Der U-Jäger hatte sie noch immer nicht überlaufen. Was mochte dort oben nur vor sich gehen? Was mochte das für eine Detonation gewesen sein, die sie gehört hatten?

Das Boot sank tiefer und tiefer.

„Boot liegt auf hundertzwanzig!" meldete der L. I. Leise begannen die E-Maschinen zu surren.

Auf entgegengesetztem Kurs schlichen sie mit zwei Meilen Fahrt davon, immer darauf gefaßt, das Donnern der detonierenden Wasserbomben über sich zu hören; immer bereit, im nächsten Augenblick von einer Druckwelle erfaßt zu werden, die das Boot hin und her schmettern oder es zerquetschen würde. Nichts geschah. Über ihnen blieb alles still.

Eine Stunde verging. Noch eine Stunde zog herauf und schleppte sich mit dem Ticken des Uhrzeigers Sekunde um Sekunde weiter.

In dumpfer Apathie standen die Männer auf ihren Gefechtsstationen.

„Kommandant an Funker: Was ist los?"

„Keine Schraubengeräusche, Herr Korvettenkapitän", kam die Antwort des Funkers am Horchgerät.

„Frage an L. I.: ein Mann Bugraum?"

Nach dem der L. I. den Gewichtsunterschied ausgeglichen hatte, konnte Bootsmannsmaat Tiedjen nach vorn gehen. Wäre er ohne Meldung gegangen, wäre das Boot vorlastig geworden.

Immer noch schlichen sie auf gleichem Kurs weiter. Die Luft im Boot wurde erstickend. Trotz der Luftumwälzung legte sich der dicke Brodem der verbrauchten Luft schwer auf die Lungen der Männer, daß sie nur mit Mühe atmen konnten. Schweiß trat ihnen aus allen Poren, und auf den Gesichtern zeichneten sich deutlich die Spuren dieses langen Tauchens in dieser Tiefe ab.

„Herr Korvettenkapitän, wir müssen auftauchen, eine der E-Maschinen ist ausgefallen."

„Das hat uns noch gefehlt. Haben Sie Böcker Bescheid gegeben?"

„Er ist schon dort, Herr Korvettenkapitän!"

„Gut, Herr Walkenhorst, gehen Sie auf Sehrohrtiefe!"

Umsichtig gab der 1. WO seine Anweisungen, und der L. I. führte sie ebenso umsichtig durch.

„Boot hängt im Sehrohr, Herr Korvettenkapitän", meldete er einige Minuten später. Surrend begann der Rotor des Sehrohrmotors zu kreisen. Mit einem saugenden Geräusch schob sich das Auge des Bootes nach oben, streckte sich aus der flachen Dünung heraus, und die Augen starrten angespannt auf die leere Fläche der See. Rundum drehte er das Periskop, ohne auch nur das geringste zu entdecken.

„Auftauchen!" Als der Turm des Bootes mit gurgelndem Geräusch aus der See emportauchte, riß der Alte das Luk auf und stand schon auf der Brücke. Die beiden Männer des Ausgucks folgten ihm auf den Fersen. Sie sahen, wie das Wasser in Bächen über den sich nun schnell emporschiebenden Rumpf ablief, und hatten dann die Gläser vor den Augen und suchten das Wasser ab.

„Backbord nichts!"

„Steuerbord nichts!" kamen fast gleichzeitig die Meldungen. Der Alte dankte mit einem Kopfnicken.

„Funkspruch von U 177, Herr Korvettenkapitän."

„Danke, Nissen." Der Alte nahm das Blatt und las: „U 177 an U 861: Feindlichen U-Jäger torpediert. Keine Gefahr mehr. Pilgrim, Kapitänleutnant."

„Funkspruch an U 177: Danke, das war noch eben rechtzeitig. Gute Fahrt!"

Der Funker raste in das Funkschapp zurück, und gleich darauf ging die Taste, und der Spruch wurde abgesetzt.

„Das war es also, was uns gerettet hat. Nur gut,

daß U 177 noch am Feind war, sonst wären wir zumindest tüchtig gebeutelt worden."

„Glück muß man haben, Herr Korvettenkapitän", schmunzelte Hein Twiente.

Sie berichtigten ihren Kurs und liefen wieder in die angegebene Richtung weiter. Alles auf dem Turm war gespannteste Aufmerksamkeit, und als der Ruf aus der Blechbüchse kam:

„Frage, Kommandant, ein Mann Turm", da war Heise zuerst versucht, dieses Ansinnen der Besatzung, das nur zu berechtigt war, abzulehnen. Dann aber besann er sich. Der e i n e Mann konnte im Falle eines Alarms auf dem Turm keine Verzögerung hervorrufen; also sollte er ruhig 'raufkommen.

„In Ordnung!" rief er ins Boot hinunter, und bleich, mit noch ein wenig verzerrtem Gesicht, kam der erste Mann nach oben, rauchte seine Zigarette und verschwand nach fünf Minuten wieder nach unten, um dem nächsten Platz zu machen.

Weiter ging die Suche nach dem Geleit, aber obgleich sie mit mehr als fünfzehn Meilen durch die See furchten, erreichten sie den Konvoi nicht mehr, der inzwischen auch noch zu allem Überfluß nach Westsüdwest ausgewichen war. Wenn sie ihm noch einen Tag weiter folgten, dann würde sie zu weit von ihrer Route abkommen.

Trotzdem liefen sie weiter hinter dem Konvoi her, weil sie ja den Befehl dazu bekommen hatten. Vielleicht erreichten sie ihn doch noch.

Es ereignete sich nicht das geringste. Jede Wache hatte das gleiche zu melden, nämlich: nichts.

Dann kam der Befehl des Gruppenkommandeurs, die Jagd aufzustecken, weil der Konvoi zersprengt sei.

Nun liefen sie wieder auf ihrem alten Kurs. Fluchend gingen die Männer ihre Wachen. Die Ungewißheit zerrte an ihren Nerven. Drei Tage lang hatten sie unter ständigem Gefechtsalarm gestanden, um ja nichts zu verpassen, und nun hatten sie nichts erreicht.

Mit unveränderter Geschwindigkeit liefen sie nach Süden. Sie glaubten, daß sie nichts mehr aus ihrer Lethargie aufreißen könnte.

Als aber der Backbordausguck am neunzehnten Tage nach ihrem Auslaufen aus Bordeaux die erste Sichtmeldung durchgab, als der Ruf der Alarmglocke durch das Schiff raste, da waren sie mit einem Male wieder ganz die alten. Sie stürmten auf ihre Gefechtsstationen. Das Glück schien ihnen endlich wieder gewogen.

Das dreizehnte Schiff, das vor ihnen lag und nur darauf zu warten schien, in die Tiefe geschickt zu werden, war der britische Dampfer Empire Whimbrel. Majestätisch zog er vor ihnen her.

„Geschütz eins, Schuß vor den Bug!" befahl der Alte, als der Brite auf die Aufforderung, die Maschinen zu stoppen, den Versuch unternahm, zur Seite auszubrechen und in Richtung auf den Hafen Freetown davonzulaufen.

Der erste Schuß lag hundert Meter vor dem Bug der Empire Whimbrel, dennoch lief der Dampfer mit unverminderter Geschwindigkeit davon. Der zweite Schuß fegte dem Schiff die Funkantenne von den Aufbauten herunter, und der dritte traf es dicht unterhalb der Wasserlinie und riß ein metergroßes Leck.

Die Empire Whimbrel verminderte schlagartig ihre Fahrt, und die Männer sahen wieder das altvertraute Bild, wie dort auf dem Dampfer die Boote zu Wasser gelassen wurden. In weitem Bogen wurde das Schiff umkreist, und als sich ihnen die Breitseite darbot, verließ der Torpedo das Rohr. Mit dem Glas versuchte der Alte seine Bahn zu verfolgen, doch er konnte ihn nicht ausmachen. Erst nach fünfundzwanzig Sekunden blitzte es bei dem Dampfer auf, und eine Stichflamme, die aus dem Leib des fast Sechstausendtonners emporschlug, zeigte ihnen, daß die Kessel getroffen worden waren.

Keine fünf Minuten später sank das tief im Wasser liegende Schiff wie ein Stein weg. Der erste Erfolg der Ausfahrt war errungen. Die nächsten würden nicht lange auf sich warten lassen.

Die nächste Woche zeigte ihnen jedoch, daß dieser Erfolg ein Zufallserfolg gewesen war.

*

Korvettenkapitän Heise hatte seine Offiziere in sein Schapp bitten lassen. Als er die Schiffskarte auf den Tisch legte und ihnen die Fahrtroute zeigte, die das Boot genommen hatte, ohne auch nur einen Dampfer zu Gesicht zu bekommen, sahen sie ebenso bedenklich drein wie der Kommandant selber, denn nun waren sie seit der ersten Versenkung fast einen Monat lang unterwegs. Sie waren um das Kap der Guten Hoffnung gelaufen und standen schon wieder auf der Höhe von Villa Luiza, nördlich der Delagoabay, ohne einen einzigen Dampfer im Fadenkreuz gehabt zu haben.

„Die Geleite laufen alle zu nahe der Küste, Herr Korvettenkapitän, und was noch schlimmer ist, sie haben allem Anschein nach gelernt, wie sie sich am besten schützen können. Die landgeschützte Luftaufklärung hat uns bisher noch immer rechtzeitig gemeldet und uns die Torpedoflieger auf den Hals gejagt."

„Wenn wir nicht eine so gut ausgebildete und aufeinander eingespielte Mannschaft hätten, dann wären wir in den letzten acht Tagen schon mehr als einmal gefaßt worden." Heise nickte zu den Worten seines 1. WO. Dann fuhr sein Finger über die Karte hin.

„Hier ist unsere Route, meine Herren. Wir werden nach Nordosten in die Mocambique-Straße gehen müssen, wenn wir Aussicht auf Erfolg haben wollen."

„Und dieser Erfolg muß sich verdammt schnell einstellen."

„Bleiben wir bei der Sache. Ich habe mich entschlossen, einen Funkspruch abzusetzen und den Gruppenkommandeur zu bitten, die Jagd für uns freizugeben. Was halten Sie davon?"

„Das wäre wohl das beste, Herr Korvettenkapitän", antwortete der 1. WO, und der L. I. nickte nachdrücklich dazu.

„Da Sie einverstanden sind, können wir die Besprechung beenden. Wenn Sie einen Tropfen mit mir nehmen wollen ..." Heise ging zum Spind und entnahm ihm eine Flasche Kognak und drei Gläser, die er auf den Tisch setzte und füllte.

„Auf den Erfolg, und daß er sich bald einstellen möge!" Sie nickten ihm zu und leerten die Gläser auf einen Zug. Gerade wollte Heise die Gläser nachfüllen, als die Alarmklingel gellte.

„Auf die Plätze, meine Herren. Es wäre wirklich zu schön, wenn wir etwas zu tun bekämen."

„Rauchfahne drei Strich Backbord, Herr Korvettenkapitän", meldete der wachhabende Obersteuermann.

„Danke!" Heise griff zum Glas und setzte es an die Augen. Wirklich, es schien so, als sollten sie wieder einmal einen Dampfer erwischen. Allem Anschein nach war er aus dem Hafen Chai Chai ausgelaufen. Mit äußerster Kraft liefen sie ihm entgegen. Als der Alte die Flagge erkannte, lächelte er in sich hinein. Daß es wieder einmal ein Brite war, erfüllte ihn mit Freude. So wurde wenigstens der Hauptgegner getroffen und nicht irgendein Neutraler, der unter sanftem Druck zur Transportfahrt gepreßt worden war oder gegen himmelschreiende Frachtsätze seine Haut freiwillig zu Markte trug und viel Geld verdiente oder unterging.

„Alles auf Tauchstation!" Diesmal wollte der Alte sichergehen. Der Dampfer blieb so nahe unter der Küste, daß ihm ohne weiteres die Küstenwachboote zur Hilfe kommen konnten, wenn es dem Funker gelang, noch einen Notruf in den Äther zu jagen.

Das Boot schlich sich in Unterwasserfahrt quer zum Kurs des Dampfers, bis er ihn geschnitten hatte, so daß er nicht mehr ausweichen konnte. Als er noch eine Meile entfernt war, gab Heise das Kommando zum Auftauchen. Sie lagen jetzt so, daß er an Steuerbord vorüberkommen mußte.

Auf dem Briten hatte man allem Anschein nach das Boot soeben bemerkt. Doch in schneller Fahrt brachte Heise es auf Rufweite heran und hob die Flüstertüte.

„Stoppen Sie die Maschinen und gehen Sie von Bord, Ihr Schiff wird versenkt", brüllte er durch die Flüstertüte zum Briten hinüber.

Flüche brandeten zu der feixenden Besatzung des U-Bootes hinüber, und dann kam auch schon wieder die Stimme des Alten:

„Rohr eins, los!" Der Torpedo verließ das Rohr zu seinem Lauf nach dem Schiff. Und dieses kleine Gebilde aus Stahl, angefüllt mit einer gewaltigen Sprengladung, war es, das den Tod in den Leib der TINHOW schickte.

Die Männer beobachteten, wie eine kleine Detonationsflamme aufbrach, und gleich darauf grollte die Wucht der Explosion zu ihnen herüber, der kurz darauf zwei, drei weitere Detonationen folgten, die das Schiff an drei anderen Stellen gleichzeitig in Brand setzten, daß die Flammen aus dem Innern emporbrandeten und riesige Funkenschweife emporwirbelten. Langsam sinkend, brannte die Tinhow nach einigen Minuten lichterloh.

„Feindliche Streitkräfte von Backbord!" gellte der Ruf des Ausgucks in die Überlegungen des Alten hinein, der das Boot eben von der Versenkungsstelle weggebracht hatte. Durch das Glas sah er, daß es zwei Küstenwachboote waren, die mit unheimlicher Fahrt näher kamen.

„Geschütze fertig!" Der Alte setzte für eine Sekunde das Glas ab. Er sah den 1. WO auf Deck stehen und seine Weisungen geben. „Feuer frei!" Noch waren die beiden Küstenwachboote mindestens zwei Meilen entfernt, als das 10,5-cm-Geschütz aufbrüllte und die ersten Granaten dem Feind entgegenheulten.

„Beide Maschinen äußerste Kraft voraus, Ruder zwei Strich Steuerbord!" Mit Höchstgeschwindigkeiten rasten die Gegner aufeinander zu. Nun griff auch das 3,7-cm-Geschütz in das Feuer ein, und die Wachboote erwiderten das Feuer. Ihre Granaten lagen genau vor dem Bug des Bootes, doch der Alte ließ es unablässig weiterjagen, nur daß er immer wieder das Steuer umlegen ließ.

„Zwillingsgeschütz, Feuer frei!"

Gerhard hatte in fast unerträglicher Spannung hinter dem Geschütz gehockt und war mehr als einmal versucht gewesen, einfach zu feuern. Jetzt — als er den Feuerbefehl bekam — ratterte das Geschütz los, und die Leuchtspurbahnen der Geschosse zogen sich zum vordersten Wachboot hinüber und schlugen in die Aufbauten ein. Dann prellte ihm ein schmetternder Schlag die Führungsgriffe aus den Fäusten, und der rechte Griff schlug ihm krachend gegen die Brust.

Krampfhaft bemühte sich Gerhard, wieder klar zu kommen, doch dann sprang eine grelle Sonne in ihm auf, wurde größer und größer, um endlich mit einem lauten Knall zu platzen.

Walter fing den bewußtlosen Kameraden auf und ließ ihn langsam auf das Deck gleiten. Zwei Männer der Reservegruppe kamen angerast und trugen Gerhard unter dem Beschuß der noch immer verzweifelt feuernden Wachboote unter Deck. Walter nahm Gerhards Platz ein, und ein anderer übernahm die Zuführung der Munition.

In einem Abstand von einer halben Meile jagten die Gegner aneinander vorüber. Noch einmal schmetterten die drei Geschütze in pausenlosem Beschuß ihre Granaten in den Gegner hinein. Eine Explosion riß den Bug des ersten Wachbootes völlig auseinander, und in einer Explosion, die das Boot aus dem Wasser zu heben schien, fetzten Teile des Bootes durch die Luft und klatschten in die See. Gestalten sprangen ins Wasser, und innerhalb einer Minute war das Wachboot gesunken.

In einer großen Schleife setzte sich U 861 auf die Fährte des zweiten Bootes, das versuchte, aus dem Feuerbereich des U-Bootes herauszukommen. Als die ersten Schüsse es erreichten, wendete es wieder und richtete sich gegen das U-Boot. In einem ohrenrenbetäubenden Feuerhagel spien die drei Geschütze des U 861 Feuer und Tod zum Gegner hinüber, der das Feuer, so gut er konnte, erwiderte.

Immer wieder ließ der Alte das Ruder umlegen, und die dicht neben dem Boot das Wasser aufwirbelnden Granaten zeigten, daß der Alte damit die richtige Taktik eingeschlagen hatte.

Auch dieser Gegner griff nun frontal an. Auch er kam bis auf eine halbe Meile an das U-Boot heran, dann lohte plötzlich mittschiffs des Wachbootes eine spitzkeglige Flamme auf, und zugleich verlor das Boot überraschend schnell an Fahrt.

„Die Maschine ist getroffen, Herr Korvettenkapitän!" Der 1. WO, der an Deck die Feuerbefehle gab, schrie es zum Alten empor. Der nickte zustimmend. Wieder krachte das 10,5-cm-Geschütz, und abermals wurde das Wachboot unterhalb der Wasserlinie getroffen und legte sich weit über, um von Sekunde zu Sekunde tiefer zu sinken.

Sie sahen, wie die Besatzung fieberhaft damit beschäftigt war, die Seenotflöße über Bord zu bekommen. Das Feuer der Geschütze war schlagartig verstummt. Wieder schob der Ladeschütze eine Granate in den Lauf der Kanone, und gerade wollte der

Richtschütze das Geschütz abfeuern, als die Stimme des Alten vom Turm herunterdröhnte und sein Befehl die Aktion unterband.

„Alle Geschütze stoppen!"

Durch die eintretende Stille klang das Rauschen der Flammen, die aus dem nahen Küstenwachboot herausschlugen. Die Männer des Wachbootes pullten schon auf ihren beiden Flößen in Richtung auf das gesunkene Boot zu, wo noch einige Schiffbrüchige des ersten Wachbootes schwammen.

Einige Rudermanöver brachten U 861 bis auf Rufweite an die Flöße heran. Vor Schreck sprachlos, winkten die Schiffbrüchigen mit einem weißen Stoff-Fetzen; es schien, als fürchteten sie, im nächsten Augenblick in Grund gebohrt zu werden. Doch der Alte achtete diesen tapferen Gegner viel zu sehr, als daß ihm solches auch nur im entferntesten in den Sinn gekommen wäre. Er wollte etwas anderes, und darum griff er zur Flüstertüte.

„Brauchen Sie etwas?" brüllte er in seinem besten Schulenglisch zu den Flößen hinüber.

„Yes, Sir, I not have Water!" kam die Antwort des Kommandierenden dünn zu ihnen herüber.

Fünf Minuten später schleppten zwei Männer ein gefülltes Wasserfaß zur Reling und ließen es in die See fallen. Im gleichen Augenblick dröhnten die beiden Dieselmotoren wieder mit voller Lautstärke auf und übertönten den Dankesruf des Leutnants. Mit großer Fahrt löste sich U 861 vom Gegner und nahm Kurs in die offene See.

*

„Nun, min Jung, sollen wir dich nicht zum Luftschnappen nach oben bringen? Die Sonne meint es verdammt gut mit uns, und vorerst brauchen wir nicht an Gefahr zu denken, dafür sind wir viel zu weit von der üblichen Schiffsroute abgekommen." Hein war zu Gerhard herübergekommen und hatte sich auf dem Besuchshocker vor der Koje niedergelassen. „Ich glaube, es wird dir wirklich guttun, nach all den Tagen unter Deck."

„Danke, Hein, ich würde mich freuen, wenn ..."

„Hallo, Anton und Waldi, unterbrecht mal euer lausiges Spiel und helft uns ein bißchen. Dalli, dalli!"

Gemeinsam halfen sie dem noch immer ziemlich angeschlagenen Kameraden an Deck, wo sie einen Liegestuhl für ihn bereitgestellt hatten, in den sich Gerhard mit einem wohligen Seufzer fallen ließ.

Sein Blick glitt über die spiegelglatte See. Die Sonne erwärmte ihn, und der tiefe Friede, der über dem Boot zu liegen schien, hüllte ihn wie ein Mantel ein. Einige Kameraden der Freiwache hatten sich um ihn geschart. Sie unterhielten sich darüber, wann die Havarie, die sie gezwungen hatte, so weit vom Kurs abzuweichen, wohl behoben sein könnte.

„Fliegende Fische!" schrie plötzlich einer der Kameraden und deutete aufgeregt nach Süden, wo es im Glast der Sonne immer wieder aufblitzte. Immer näher kam die Schar, und dann sah auch Gerhard, wie die silberblitzenden Fische von höchstens dreißig Zentimetern Länge zu Hunderten aus dem Wasser sprangen und in langem Flug darüber hinschnellten. Es sah aus, als segelten sie Hunderte von Metern über die See hin. Doch Gerhard wußte, daß in Wirklichkeit einer dieser Fische über den anderen hinwegschnellte und daß für jeden ins Wasser tauchenden Fisch ein anderer erneut den Sprung wagte. Es war ein phantastisches Bild, und die aufspritzenden Wassertropfen und die vielen silbernen Fischleiber warfen das Licht der Sonne in allen Farben der Perle zurück.

Und plötzlich waren die großen Seevögel da. Keiner hatte sie kommen sehen, zu sehr hatte sie das Bild des weiterziehenden Fisch-Schwarmes fasziniert. Fregattvögel, Albatrosse und andere große Seeflieger hatten sich auf den Zug gestürzt und stießen wieder und wieder hinunter, um mit silberblitzendem Fang wieder aufzusteigen.

Minutenlang faszinierte sie dieses Bild, bis die Fische vorübergezogen waren und auch das heisere Raubgeschrei der Fischjäger verstummt war.

Erst als die Sonne sich anschickte, im Westen — dort, wo das südafrikanische Festland liegen mußte — im Meer zu versinken, gingen sie wieder unter Deck.

XII. KAPITEL

Sie hatten gerade einen kleinen Motorkutter von 193 BRT durch drei Schüsse aus der 10,5-cm-Kanone versenkt, als ein Funkspruch von U 178 sie erreichte, der sie aufforderte, in Richtung auf die Sundastraße zu laufen, wo sie nach U 177 und U 178 an der Reihe waren, von der „Charlotte Schliemann" neuen Brennstoff zu übernehmen.

Ostwärts des Chagos-Archipels stießen sie auch auf den Tanker, der erstmals die Versorgung der U-Boote mit Brennstoff übernommen hatte. Unbemerkt vom Feind übernahmen sie den Brennstoff.

Der Gruppenarzt, der an Bord kam, um nach den Verwundeten zu sehen, brachte ihnen gleichzeitig den neuen Einsatzbefehl mit, nach dem sie nicht mehr an der südostafrikanischen Küste, sondern ostwärts von Madagaskar und im Gebiet der Mauritiusinseln operieren sollten.

Für Gerhard brachte er die tröstliche Nachricht, daß seine Verletzung nur eine Quetschung war, die bald behoben sein würde.

Als Korvettenkapitän Heise das Kommando bestätigte, strahlte er über das ganze Gesicht. Endlich hatten sie wieder die Möglichkeit, in neue, erfolgreichere Jagdgründe vorzustoßen. Dies war auch notwendig, denn nach der am 11. Mai versenkten Tinhow waren sie nur noch auf den schwedischen Dampfer Sicilia und den Briten Harrier zum Schuß gekommen, beides Motorschiffe der kleinsten Klasse.

*

Die drei Boote der Sechsergruppe, die zwischen Madagaskar und den Mauritiusinseln eingesetzt waren, jagten in lockerem Rudel an der Ostküste Madagaskars entlang und von den Maskarenen bis zu den Seychellen-Inseln empor.

Hier war noch nie ein deutsches U-Boot gewesen, und demzufolge waren die überwiegend britischen Dampfer unvorsichtig genug, ihnen vor die Rohre zu laufen.

In unablässigem Einsatz gelang es U 861 innerhalb von vierzehn Tagen, drei englische Frachter mit annähernd 12 800 BRT zu versenken. Den ersten erwischten sie Westnordwest von Mauritius stehend. Es war die „Hoi How" mit 2798 BRT. Dreizehn Tage später erwischten sie in der Mitte zwischen Reunion und Madagaskar die Empire Lake, die etwas größer war. Innerhalb einer Minute sank sie in die See, die an dieser Stelle fünftausend Meter tief war.

Am Tage darauf, sie näherten sich wieder dem südlichen Wendekreis, tauchte plötzlich vor ihnen die Silhouette eines großen Tankschiffes auf, das für den madagassischen Hafen Fort Dauphin bestimmt war. Die „Fort Franklin", so hieß der Tanker, leistete der Aufforderung zum Stoppen nicht Folge, sondern eröffnete das Feuer auf U 861 und versuchte, das U-Boot in Grund zu bohren. Der Alte ging kein Risiko ein und ließ das Boot tauchen. Innerhalb von dreißig Sekunden waren sie in den bergenden Schoß der See gesunken und auf Sehrohrtiefe gegangen. So schnell sie konnten, pirschten sie sich an den Tanker heran. Zweimal schickten sie einen Torpedo auf die Reise, und beide Male wartete die gesamte Besatzung mit bis zum Zerreißen gespannten Nerven auf die Detonation. Doch nichts geschah.

Die Schüsse konnten unter keinen Umständen vorbeigegangen sein, denn wenn auch der Dampfer mit Höchstfahrt zu entkommen trachtete, waren sie doch so nahe herangekommen, daß die Aale unbedingt ihr Ziel finden mußten.

Fluchend stand der Alte in der Zentrale und gab schließlich das Kommando für Rohr drei und vier gleichzeitig. Und diese beiden Torpedos zündeten.

Mit ohrenbetäubendem Getöse detonierte der Tanker. In himmelhohen Flammensäulen stieß er prustend dicke Wolken zähflüssigen Öls aus, die sich schon in der Luft entzündeten und einen undurchdringlichen Kordon von Flammen und dunklem Rauch um das todgeweihte Schiff legten.

Mit diesen 7135 BRT hatten sie ihr Erfolgskonto erheblich verbessert, und die seit Wochen anhaltende, gereizte Stimmung des Alten besserte sich überraschend schnell.

Sie fischten noch vier Männer aus dem Bach. Sie waren ölverschmiert, und es schien ein Wunder, daß es ihnen gelungen war, aus dem Flammenring auszubrechen, der das Schiff umklammert hielt, und sich so lange über Wasser zu halten, bis man sie auffischte. Einer von ihnen starb ihnen unter den Händen. Er hatte wahrscheinlich zuviel von dem Öl geschluckt, mit dem die See überschwemmt war. Sie übergaben ihn am anderen Morgen der See, und der Kommandant sprach ein Gebet für diesen fremden Seemann, der hier den Tod gefunden hatte, und gab den drei Überlebenden die Hand.

*

Als sie dann feststellten, daß auch hier die Erfolgsmöglichkeiten schwächer wurden, pirschten sie sich in einer zwanzigstündigen Unterwasserfahrt bis dicht an den Hafen Port Louis von Mauritius heran. Die Männer fieberten vor Erwartung. Sie wußten um ihre eigene Tollkühnheit und auch darum, in welch eine erhöhte Gefahr sie sich begaben, doch keiner von ihnen würde von dieser Tollkühnheit abgeraten haben, wenn der Alte sie gefragt hätte. Sie vertrauten ihrem Kommandanten voll und ganz, und sie glaubten gleichzeitig an sich. Das gab den Ausschlag und ließ sie alle Gefahren bestehen.

Drei Tage warteten sie vergebens auf eine Beute,

bis der Funker, der die Hafenwelle von Port Louis überwachte, eine Meldung zum Alten trug, in welcher der Dampfer DALFRAM der Hafenkommandantur sein Auslaufen meldete und darum bat, die Hafensperre zu öffnen.

Die Dalfram war für den Hafen St. Denis bestimmt und hatte nur wenige Seemeilen zwischen Reunion und Mauritius zu durchlaufen. Doch in der Mitte der Strecke erreichte ihn sein Schicksal. Ein einziger Tropedotreffer ließ ihn in der See versinken.

Noch näher unter Land gehend, immer in Unterwasserfahrt bleibend, erwischten sie drei Tage später noch einen Dampfer: die UVUMA, keine zwanzig Meilen vor dem Hafen Port Louis. Was machte es, daß zwei Schnellboote sie daran anschließend einen Tag lang in Atem hielten und daß es ihnen beinah gelungen wäre, sie durch einen Torpedotreffer zu erwischen. Sie waren schließlich doch entkommen und hatten eine fette Beute mehr auf ihrem Konto, das sich damit auf neun Schiffe seit ihrem zweiten Auslaufen aus Bordeaux erhöht hatte.

Dann war der Funkspruch gekommen, der ihnen sagte, daß sie bald auf Heimatkurs gehen würden.

„Laufen Sie Kurs Südsüdwest. Freie Jagd und viel Erfolg!" hatte der Gruppenkommandeur ihnen durch die Taste des Funkers übermitteln lassen. Sie waren auf den befohlenen Kurs gegangen und standen drei Tage später auf 23 Grad Süd und 53 Grad,

11 Minuten Ost, hatten sich also schon näher an die Rückmarschbasis herangearbeitet, die ja bei Kapstadt lag.

*

„Herr Oberleutnant, Rauchsäule Backbord querab!" Der 1. WO blickte in die angegebene Richtung. Seine Pupillen weiteten sich vor ungläubigem Erstaunen.

„Verdammt, das ist — glaube ich — der größte Pott, den wir jemals vor den Rohren gehabt haben." Der 1. WO stellte sein Glas nach und spähte zu dem Tanker hinüber; daß es nur ein Tanker sein konnte, hatte er an der Bauart des Schiffes erkannt. War nicht noch hinter dem Tanker eine Rauchwolke zu sehen? So angestrengt er auch hinüberspähte, er konnte nichts entdecken. Der Tanker fuhr allein, und sie würden ihn ohne große Schwierigkeiten erledigen können.

„Alle Mann auf Gefechtsstation!" Der Alte erschien eine halbe Minute später auf dem Turm, als habe er nur darauf gewartet.

„Was gibt es, Herr Walkenhorst?"

„Dampfer Backbord querab, kommt langsam auf, Herr Korvettenkapitän." Der 1. WO gab dem Alten das Glas.

„Toller Pott!" Umsichtig gab der Alte seine Kommandos. Als sie fast in Sichtweite waren, gingen sie auf Tauchstation und liefen dem Riesen noch einige

Meilen entgegen, so daß er dicht bei ihnen vorüberkommen mußte.

Als der „Clan Mac Arthur" nahe genug herangekommen war, ließ der Alte auftauchen.

„Hallo, Clan Mac Arthur, drehen Sie bei, verlassen Sie das Schiff!" rief der Alte den Tanker an. Doch der setzte unbeirrt seine Fahrt fort.

„Geschütz eins, Schuß vor den Bug!" So schnell wie immer krachte der Schuß und wirbelte vor dem Bug des Tankers die See auf.

Da brach es mit einem Male über sie herein. Aus mehreren Luken des Clan Mac Arthur blitzte es gleichzeitig auf. Persenninge wurden zurückgeworfen, und zwei Kanonen vom Kaliber 12 cm begannen mit dumpfen Schlägen zu feuern.

Der erste Schuß des Tankers riß ihnen die Antenne weg. Die Granate fegte so dicht über Hein hinweg, der Brückenwache hatte, daß ihr Luftzug ihn gegen die Brüstung warf. Er glaubte, sich alle Rippen gebrochen zu haben.

„Tauchstation!" Blitzschnell ließ sich Hein hinter Herbert die Leiter hinuntergleiten. Über ihnen knallte das Luk zu, und sogleich begann der Tiefensteuerleiter das Boot zu tauchen. Verworren hörten sie noch das Gedröhn der Abschüsse, dann wurde es still um sie.

Als Hein sich zum Alten umdrehte, sah er, daß Heise blutete. Ein tiefer Riß zog sich über seine rechte Gesichtshälfte hin. Das Blut quoll daraus hervor. Der Alte wischte sich mit dem Handrücken darüber. Als er die Hand zurückzog, war sie voll Blut.

„Sie sind verwundet!" Der 1. WO deutete auf den Riß.

„Nun, Herr Walkenhorst, wollen Sie diesen Brocken mal erlegen?"

„Boot hängt im Sehrohr", meldete der L. I., und der 1. WO ging an das Sehrohr, während Hein den Funker holte, damit der Alte verarztet wurde.

„Er versucht zu entkommen. Ich werde ihm den Winkel ablaufen und ihn dann erwischen."

„Gut, tun Sie das", stimmte der Alte zu, während schon der Funker mit Pflaster und Mull hantierte.

Fünf Minuten sprach niemand ein Wort. Der 1. WO war wie im Fieber. Zum erstenmal war er derjenige, der die Verantwortung zu tragen hatte. Dazu noch bei einem solchen Brocken.

„Rohr eins, zwei und drei fertig?"

„Rohre klar!" kam die Stimme des Torpedomaaten aus dem Bugraum. Der Alte nickte nachdrücklich mit dem Kopf. Diese Entscheidung des 1. WO zeigte ihm, daß Walkenhorst wohl imstande war, ein Boot zu führen. Und nur solchen Männern konnte man ein Boot mit seiner Besatzung anvertrauen.

„Beide Maschinen stopp. Rohr eins und zwei, los!"

Unendlich langsam verrannen die Sekunden. Gebannt starrte der 1. WO durch das Sehrohr auf den

Dampfer, der unbeirrt seine Fahrt machte. Sollte er mit den beiden Torpedos zu wenig in Vorhalt gegangen sein? Verdammt noch mal! Sollte diese große Chance ungenützt vorübergehen?

Die Zeit war um. Unaufhaltsam tickten die Sekunden der Stoppuhr das Mißlingen des Angriffs. Schon war es zehn Sekunden über die Zeit.

Der 1. WO wollte sich gerade resigniert abwenden, als er sah, wie der Clan Mac Arthur einen Satz nach vorn machte, als sei er ein wilder Mustang, der die Peitsche des Zureiters bekommen hat. Eine jähe Detonation blitzte bei dem Tanker auf, dann folgte eine zweite. Gellend brüllte der 1. WO seinen Triumph hinaus, noch ehe der gewaltige Doppelschlag zu ihnen herüberdröhnte.

Der Alte hatte seinen Ersten mit einem Ruck zur Seite gefegt und hing nun selbst am Sehrohr.

Heise traute seinen Augen nicht. Wo der Clan Mac Arthur gelegen hatte, war nichts anderes zu sehen als eine haushohe und vielleicht zweihundert Meter breite Flammenwand, aus der hohe Flammenkaskaden in immer neuen Eruptionen herauszischten und den Himmel mit glosender, rötlicher Helle überzogen.

Die Männer im Boot waren fast aus dem Häuschen. Sie brüllten und schrien, bis der Kommandant mit einem Donnerwetter Einhalt gebot. Die Freude des 1. WO hatte sie angesteckt.

„Gratuliere, Herr Walkenhorst, ich hätte ihn vielleicht nicht so erwischt. Dafür haben Sie nun ein eigenes Kommando verdient."

„Danke, Herr Heise!" Zum erstenmal hatte der 1. WO seinen Vorgesetzten nicht mit dem Dienstgrad angesprochen, und der Alte erkannte diese Anrede an, indem er seinem Ersten die Hand reichte.

„Wollen uns mal den Schaden ansehen. Ich übernehme wieder das Kommando." Mit einer Handbewegung wehrte er die Bedenken ab.

„Auftauchen!" U 861 schoß leicht vorderlastig nach oben und durchbrach die Wasserfläche. Hein war gleich hinter dem Alten auf den Turm geklettert, und Herbert folgte dem Freunde auf dem Fuß. Ihre Gläser versuchten den noch immer hochauf lodernden Flammenwall zu durchdringen, doch es gelang ihnen nicht.

Sie waren noch eine Meile vom brennenden Tanker entfernt, doch das Donnern der Flammen verschlang jedes Geräusch. Es saugte die Rufe des Kommandanten an, als seien sie nie ausgestoßen worden, doch die Männer wußten auch so, was jetzt ihre Pflicht war.

Hein hatte die Backbordseite des Flammenwalls aufs Korn genommen. Lange Zeit versuchte er vergebens, irgendein Zeichen von Leben zu entdecken, das sie vielleicht hätten bergen können. Dann aber war es ihm, als bewege sich dicht am Flammenmeer ein langgestreckter dunkler Schatten, zu groß für ein Rettungsboot. Er schaute schärfer hin, und schlagartig war ihm, als geränne ihm das Blut in den Adern. Dort stand der Feind, vielleicht schon zum entscheidenden Angriff bereit.

„Feindliches Torpedoboot Backbord dreißig!" gellte sein Ruf. Doch mehr als seine Worte war es der entsetzensstarre Blick und die weisende Hand, die den Alten aufmerken ließ.

„Auf Gefechtsstation!" drang sein Ruf durch den Lautsprecher bis in das entfernteste Schapp. Die Männer rasten über das feuchte und glitschige Deck zu den Geschützen.

Das Torpedoboot, das unbemerkt in Lee des brennenden Tankers gelegen hatte und plötzlich zum Angriff auf sie ansetzte, war von der Flammenwand freigekommen und raste mit Höchstgeschwindigkeit auf sie zu. Jetzt sah es jeder.

„Feuer frei!" Die Schüsse der 10,5-cm-Kanone grollten in das Prasseln der Flammen hinein, und dann sah Hein, keine fünf Sekunden später, wie der Bug des Torpedobootes sich hob. Das kannte er. Jetzt wußte er plötzlich, daß sie in wenigen Sekunden nicht mehr sein würden, daß dies das Ende bedeutete.

„Torpedos!" schrie er. Er wollte weiterschreien, doch sein Mund öffnete sich, und kein Ton kam über seine sich wildbewegenden Lippen. Wie irr hingen seine Augen an der Blasenspur, die er plötzlich im Gesichtsfeld hatte.

Das Kommando des Alten erfolgte sofort, doch obgleich der Rudergänger das Ruder sofort herumwirbelte, war es diesmal zu spät. Hein sah, daß es kein Entkommen mehr geben konnte. Noch zwanzig Meter, dann hatte der Torpedo sie erreicht. Da richtete er sich wie unter einem unerklärlichen Zwang kerzengerade auf und legte die Hand an die Mütze. Sein Gesicht überspielte ein Lächeln. So sah ihn der Alte. Und Heise wußte, daß er dieses Bild nie mehr aus seinem Leben würde streichen können. Dies war die Haltung seiner Männer. Etwas wie Stolz durchzuckte ihn in dieser letzten Sekunde. Welch ein Mensch, dieser Hein Twiente, der unbekannte deutsche Soldat.

Dann krachte es am Heck des Bootes. Unwillkürlich warfen sie sich in den Turm, als könnte er sie vor dem Verhängnis schützen, das nun über sie hereinbrechen mußte.

War die Spanne Zeit bis zur Detonation wirklich so lang, daß man das alles denken konnte? Zwei Sekunden später wußte der Alte, daß sie noch einmal davongekommen waren. Der Torpedo hatte nicht gezündet und allem Anschein nach auch die Bootshaut nicht durchschlagen. Sie waren gerettet, wenn sie nicht noch ein weiterer Aal traf. Doch davor schützte sie die Zickzackfahrt, die der Alte jetzt durchführte.

Auf Deck aber hatten die Geschützbedienungen unablässig weitergefeuert. Die Männer dort ahnten nichts von der Katastrophe, der sie um Haaresbreite entronnen waren. Sie taten ihre Pflicht.

Dann blitzte es beim Torpedoboot auf. Eine Reihe von zuckenden Lichtkegeln überstieg das rötlichglosende Flammenmeer des Hintergrunds, und gleich darauf brach das Torpedoboot in einem Regen von

Stahl- und Holzteilen auseinander. Ein Schuß der 10,5-cm-Kanone hatte den Torpedoraum getroffen und das Boot in tausend Fetzen zerrissen.

Lange danach war es immer noch totenstill. Das Kommando des 1. WO, das Feuer zu stoppen, war der letzte Befehl gewesen, der gegeben wurde.

Hein war über die Reling der Brücke zusammengesunken, und als der Alte sich zu ihm niederbeugte, voll Furcht und Besorgnis, der Mann könnte durch einen Splitter getroffen worden sein, da sah er, daß der Stabsgefreite Twiente betete.

Es war Heise, als zwinge eine Kraft, von deren Vorhandensein er nichts gewußt hatte, nun auch ihn, die Hände zusammenzulegen und dem E I N E N zu danken, der sie errettet hatte.

*

XIII. KAPITEL

Korvettenkapitän Heise saß in seinem Schapp hinter dem Klapptisch und schrieb an seinem Kriegstagebuch, aus dem er dem Flottillenchef — wie immer — Bericht erstatten und Hinweise geben würde, die für alle frischgebackenen jungen U-Bootkommandanten vielleicht von entscheidender Wichtigkeit waren. Diese jungen Kommandanten sollten nicht erst durch die Erfahrungen in den Besitz dieses Wissens kommen, die er und die vielen anderen Kommandanten mit ihm auch hatten sammeln müssen; oft unter den verheerenden Schlägen des Feindes und unter Verlusten an der Mannschaft und oft sogar des Bootes.

Als Heise mit dem Tagebuch fertig war, blieb er noch eine Weile sitzen. Die Gedanken kamen und gingen. Immer wieder aber — sooft er ihn auch verdrängte — kam jener Gedanke zurück, der ihm ein Ende dieser dauernden Jagden und des dauernden Gejagtwerdens vorgaukelte.

Er war nun fast vier Jahre auf der Jagd nach feindlichem Schiffsraum. Er hatte soviel Schreckliches gesehen und soviel ebenso Schreckliches befohlen, daß er sich von diesem grausamen Handwerk fortsehnte, das diejenigen, die es ausübten, zermürbte.

Gewiß, wenn man ihn brauchte, würde er wieder auslaufen. Aber wenn es nicht sein mußte, dann wollte er damit Schluß machen.

Ein Klopfen an der Schapptür riß ihn aus seinem Brüten auf.

„Herr Korvettenkapitän, ein Funkspruch von U 197." Der Funker reichte dem Alten das Formular. Heise warf einen einzigen Blick darauf und sprang auf die Füße. Dann rannte er unmittelbar hinter dem zurücklaufenden Funkgast in die Zentrale.

„Herr Walkenhorst?" rief er in den Lautsprecher.

„Alles klar, Herr Heise, ich lege den Kurs auf Richtung zum U 197 um und lasse A. K. geben."

„Gut, Herr Walkenhorst, tun Sie das!" Heise wußte, daß der 1. WO den Spruch schon gelesen hatte.

Durch das Boot aber lief mit unvorstellbarer Geschwindigkeit die Nachricht:

„U 197 ist südsüdwestlich von Madagaskar in Schwierigkeiten geraten. Es ist von einem feindlichen Zerstörer gerammt worden und sinkt."

Die Gedanken der Männer wanderten zu ihren Kameraden. War es ihnen vergönnt, sie aus der mißlichen Lage zu befreien? Sie wünschten jetzt, die doppelte Fahrt machen zu können. Qualvoll langsam kamen sie von der Stelle. War diese Fahrt z u langsam oder würden sie es noch schaffen?

Durch weitere Funkrufe hatten sie sich davon überzeugt, daß sie am nächsten beim U 197 lagen.

Einzig U 196 kam noch in Frage, dem um Hilfe rufenden U 197 entgegenlaufen zu können.

Jeder der Männer betete insgeheim darum, daß es ihnen gelingen möchte, die Kameraden zu retten, die vielleicht jetzt schon im Bach lagen. Sie wußten, daß der Alte alles tun würde, sie aus ihrer verzweifelten Lage zu befreien. Das waren sie sich und ihren Kameraden schuldig, die in der umgekehrten Situation, ohne sich zu besinnen, das gleiche für sie getan hätten.

XIV. KAPITEL

Kapitänleutnant Willrich, Kommandant auf U 197, hatte sich nahe an das Geleit herangearbeitet. Er wollte diesmal alles auf eine Karte setzen, denn sein Abschußkonto war nicht so, daß er sich übertriebener Vorsicht hätte hingeben können. Er und jeder Mann des Bootes brannte darauf, daß es ihnen gelingen möchte, möglichst mehrere Pötte aus diesem Geleit herauszuschießen. Daß ein Zerstörer beim Geleit war, das mußten sie eben mit in Kauf nehmen.

U 197 warf sich unter der Wucht der beiden Schrauben nach vorn, dem Geleit nach. Unter dem Steven bäumte sich die Bugwelle auf. Das Kielwasser brodelte, als koche es. Die späte Sonne stand am Rande des Horizonts und füllte über eine Fläche von sechs, sieben Meilen die Wellen mit goldenen Funken, als versuchte das letzte Sonnenlicht noch einmal zum entschwindenden Tage zurückzugreifen.

Immer näher kamen sie dem Geleit. Kurz vor Mitternacht endlich schrillten die Alarmglocken, und die Männer eilten auf die Gefechtsstationen. Der helle, fast gefüllte Mond hatte die See mit silbrigem Licht überspült und zeigte ihnen die letzten Schiffe des Konvois in den scharfen und alles enthüllenden Umrissen der Nacht, die für einen U-Bootsangriff wie geschaffen war.

Das erste Schiff kam ins Fadenkreuz hinein, und der abgeschossene Torpedo ließ es mitten im Vorwärtslauf erstarren und dann in die Tiefe sinken. Der Strahl einer Seenotrakete schoß in leuchtendem Bogen über das Geleit hin, das in wahnwitzigem Schrecken auseinanderstob. Einige Dampfsirenen bliesen Alarm und vermehrten das Chaos noch um einen Unterton von Angst und Schrecken. Eine halbe Stunde später klirrte der zweite Treffer, und irgendwo begann als Antwort darauf eine Kanone zu brüllen, und andere Geschütze fielen blindlings in dieses Feuer ein, das keinen Gegner hatte.

Kapitänleutnant Willrich fieberte. Nun konnte er sich für die magere Zeit der vergangenen Wochen entschädigen. Zwei Riesenpötte in kürzester Zeit — wenn das kein Ergebnis war!

Seine Ruderbefehle kamen schnell und entschlossen. Sie tauchten und kamen auf der anderen Seite des Geleits wieder an die Oberfläche der See.

Im gleichen Augenblick, als Willrich, gefolgt von seinen Männern, auf den Turm kam, traf sie der gewaltige Rammstoß des Begleitzerstörers, der während ihrer Unterwasserfahrt gekreuzt hatte und, dicht hinter dem auftauchenden U-Boot liegend, mit dem Bug in die Flanke des Bootes hineinkrachte, weil die Distanz für einen Torpedoschuß zu kurz war. Der spitze Bug stieß tief in das U-Boot hinein und schlug es auf eine Breite von fast vier Metern leck, ehe er im Rückwärtslauf unter ohrenbetäubendem Krachen wieder herausratschte.

Kapitänleutnant Willrich fühlte, wie ihn ein wuchtiger Schlag durch die Luft wirbelte und weit in die See schleuderte. Als er auf das Wasser aufschlug, war er schon ohne Besinnung.

Das Wasser aber stürzte durch das Leck ins Boot. Die Männer an der Maschine, die wenigen Kranken in den Kojen des Mannschaftsraumes wurden von der hereinbrechenden riesigen Sturzsee überspült, noch ehe ihnen die ganze Schwere der Havarie ganz zu Bewußtsein gekommen war.

Der Funker hörte den Schlag und wurde durch die Erschütterung von seinem Sitz geschleudert. Aus einer klaffenden Kopfwunde blutend, kroch er zum Gerät zurück und rief die anderen Boote zur Hilfe herbei. Er rief so lange, bis das eindringende Wasser ihn von seinem Sitz hob und gegen die Wand preßte.

Den Männern aber, die bis zum Turm zu kommen und sich noch ins Freie retten zu können hofften, sackte im gleichen Augenblick das Boot unter den Füßen weg. Nur dem vordersten war es gelungen, das Luk zu verlassen und in die See zu kommen, die jetzt noch sicherer war als das rasend schnell sinkende Boot.

Der Mann sah zwei Gestalten vor sich schwimmen. Er rief sie an und stellte zu seiner grenzenlosen Erleichterung fest, daß es die beiden Männer der Brückenwache waren. Sie bemühten sich um den Kommandanten, den sie vor sich auf einer Planke liegen hatten.

Sonst war niemand mehr von den fünfundfünfzig Besatzungsmitgliedern aus dem Boot gekommen.

Sie sahen die beiden brennenden Wracks und hörten die Schraubengeräusche des abgedrehten Zerstörers. Sie schrien hinter dem Zerstörer her, doch niemand hörte sie. Sie waren allein in der See, allein und zum Sterben verurteilt. Verzweifelt versuchten sie, ein größeres Stück Treibholz zu erwischen, das vor ihnen lag. Endlich erreichte es einer der Männer, und sie wuchteten zuerst den Kommandanten herauf, der noch immer so benommen war, daß er die Schwere ihrer Situation nicht erfassen konnte. Erst nach und nach setzte sein Erinnerungsvermögen wieder ein. Als er sich einmal umwandte, war die weite Wasserfläche leer. Von seinem Boot war nichts mehr zu sehen. Es war zum Sarg geworden für die Männer, die seine Freunde gewesen waren. Verzweifelt preßte er die Hände auf die Augen.

*

„Wrackteile voraus!" Aufgeregt deutete Hein in den Abendglast hinein, der steuerbords vor ihnen schimmerte.

„Steuerbord dreißig!" befahl der Alte, und nun liefen sie auf die einzige Möglichkeit zu, die sie noch hatten. Zwanzig Stunden waren sie mit höchster Fahrt auf die Untergangsstelle zugelaufen. Sie hatten dort nichts entdecken können und einen großen Kreis beschrieben. Brachte dieses Manöver nun den Erfolg?

Jedermann war an Deck. Krampfhaft stierten alle den näherkommenden Wrackteilen entgegen, bis sie erkannten, daß wirklich Menschen auf den Wrackteilen waren. Endlich, viel zu langsam für den Ungestüm der Männer, waren sie nahe genug herangekommen, um die Schiffbrüchigen anzurufen. Die Köpfe waren ihnen zugewandt. Einer von ihnen winkte und schrie etwas zurück, und dann hatte das Boot sie erreicht. Hilfreiche Hände holten die Männer an Bord.

Es waren vier. Zum drittenmal in ihren Einsätzen fischten sie vier Männer auf. Doch diesmal waren es die Kameraden des U 197.

Willrich, der Kommandant, hatte sich wieder erholt. Als er die Füße auf die Decksplanken des U 861 setzte, schloß er für einen Moment die Augen. Die Männer standen erschüttert und stumm. Sie sahen das Antlitz eines Kommandanten, der jeden einzelnen von seiner Mannschaft geliebt hatte. Heise ging zu ihm herunter und schloß ihn in die Arme. Mit einer impulsiven Herzlichkeit, mit einer Brüderlichkeit, die aus dem Wissen um die Gedanken und Nöte des Kameraden geboren war, zog er ihn an die Brust. Die stinkende, ölverschmierte Uniform und das zerschundene und zugleich halb erloschene Gesicht des Freundes trieb ihm die Tränen in die Augen.

„Wir haben immer noch gehofft, Rolf, daß ..."

„Danke, Otto, wenn du was für die Männer tun kannst?" kam es fast tonlos von Willrichs Mund.

Erst als der letzte der drei Männer hinuntergebracht war, ließ sich Kapitänleutnant Willrich in das Schapp Heises führen.

Und während Heise hinter dem Kameraden die Leiter hinunterstieg, sah er, daß sein Freund barfuß ging und daß seine Füße von langen Schnitten verunstaltet waren.

„Sani!" gellte sein Ruf durch das Boot, doch Willrich wandte sich zu ihm um.

„Erst die Männer", flüsterte er mit blutlosen Lippen, dann brach er wie vom Blitz gefällt in dem dunklen Gang zusammen.

*

XV. KAPITEL

Der Mann lag auf dem Achterdeck. Er war in die Flagge der Kriegsmarine gehüllt, und unter dem leise im Fahrtwind flatternden Tuch sah es aus, als bewege er sich; als schliefe er noch.

Doch der Kamerad war tot. Es war einer der vier Geretteten. Er mußte innere Verletzungen erlitten haben, denn noch in der folgenden Nacht war er still und ohne eine Klage von sich zu geben gestorben.

Die Männer traten auf Deck an. Weit in der Runde lag das Meer wie eine riesige Marmorplatte, hell und dunkel gefleckt. Nichts war auf ihm zu sehen. Von der Brücke aus gab Korvettenkapitän Heise den Befehl, die Maschinen zu stoppen. U 861 lag nun still auf der Flut, und die leichten, kaum wahrnehmbaren Wellen wiegten es hin und her und schlugen glucksend gegen die Flanken des Bootes.

Neben Heise trat nun Kapitänleutnant Willrich auf das Deck. Seine Augen starrten eine Sekunde lang auf das Fahnentuch, unter dem ein Mann seiner Besatzung lag und gleich der See übergeben werden sollte. Einer von den vielen, die die See wieder hergegeben hatte und nun zum zweitenmal forderte.

Heise räusperte sich leicht. Dann hob er die Bibel empor, aus der er als Kommandant einen passenden Abschnitt vorlesen würde.

Leise und dennoch klar und deutlich klang seine Stimme über das Deck.

In Kapitänleutnant Willrichs Gesicht zuckte es. Er konnte seinen schmerzlichen Verlust nicht verheimlichen. Dieser eine Mann, den sie hier dem Meer übergaben, war einer von denen, die ehemals zu seiner Besatzung gehört hatten. Einundfünfzig Männer und das Boot waren ihm in die See vorausgegangen.

Heise war fertig. Er schlug die Bibel zu und blickte auf die vier Männer, die nun den Katafalk anhoben und auf die Reling zugingen.

„Und so übergeben wir das, was von dir, Obergefreiter Hennings, sterblich ist, der See." Während die Halteplanken von den Männern etwas angehoben wurden, glitt der Segeltuchsarg unter der nun flatternden Fahne hinweg über Bord und verschwand in der glatten See.

Nichts blieb mehr von ihm als das Gedenken in den Herzen seiner überlebenden Kameraden und die Erinnerung der Angehörigen.

Korvettenkapitän Heise setzte seine Mütze wieder auf und salutierte. Neben ihm taten die Offiziere das gleiche. Dann gaben sie Kapitänleutnant Willrich die Hand, dem Kameraden ihre Anteilnahme versichernd.

„Ich danke dir", sagte Willrich dem Korvettenkapitän, dann wandte er sich um, schritt zur Luk und verschwand im Innern des Bootes.

„Beide Maschinen halbe Kraft voraus!" Wieder begannen die Jumbos zu dröhnen, und die Schrauben peitschten das Boot durch die See nach Südwesten.

Auf der Brücke wartete schon der Funker. Wortlos übergab er dem Alten den Funkspruch.

„Gehen Sie auf Heimatkurs. Unternehmen beendet."

*

Tage schon furchte das U 861 durch die See. Unverändert, mit zwölf bis vierzehn Meilen Fahrt, rauschte das Boot der Heimat entgegen. Das Wetter konnte nicht besser sein, denn sogar das Wasser zeigte zwanzig Grad Temperatur an.

Als sie wegen zweier Torpedomaschinen in den Keller mußten, zeigte sich dies von einer negativen Seite. Es war in dem engen Bootskörper so heiß, daß sie trotz nackter Oberkörper die Hitze nicht mehr ertragen zu können glaubten.

Zuerst bei dem einen, dann bei einem zweiten und dritten zeigten sich die häßlichen Geschwüre, die diese Temperatur bei der schweren Dosenverpflegung entstehen ließ.

Innerhalb von drei weiteren Tagen, während derer sie schon mit Nordnordwestkurs an der Westküste Afrikas emporliefen, war die halbe Besatzung mit diesen Geschwüren behaftet, die bei jeder Berührung mit Seewasser höllisch brannten.

Besonders schlimm war es für die Bedienung der Maschinenräume, die kaum an die Luft kamen und deren Gesichter von der dauernden Arbeit in der verpesteten Luft des Diesel- und E-Maschinenraumes wachsgelb geworden waren.

Obermaat Seelig, der „Vater der Jumbos", wie die Diesel von der Besatzung genannt wurden, strich ununterbrochen um die Maschinen herum. Hier spritzte er einen Mann an, weil er die Wartung der Maschinen einen Moment vernachlässigt hatte, dort spritzte er mit der Ölpumpe die Getriebe und schmierte die Laufbuchsen und den Kolben, damit ja nichts mit den Jumbos passierte.

Sie wollten schnellstens heimkommen, darum konnte er kein Risiko eingehen. Aber noch hatten sie vierzehn Tage vor sich, die schlimm werden konnten, denn vor den Häfen lauerten die Briten, um die meistenteils vollkommen ausgeschossenen, heimkommenden Boote abzufangen.

Sooft sich eine Maschine am Himmel zeigte, gingen sie in den Keller.

In der Biskaya endlich gerieten sie in ein Nebelfeld, aus dem sie nie wieder herauszukommen glaubten. Sie schlichen mit kleiner Fahrt unbeirrt weiter; immer durch den Nebel hindurch.

Nun war es ja nicht mehr weit, bald hatten sie die Girondemündung erreicht, und dann waren sie wieder daheim.

Aber in diesem Augenblick, als das Ziel so verlockend und leuchtend vor ihnen lag, da dachten sie alle wieder daran, wie es gewesen war, als sie hier vor Monaten ausgelaufen waren. Und es schien ihnen, als sei seit jener Nacht, die so leicht hätte verhängnisvoll für sie werden können, schon eine Ewigkeit vergangen.

Als sie die Fahrwasserboje schon sehen konnten, als sich der Funker schon anschickte, seine Meldung zum Hafenkommandanten durchzutasten, da hielten sie noch einmal den Atem an.

Von der offenen See aus kam ein britischer Zerstörer auf sie zugebraust. Noch war er mindestens sechs bis sieben Meilen von ihnen entfernt. Noch hatten sie Zeit, in den Keller zu gehen und sich im Schutz der Küstenbatterien so dicht unter die Küste zu schmuggeln, daß ihnen der Zerstörer niemals folgen würde.

„Auf Tauchstation!" kam Heises Stimme, der entschlossen war, sich nicht jetzt noch, angesichts des nahen Hafens, zu den Fischen schicken zu lassen.

„Herr Korvettenkapitän, da!" Die Hand des Steuerbordausgucks deutete auf das Land hinüber, und Heise sah es in vielleicht fünfzehnhundert Metern Höhe aufblitzen.

„Stukas!" sagte er, das Glas auf die heranbrausenden Maschinen richtend. „Verdammt, die kommen gerade im rechten Augenblick."

Nun mußte auch der Zerstörer die anfliegenden Maschinen gesehen haben, denn er änderte plötzlich den Kurs und versuchte in wilder Zickzackfahrt zu entkommen. Mit einer Geschwindigkeit von mindestens dreißig Knoten rauschte er durch die See. Sein Bug stand schräg aus dem Wasser, und die See schäumte und strudelte an seinem Heck vorbei, als koche der Teufel gerade hier seine Suppe.

Doch die Stukas waren um ein Vielfaches schneller als der Zerstörer, dessen Flaktürme soeben das Feuer auf sie eröffneten. Schwarzgrauen Wattebäuschen gleich standen die Detonationswolken der Flak plötzlich am Himmel, dicht bei den vordersten Maschinen. Rote Leuchtspurfäden zogen sich — als würden sie von den Maschinen angesogen — nach oben.

„Da!" Ein Mann der Besatzung schrie gellend auf. Und auch die anderen sahen, wie die erste Maschine sich auf die Seite legte und über den rechten Flügel abkippte, genau auf den Zerstörer zu.

Heulend sauste die Ju 87 in die Tiefe. Die wie erstarrt stehenden Männer sahen, wie der Pilot die Richtung noch ein wenig korrigierte, und dann sahen sie es für den Bruchteil einer Sekunde unter dem Rumpf der Maschine aufblitzen. Im gleichen Augenblick zog die Maschine wieder hoch. Doch der Pilot konnte sie anscheinend nicht mehr fangen. Gleich einem Kometen zog sie plötzlich einen leuchtenden Feuerschweif hinter sich her, und dann stürzte sie wie ein Stein in die Tiefe. Eine zweite Maschine wurde getroffen. Sie sahen — wie in einem Film —, wie das Kabinendach davonflog und wie zwei Gestalten ausstiegen, während die steuerlose Maschine weiterjagte, immer mehr an Höhe verlor und schließlich am Horizont verschwand.

„Beide Maschinen äußerste Kraft voraus. Ruder hart Backbord."

U 861 rauschte mit neunzehn Meilen Fahrt auf die Stelle zu, wo die beiden Fallschirme niedergehen mußten.

Während sie auf die Stelle zuliefen, beobachteten die beiden Ausguckmänner die Fallschirme. Heise aber schaute durch sein Glas zu dem Zerstörer hinüber, wo die übrigen sieben Maschinen ganze Arbeit geleistet hatten.

Von dem Zerstörer war nichts zu sehen. Nur an den dunklen Rauchwolken, die dort auf dem Wasser lagen, waren seine Umrisse zu erahnen. Es mußte mehr als eine Bombe gewesen sein, die ihn getroffen hatte.

Dann blitzte es bei dem Zerstörer durch den Rauchschleier hindurch auf, und in einer Stichflamme von über hundert Metern Höhe riß das Schiff auseinander. Eine der Bomben mußte bis zu den Ölbunkern gekommen sein, denn das auseinanderreißende Schiff wurde von dunklen Rauchsäulen umgeben, aus denen giftiggelbe Flammen herausschlugen, die sich immer mehr auf dem Wasser ausbreiteten.

Sie fischten beide Flieger auf, und als sie zu der Stelle hinüberliefen, wo der Zerstörer auseinandergebrochen war, sahen sie, daß es hier nichts mehr zu retten gab.

Nur noch Trümmer schwammen auf der glosenden Flut, und der leichte Wind trieb den Gestank brennenden Öls zu ihnen herüber.

Sie gingen auf Gegenkurs und liefen am frühen Nachmittag in die Gironde ein. Vorbei an den vielen Anlagen und Bassins bahnten sie sich einen Weg der Anlegepiers entgegen.

Als dann die beiden Männer des Landekommandos ihre Leinen aufnahmen und auf die Pier sprangen, als sich die schweren Taue um die Poller legten, da wußten sie erst, daß sie w i r k l i c h noch einmal zurückgekommen waren.

XVI. KAPITEL

Im großen Speisesaal der U-Bootsunterkunft in Bordeaux saß die Besatzung des U 861 zum letztenmal geschlossen beisammen. Morgen würde die gesamte Besatzung in den nach 205 Seetagen wohlverdienten Urlaub fahren. Vor fünf Tagen, am 14. 10., waren sie wieder in Bordeaux eingelaufen. In den ersten Morgenstunden waren sie angekommen, und niemand als der Flottillenchef war zu ihrer Begrüßung erschienen. Und dann stand noch der Sanka auf der Pier, der die drei Männer des U 197 abholte, die noch ins Lazarett mußten.

U 861 hatte während dieses Einsatzes zehn Schiffe mit einer Tonnage von 45 331 BRT versenkt. Unter dem Beifall der Besatzung, die ein Hurra auf ihren Alten ausbrachte, verlas der B. d. U., der eigens zu diesem Zweck nach Bordeaux gekommen war, einen Funkspruch, daß Korvettenkapitän Heise als zweitem U-Bootkommandanten die Brillanten zum Ritterkreuz verliehen worden seien.

Alle Männer des Bootes wurden ausgezeichnet, und als die freudige Erregung ihren Höhepunkt erreicht hatte, fiel ein Wermutstropfen in den Freudenbecher. Ihr Kommandant, mit dem sie in zwei langen Einsätzen gegen den Tod und gegen die See durchgestanden hatten, würde das Kommando über das Boot abgeben, und nur einige Männer würden mit ihm das neue Kommando übernehmen.

Sie hatten — in ihren Extrauniformen — das Abendessen eingenommen, das sie noch einmal vor dem Urlaub alle vereinte. Als der Alte ans Glas klopfte und aufstand, wußten sie alle, daß es bald soweit sein würde. Das Summen des Gespräches verstummte. Der Alte begann:

„Kameraden, mit dem heutigen Tage heißt es für mich Abschied nehmen von einem großen Teil von euch und von unserem Boot, U 861, das uns vom 12. September 1942 bis zum 14. Oktorber 1943 in vielen Hunderten von Seetagen Heim und Heimat gewesen ist. Ich will keine großen Sprüche machen, aber um eines bitte ich euch, die ihr an Bord bleibt: Haltet dem Boot und seinem neuen Kommandanten die Treue, tut eure Pflicht und denkt mal an uns, wenn ihr wieder unterwegs seid.

Ich werde euch vielleicht nicht wiedersehen, aber das Gefühl, mit euch zusammen alles das geschafft zu haben, wird mich immer begleiten. Und darum bitte ich euch, euer Glas zu erheben und mit mir auf unser Boot U 861 anzustoßen. Möge es unbezwungen vom Feind die Fährnisse des Krieges überstehen und dereinst Zeuge unseres Kampfes sein." Die Männer sprangen auf, und ihre Gläser klangen zusammen.

Als nach dem Gepolter der zurechtgerückten Stühle alles wieder still geworden war, erhob sich Hein Twiente.

„Tja, Jungs, mir bleibt nicht mehr viel zu sagen.

Ich wollte man nur unserem Alten sagen, daß wir stolz auf ihn sind und dankbar, daß er uns immer wieder heil aus dem Schlamassel 'rausgelotst hat und daß keiner hier im Saal ist, der nicht jederzeit den Teufel für ihn aus der Hölle holen würde."

Ein Händedruck vom Alten zu Hein hinüber, dann setzten sie sich wieder, und Heise wußte plötzlich, als er — über die Tafelrunde hinblickend — die leuchtenden Gesichter seiner Männer sah, daß der Beifall der Presse, die Auszeichnung mit den Brillanten, ja, selbst das Gefühl, wirklich etwas Großes geschafft zu haben, für ihn nicht halb soviel bedeutete wie diese aus dem Herzen kommenden Worte Heins und das Vertrauen der Kameraden, die mit ihm die Meere durchkreuzt, den Feind vernichtet und dem Tode ins Auge gesehen hatten.

Und im Geiste dachte er an die Männer, die nicht mehr bei ihnen waren; und daran, daß es jählings still wurde, glaubte er zu erkennen, daß die Gedanken seiner Männer den gleichen Weg gegangen waren wie die seinen.

XVII. KAPITEL

U 861 aber lief am 16. Februar noch einmal aus. Es war das gleiche Boot, aber die Besatzung bestand durchweg aus neuen Gesichtern unter einem neuen Kommandanten, die darauf warteten, ihre Feuertaufe zu erhalten.

Die Männer aber, die dem Boot ihren Stempel aufgedrückt hatten, waren größtenteils einem Mittelmeerkommando zugeteilt worden. Unter ihnen waren auch Waldi, Hein und Gerhard. Der 1. WO hatte sein eigenes Kommando bekommen, und nur der L.I. fuhr unter dem schon verdienten neuen Kommandanten, Korvettenkapitän Maurer, wieder mit.

Das Boot wurde im gleichen Geist geleitet wie auf seinen vorherigen Fahrten. Es kämpfte im Südatlantik und im Raum von Kapstadt, es ging bis ins Arabische Meer und von dort zur Malabar-Küste und trat nach der Versenkung von vier feindlichen Schiffen den Rückmarsch nach Penang an, wo inzwischen ein deutscher U-Boot-Stützpunkt eingerichtet worden war.

Als Penang wegen der Gefährdung durch den Feind geräumt wurde, lief das Boot nach Djakarta weiter, wo der Befehl des B. d. U. sie erreichte, zwecks Ausrüstung mit Schnorchel bis Mitte Januar 1945 auszulaufen, um noch in der dunklen Jahreszeit Norwegen zu erreichen. Dabei sollten sie soviel wie möglich kriegswichtige Ladung mitnehmen. Es war dies Zinn, Opium und andere wertvolle Rohstoffe.

Drei Boote des Rudels gingen durch Feindeinsatz verloren. Auch die Briten hatten inzwischen U-Boote nach Fernost verlegt und die Gewässer besonders in den Durchfahrten vermint.

U 861 lief am 19. 10. von Djakarta aus. Es gelang dem Boot noch einmal, einen amerikanischen Tanker zu erwischen, der fast so groß war wie der Clan Mac Arthur, von dem die alte Besatzung noch immer sprach. Wegen großer Lagerschäden, die sie mit eigenen Mitteln nicht mehr reparieren konnten, mußten sie Ende November nach Djakarta zurückkehren.

Auch mit den in Djakarta vorhandenen Mitteln konnte das Boot nicht mehr flottgemacht werden. So erlebte U 861 das Kriegsende in Djakarta, wo es am 6. Mai von den Japanern übernommen wurde, die es am 15. Juli wieder in Dienst stellten und der 1. Südexpeditionsflotte zuteilten.

Das Boot wurde jedoch in den letzten vier Kriegswochen nicht mehr eingesetzt und lag bei der japanischen Kapitulation in Singapore, wo es von der britischen Marine übernommen wurde. Einige Wochen später, die Besatzung war schon in die Gefangenschaft gewandert, wurde das Boot in der See versenkt und erlitt damit das gleiche Schicksal, das es siebenundzwanzig Schiffen bereitet hatte.

ENDE

Technische Daten und Armierung für U 861

Typenbezeichnung des Bootes:	IX D 2
Wasserverdrängung:	1615 cbm über Wasser, 2150 cbm unter Wasser
Gesamtlänge:	87,60 m
Größte Breite:	7,50 m (Druckkörper 4,40 m ⌀)
Tiefgang:	5,35 m
Art des Antriebes:	2 MAN 9 Zyl. 4-Takt-Diesel mit Aufladung für Überwasserfahrt. 2 MWM Marschdiesel, ebenfalls für U-Fahrt. 2 Siemens-Schukkert-Doppelmaschinen auf zwei Schraubenwellen.
Geschwindigkeit:	19,2 Knoten über Wasser, 6,9 Knoten unter Wasser
Maschinenleistung:	4400 PS über Wasser, 1000 PS unter Wasser
Treibstoffvorrat:	441 t Öl maximal; Akkubatterien mit 11 300 A/h.
Fahrtstrecke:	Bis 32 300 sm über und 121 sm unter Wasser
Bewaffnung:	4 Torpedo-Bug-, 2 Torpedo-Heckrohre mit 24—30 Torpedos oder 48—72 Minen. 1 Kanone 10,5 cm, 1 Flak-Zwillingskanone 2 cm und 1 Flakkanone 3,7 cm.